SAG MIR, DIES IST FÜR IMMER

Milliardenschwer und britisch

Buch 3

J. S. SCOTT

Sag mir, dies ist für immer

Milliardenschwer und britisch - Buch 3

Englischer Originaltitel: »Tell Me This Is Forever: The British Billionaires«

Deutsche Übersetzung: Martina Risse für Daniela Mansfield Translations 2022

Titelbild entworfen von: LoriJacksonDesign www.lorijacksondesign.com

ISBN: 979-8-838392-61-9 (Taschenbuch)
ISBN: 978-1-951102-86-9 (E-Book)

INHALT

PROLOG

Macy

Fünf Jahre zuvor …

»ICH WEISS NICHT, wie ich weitermachen soll«, flüsterte ich, während mir die Tränen über die Wangen strömten. Ich krallte meine Finger um das Gras, auf dem ich lag, und riss ganze Büschel aus, ohne es überhaupt zu bemerken. »Ich bin mir nicht sicher, ob ich das schaffe. Sagt mir doch bitte, wie ich ohne euch weiterleben soll.«

Ich starrte auf den riesigen Kranz blauer Rosen, aber ich hörte nichts als Stille. Mein Schmerz war so akut und lähmend, dass es mich nicht kümmerte, dass es bereits dunkel war und ich die einzige lebendige Seele war, die sich noch auf dem Friedhof aufhielt.

Ich konnte einfach nicht gehen.

Heute erst hatte die Beerdigung stattgefunden.

Meine andere Hand lag auf einem kalten Marmorgrabstein, aber mein Herz lag zwei Meter unter der Erde begraben.

Wie?

Wie konnte die Welt sich weiterdrehen, als wäre alles normal, während doch nichts normal war und es auch niemals mehr werden würde?

Ich war noch nicht einmal achtundzwanzig Jahre alt und doch war bereits mein ganzes Universum zusammengebrochen.

Mir blieb nichts mehr.

Ich hatte niemanden, der wirklich meine entsetzliche Trauer verstand, die mich so lähmte, dass ich unfähig war, meinen Hintern aus dem Gras zu hieven.

Ich hatte kein Zuhause mehr.

Keinen Ort, an den ich gehen konnte, an dem ich mich willkommen fühlte.

Ich wurde erneut von Schluchzern geschüttelt, während ich weiter auf dem Gras vor dem Marmorgrabstein kniete.

So konnte ich nicht überleben.

Konnte ich doch noch nicht einmal aufstehen und von hier fortgehen.

War es überhaupt möglich, dass ein Mensch einen solchen Schmerz empfand und ihn dennoch überlebte?

Ich begann zu hyperventilieren und merkte, dass ich den Bezug zur Realität verlor.

Ehrlich, welchen Zweck und welchen Wert hatte mein Leben noch nach dem, was geschehen war?

Als ich mir diese Frage stellte, blitzte ein möglicher Lebenszweck in meinem Geist auf und ich klammerte mich mit ganzer Kraft daran.

Warte! Ich wusste doch, wohin ich gehen musste, richtig?

Karma. Ich musste Karma aufsuchen. *Ich musste doch heute eigentlich ehrenamtlich im Tierheim arbeiten.*

Natürlich hätte der Direktor verstanden, wenn ich nicht aufgetaucht wäre, in Anbetracht dessen, was geschehen war, aber ich konnte doch Karma nicht im Stich lassen.

Ich hatte noch niemals einen Ehrenamtlichen-Tag ausgelassen, weil sie darauf vertraute, dass ich dort sein würde.

Steh auf, Macy. Geh zu Karma. Du bedeutest ihr noch etwas.

Ich begann, tief ein- und auszuatmen, und versuchte, meinen Verstand wieder ans Laufen zu bringen.

Steh. Auf.

Ich wollte aufstehen, aber ich schien keine Energie zu haben.

Beweg. Deinen. Hintern. Sofort.

Ich zwang mich aufzustehen, wobei ich ein wenig taumelte, denn meine Knie waren schwach, weil ich stundenlang in derselben Position verharrt hatte.

Irgendwie schaffte ich es, den Friedhof zu verlassen, zu dem Großkatzentierheim zu fahren und schließlich Karmas Gehege zu erreichen. Die ganze Fahrt über hatte ich wie ein Automat das Steuer bedient.

Sobald ich bei ihr war, ließ ich mich zu Boden fallen, schlang meine Arme um den verkrüppelten, einhundertfünfzig Kilogramm schweren, weiblichen Königstiger, barg mein Gesicht in ihrem Fell und schluchzte, bis ich keine einzige Träne mehr vergießen konnte.

Sie konnte nicht mit mir reden.

Sie konnte mir keinen Rat geben.

Aber sie tröstete mich, wie eine riesige, verkrüppelte Raubkatze es eben konnte, und hörte mir zu, als ich unbedingt mein Herz ausschütten musste.

An einem bestimmten Punkt beschloss ich, weiter für Karma zu sorgen, und außerdem erwartete man das von mir.

Ich war Tierärztin und hatte bereits mein erstes Jahr der zoologischen Facharztausbildung hinter mir.

In der Welt der Tiere gab es immer noch etwas zu tun, auch wenn ich mich mit den Menschen in meinem Leben nicht mehr auseinandersetzen wollte.

Meine Leben hatte immer noch einen Zweck.

In dieser Nacht riss ich mich zusammen und vergrub all meinen Schmerz tief in mir, bis er mein Herz nicht mehr erreichen konnte.

Wenn ich es nicht an mich heranlasse, kann ich es irgendwie überleben.

Wahrscheinlich war es nicht der beste Weg, mit meiner Trauer umzugehen, ihr nicht direkt ins Gesicht zu blicken, aber es war meine einzige Möglichkeit, wenn ich weitermachen wollte.

Ein Tag nach dem anderen; ein Fuß vor den anderen. Nur so konnte ich funktionieren.

Ich konnte meine Gefühle vollkommen herunterfahren, bis auf ein paar Ausnahmen.

Ich hatte keine Wahl.

Wenn ich meine geistige Gesundheit behalten wollte, durfte ich niemals wieder so sehr lieben.

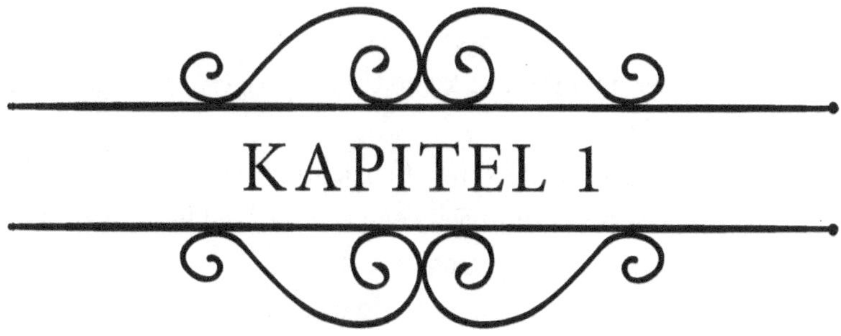

KAPITEL 1

Leo

Heute …

»BIST DU OKAY?«, fragte ich Dr. Macy Palmer, sobald mein Privatflugzeug unsere Flughöhe erreicht hatte.

Dumme Frage, wirklich, da doch jeder, der sie ansah, klar erkennen konnte, dass es ihr nicht gut ging.

Macy weinte tatsächlich nicht mehr, aber auf ihren Wangen waren die Streifen von den Tränen noch zu sehen, die sie vergossen hatte. Ganz zu schweigen davon, dass sie kaum ein Wort gesagt hatte, seitdem wir an Bord gegangen waren.

Verflucht! Ich verbrachte viel zu viel Zeit mit wilden Tieren an abgelegenen Orten. Ich wusste kaum, was ich mit einer Frau reden konnte, und schon gar nicht mit einer, die um den bevorstehenden Tod eines älteren, von Krebs geplagten Königstigers trauerte.

Ich wusste immer noch nicht, warum ich angeboten hatte, Macy mit meinem Flugzeug in die Vereinigten Staaten zurückzubringen, damit sie vielleicht noch dort eintreffen konnte, bevor der Tiger starb.

Nun, es war nicht ihr Tiger.

Karma, der betagte und kranke Königstiger, war eigentlich nur Macys Patient.

Trotz alledem brach es ihr offensichtlich das Herz, dass der Zustand des Tigers sich zum Schlechten entwickelt hatte, während Macy das Vereinigte Königreich besuchte.

»Es geht mir gut«, versicherte sie und wandte den Kopf, um mich anzublicken. »Ich habe es bestimmt schon gesagt, aber ich möchte, dass du weißt, dass ich deine Hilfe sehr zu schätzen weiß. Ich wäre jetzt immer noch in Heathrow, um einen Linienflug zu finden, der mich zurückbringt, wenn du nicht wärst.«

Ein melancholischer Blick aus Macys ernsten, grauen Augen erinnerte mich genau daran, warum ich ihr angeboten hatte, sie mit in die Vereinigten Staaten zu nehmen, anstatt sie auf einen Linienflug warten zu lassen.

Sie litt offensichtlich unter großem Schmerz und ich war nicht der Typ Mann, der sich davon abhalten konnte, auf dieses grundlegende menschliche Gefühl zu reagieren.

Außerdem konnte ich gut verstehen, wie sehr es schmerzen konnte, einen tierischen Gefährten zu verlieren, da ich selbst Wildtierschützer und Zoologe war.

Macy war Tierärztin für exotische Tiere, daher konnte ich vollkommen verstehen, warum ihr Karmas bevorstehender Tod so sehr ans Herz ging. Augenscheinlich hatte sie den Tiger jahrelang behandelt und zuvor sogar eine Vorgeschichte mit der Raubkatze gehabt.

Ich legte meinen Fuß auf den Ledersessel neben ihr und erwiderte: »Das ist nicht der Rede wert, Macy. Wie ich schon sagte, ich musste nach der Hochzeit selbst in die Staaten zurück –«

»Aber wir sind bereits abgereist, noch bevor der Empfang zu Ende war«, sagte sie in reuevollem Tonfall.

Ich zuckte mit den Schultern. »Ich bezweifle, dass jemand es bemerkt hat, und Nicole und Damian waren bereits bereit abzureisen.«

Damian, mein ältester Bruder, hatte heute auf dem Landsitz meiner Mutter in Surrey Nicole, Macys beste Freundin, geheiratet. Und daher hatte Macy auch England besucht.

Alles wies auf eine baldige weitere Hochzeit hin, nämlich zwischen Kylie, Macys anderer bester Freundin, und Dylan, meinem anderen älteren Bruder, der zufällig Damians jüngerer Zwilling war.

Nicht dass die Sache zwischen Dylan und Kylie abgemacht gewesen wäre. Es fiel nur schwer, nicht anzunehmen, dass sie zusammenkämen, da Dylan Kylie auf die gleiche Weise betrachtete, wie Damian den ganzen Tag seine Braut betrachtet hatte.

Gegen Ende des Empfangs war Dylan hinter Kylie hergejagt, nachdem sie eine Art Missverständnis gehabt hatten.

Ich hätte wetten können, dass die beiden sich in naher Zukunft verloben würden, falls dies nicht bereits geschehen war.

Ich versuchte, nicht daran zu denken, was geschehen würde, wenn meine älteren Brüder beide verheiratet wären, da meine Mom in ihrem Drang, Enkelkinder zu bekommen, geradezu rücksichtslos werden konnte.

Während ich gegen das Heiraten im Allgemeinen nichts hatte und besonders nicht, wenn es meine Brüder betraf, so war ich doch weniger begeistert, mich selbst zu verheiraten. Mein Leben war kompliziert, weil ich immer viel unterwegs war und nicht gerade der Typ Mann, den die Frauen sich als Bräutigam erträumten.

Nun, außer vielleicht der Tatsache, dass ich ein Milliardär war und einer aristokratischen Familie entstammte.

Abgesehen davon gab ich keine gute Partie ab, weil ich eigentlich bereits mit meinem Beruf verheiratet war.

Macy brach den Blickkontakt mit mir ab und klappte die Fußstütze ihres Sessels hoch. »Ich habe trotzdem ein schlechtes Gewissen, obwohl Nicole und Damian zum Aufbruch bereit waren. Ich traf viel später als Kylie in England ein und ich möchte nicht, dass Nic das Gefühl hat, ihre Hochzeit wäre mir nicht wichtig gewesen.«

»Das würde sie niemals denken«, erklärte ich Macy ehrlich. »Es ist ja nicht so, als verstände sie nichts vom Geschäftsleben und beruflichen Verpflichtungen.«

Da Damians Frau sowohl Unternehmensanwältin als auch selbst Inhaberin einer Firma war, war ich mir ziemlich sicher, dass sie wusste, wie es war, sehr wichtige berufliche Pflichten zu haben.

Falls nicht, so wusste Damian es mit Sicherheit. Er war zusammen mit Dylan Eigner und Geschäftsführer von Lancaster International, einem der größten Konzerne der Welt.

Ich wusste nicht viel über Nicole, Kylie und Macy, aber es war mir bewusst, dass die drei amerikanischen Frauen seit ihrer Kindheit eng miteinander befreundet waren.

Damians Beziehung zu Nicole hatte sich schnell entwickelt und Dylans zu Kylie sogar noch schneller. Daher hatte ich nicht viel Zeit gehabt, die beiden besser kennenzulernen.

Die meiste Zeit hatte ich mit Nicole verbracht und es fiel einem nicht schwer, sie zu mögen. Es überraschte mich nicht, dass Damian sie so schnell geheiratet hatte. Nicole brachte das Beste in meinem ältesten Bruder zum Vorschein.

Kylie kannte ich nicht gut, aber ich war ihr dankbarer, als ich ausdrücken konnte. Sie hatte sich um den gebrochenen Dylan gekümmert und ihn wieder auf die Reihe gebracht.

Kylie hätte geleugnet, irgendetwas mit Dylans Genesung zu tun zu haben, aber wir alle kannten die Wahrheit. Die Zähigkeit meines Bruders mochte ihn vielleicht durch die dunkelste Periode seines Lebens gebracht haben, aber Kylies *Lass-dich-nicht-hängen* Haltung Dylan gegenüber hatte gewiss geholfen.

Und Macy Palmer?

Macy war mir tatsächlich ein Rätsel.

Wie sie erwähnt hatte, war sie später als die meisten von uns zur Hochzeit erschienen und kam gerade noch pünktlich zu Nicoles Junggesellinnenabschied, daher hatten wir außer der anfänglichen Vorstellung nicht viel voneinander gesehen.

Wie dem auch sei, ich musste zugeben, dass sie mich zutiefst beeindruckt hatte.

Ich hatte sie beinahe sofort gemocht und mein Schwanz hatte einen ernsten Fall von Liebe auf den ersten Blick erlitten, der keiner Logik zugänglich war, obwohl ich es versucht hatte.

Ja. Nun, ich hatte versucht, die Reaktion abzuschwächen, aber mein Schwanz gehorchte mir leider nicht.

Zugegeben, es war eine Weile her, dass eine Frau eine solche körperliche Reaktion bei mir ausgelöst hatte, und es war nicht weiter überraschend, dass ich mich entschieden hatte, diese Reaktion im Keim zu ersticken, so gut ich es eben konnte.

Erstens schien die Anziehung nicht auf Gegenseitigkeit zu beruhen.

Zweitens war sie Nicoles beste Freundin und ich mochte die neue Frau meines Bruders wirklich gern.

Drittens stand sie emotional neben sich und wer zum Teufel würde eine Frau übervorteilen, die verletzlich war?

Ich war nicht unschuldig, aber auch kein Wichser, der versuchte, jede attraktive Frau flachzulegen, die er traf.

Da Macy und ich beide auf der Hochzeitsparty gewesen waren, waren wir uns während der letzten Tage einige Male über den Weg gelaufen, aber bei unserem bedeutungsvollsten Zusammentreffen hatte ich sie am frühen Abend weinend in der Bibliothek meiner Mutter gefunden.

Aus einer instinktiven Reaktion heraus wollte ich mich aus der Bibliothek zurückziehen und Macy ihre Privatsphäre lassen, da wir uns kaum kannten.

Unglücklicherweise entdeckte ich jedoch, dass es mir nicht lag, einfach eine Frau zu ignorieren, die einsam weinte, als bräche ihre ganze Welt zusammen.

Nachdem sie mir erzählt hatte, dass Karmas Zustand sich unerwartet zum Schlechten gewendet hätte und dass sie unbedingt bei ihr sein wollte, sodass der Tiger nicht allein sterben musste, wie konnte ich ihr da nicht anbieten, sie schnellstmöglich in die Staaten zurückzufliegen? Ich hatte ohnehin vorgehabt, am nächsten Morgen aufzubrechen, daher war es kein großer Umstand, etwas früher loszufliegen. Ich hätte schon ein totales Arschloch sein müssen, ihr nicht die Möglichkeit anzubieten, mit mir zu reisen, da ich doch in dieselbe Richtung flog. Sogar in denselben Staat und in das gleiche Gebiet.

»Wirklich«, antwortete Macy schließlich ernst. »Ich bin gerade nicht allzu beschäftigt in meinem Leben. Es ist nur diese Geschichte mit Karma. Es war eben schlechtes Timing.«

Ich war mir nicht sicher, ob sie bezüglich ihres Terminkalenders ehrlich war, aber vielleicht hatte sie auch nur eine vollkommen andere Vorstellung von *beschäftigt sein* als ich.

Macy war eine wunderschöne Frau, aber die dunklen Ringe unter ihren Augen und etwas, das wirkte wie Langzeitstress, hinterließen Spuren in ihrem hübschen Gesicht.

Hätte ich raten müssen, so hätte ich gesagt, dass Karma schon lange krank war – oder es gab andere Probleme, die an ihr nagten.

»Es war doch eigentlich nicht *dein* Timing«, bemerkte ich. »Du hast doch den Hochzeitstermin nicht festgelegt und Damian konnte Nicole ja nicht schnell genug den Ehering an den Finger stecken. Ich bezweifle, dass es für alle so leicht war, so kurzfristig alles stehen und liegen zu lassen und in ein anderes Land zu reisen. Selbst für mich war es nicht leicht und ich bin immerhin mein eigener Chef.«

Wenn jemand Damian gehört hätte, wie er sich vor der Eheschließung beklagt hatte, hätte er gedacht, er hätte jahrelang darauf gewartet, Nicole zu heiraten, und nicht nur wenige Monate.

Auf Macys Lippen erschien der Hauch eines Lächelns. »Damian und Nicole waren füreinander bestimmt. Ich kann es keinem von beiden verübeln, dass sie nicht warten wollten.«

»Dylan und Kylie ergeht es ebenso«, fügte ich hinzu.

Ihre Stimme klang überrascht, als sie fragte: »Glaubst du wirklich, sie werden zusammenkommen? Ich meine, ich denke, du hast recht, aber ich habe keine Ahnung, was Dylan für Kylie empfindet. Nun, außer der Tatsache, dass er sie anschaut, als wäre er verrückt nach ihr.«

Sie klang echt angetan von der Idee, Kylie könnte in Damian den richtigen Mann gefunden haben.

»Ich glaube ehrlich, dass sie am Ende zusammenkommen«, erwiderte ich zuversichtlich. »Du verübelst es ihm nicht, dass er sich wie ein Wichser benommen hat, bevor er sich wieder berappelt hat?«

Dylan war ein komplettes Arschloch gewesen, als Kylie in seinem Leben aufgetaucht war.

Sie schüttelte den Kopf. »Nein. So wie ich es sehe, hatte er gute Gründe, so tief abzusacken. Wenn er jetzt gut zu meiner Freundin ist, so ist das alles, was wirklich zählt.«

Macy war offensichtlich die Tatsache entgangen, dass Kylie in Tränen aufgelöst vom Landgut geflohen und Dylan ihr gefolgt war, um endlich kristallklar seine Gefühle für sie auszudrücken.

Obwohl ich nicht die Absicht hatte, Macy irgendetwas zu erzählen, das sie ärgern könnte, sah ich keinen Grund, warum ich ihr nicht verraten sollte, dass Dylan und Kylie verrückt aufeinander waren. Es war die Wahrheit. »Er liebt sie.«

Sie seufzte und ließ den Kopf gegen den Ledersitz fallen. »Ich hoffe, du hast recht. Kylie verdient ein Happy End.«

Macy klang so verdammt müde und sah so ausgelaugt aus, dass ich mir wünschte, es gäbe noch etwas, das ich für sie hätte tun können.

»Und was ist mit dir?«, fragte ich. »Du siehst im Augenblick nicht gerade glücklich aus. Verdienst du es nicht auch, glücklich zu sein?«

Sie streckte sich und machte es sich in dem Liegesitz bequem. »Vielleicht ist es einigen von uns einfach nicht gegeben, in einer festen Beziehung zu leben, zu heiraten und sorglos glücklich zu sein«, erwiderte sie gepresst.

Da ich mich ebenso fühlte, war ich überrascht, dass ihre Worte mich ein wenig wurmten.

Ich fühlte mich seit dem Moment, in dem ich sie erblickt hatte, zu Macy Palmer hingezogen.

Und es überraschte mich zutiefst, dass es weder an ihrer Seite noch in den Staaten einen Mann gab, also war sie offenbar absichtlich ein Single.

Da ich nicht wusste, was ich sagen sollte, bemerkte ich schließlich: »Vielleicht schaffst du es, ein bisschen zu schlafen. Wir befinden uns auf Flughöhe und bis jetzt scheint der Flug sanft zu verlaufen.«

Sie wirkte vollkommen abgekämpft, also würde ihr ein bisschen Schlaf höchstwahrscheinlich guttun.

»Vielleicht sollte ich das tun«, meinte sie vage. »Ich bin eigentlich im Augenblick nicht allzu müde.«

Ich zwang mich, sie nicht anzustarren, aber ich konnte einfach nicht aufhören, über ihr Singledasein nachzudenken. Sicher hatte es eine Menge Männer gegeben, die versucht hatten, das zu ändern.

Ich bezweifelte, dass es viele heißblütige Männer gab, denen Macy nicht auffiel.

Sie besaß Kurven an den richtigen Stellen, walnussbraunes Haar, das in einer seidigen Wolke hinabfiel und endlich in einem Bubikopf knapp über den Schultern endete, cremefarbene Haut, die in einem Mann den Wunsch erweckte, die Hand auszustrecken und sie zu berühren, und volle Lippen, die in einem Mann zahllose Fantasien weckten.

Und diese verdammten Augen …

Dieser hinreißend ausdrucksvolle Blick aus ihren grauen Augen, die pures Gefühl ausstrahlten, war wahrscheinlich das, was mich bei den Eiern gepackt hatte.

Ich musste mich fragen, ob sie wusste, wie fesselnd ihre Augen waren und dass sie in einem Mann die Frage auslösten, woran sie denken mochte.

Manchmal konnte ich die Gefühle in ihren Augen kristallklar erkennen, dann wiederum hatte ich absolut keine Ahnung, was ihr im Kopf herumging.

Auf jeden Fall waren sie faszinierend, gleichgültig, ob sie für mich ein offenes Buch oder ein Rätsel waren, das ich lösen wollte.

Wenn Macy während einer Unterhaltung eine Frage stellte, so tat sie dies nicht aus Höflichkeit. Sie wollte wirklich die Antwort wissen und man konnte das Mitgefühl und die Neugier in ihrem Blick sehen.

So zum Beispiel, als ich ihr etwas von meiner Feldarbeit erzählt hatte, bei der ich nach Tierarten suchte, die bereits als ausgestorben galten.

Zugegeben, sie war Tierärztin für exotische Tiere und es war also vielleicht natürlich, dass sie die gleiche Begeisterung zeigte, aber ich hatte seit Langem keine Frau wie Macy getroffen.

Mir war noch keine Frau vorgestellt worden, mit der ich hätte reden können und die auch nur annährend an bedrohten Tierarten und Artenschutz interessiert gewesen wäre, außer sie gehörte zu meinem Team. Und darum machte ich mir wahrscheinlich auch nie die Mühe, viel über meine Arbeit zu reden, wenn ich mich in der Welt der Ultrareichen bewegte, in der ich aufgewachsen war.

Das war auch der Grund, warum ich kaum noch meine Zeit damit verschwendete, mich mit einer Frau zu verabreden.

Die meisten Leute verstanden nicht, warum ein Milliardär sich entschied, seine Zeit damit zu verbringen, durch einen insektenverseuchten Dschungel zu wandern, um nach einem Tier zu suchen, das man für ausgestorben hielt.

Zu ihrem Nachteil würden sie also auch niemals wissen, wie befriedigend es war, zu einem Team zu gehören, das dabei half, Tierarten vor dem Aussterben zu retten.

Meine Familie jedoch verstand, warum ich mich entschlossen hatte, aus der täglichen Routine, Lancaster International zu führen, und aus dem Leben, in dem ich aufgewachsen war, auszusteigen, um meinen eigenen Interessen zu folgen.

Die meisten anderen aus diesen Kreisen hätten das niemals verstanden.

Weil ich als ein Lancaster geboren und erzogen worden war, konnte ich mich in beiden Welten bewegen, aber ich hatte mich dafür entschieden, mich ganz für die Erhaltung der Wildtierarten einzusetzen. Besonders für jene, die durch menschliche Dummheit auf den Listen für ausgestorbene und bedrohte Arten gelandet waren.

»Möchtest du etwas trinken? Essen?«, erkundigte ich mich, denn ich suchte nach einem Weg, den Ausdruck von Erschöpfung und Stress von Macys Gesicht zu verbannen.

Als sie nicht antwortete, wandte ich den Kopf und sah, dass sie eingeschlafen war.

Eigentlich nicht allzu müde, mein Gott.

Etwas sagte mir, dass sie öfter gegen die Erschöpfung ankämpfte, als sie zugeben wollte.

Ihre Augen waren geschlossen und ihr Kopf zur Seite geneigt, was wie eine ziemlich unbequeme Position aussah.

Verflucht. Sie wird mit Nackenschmerzen aufwachen, wenn sie in dieser Haltung schläft.

Ich löste meinen Sicherheitsgurt und dann ihren, bevor ich sie sanft auf den Arm nahm und hoffte, sie nicht zu wecken.

Ich hätte mich verfluchen können, weil mein Schwanz steinhart wurde, sobald ich sie an mich gedrückt hatte.

Mein Gott! Es war schon viel zu lange her, seit ich mit einer Frau geschlafen hatte.

Ich kannte die attraktive Frau doch kaum, die ich in den Armen trug, und doch war ihr Einfluss auf jeden meiner Sinne tiefgreifend.

Sie fühlte sich wunderbar an.

Sie duftete wunderbar.

Zweifellos würde sie fantastisch schmecken.

»Verdammt!«, fluchte ich vor mich hin, denn ich war zutiefst angeekelt von mir selbst.

Ich war doch kein Wichser, der jedes Mal hart wurde, wenn er eine Frau berührte.

Ich ging ins Schlafzimmer, schaltete das sanfte Licht über dem Kopfende ein und legte Macy aufs Bett.

Nachdem wir das Flugzeug bestiegen hatten, hatte sie sich Jeans und ein rosafarbenes T-Shirt angezogen, das das Logo des Tierheims trug, in dem sie arbeitete.

Sie sah aus, als hätte sie es bequem, wirkte aber trotzdem noch so verdammt … verletzlich.

Sie runzelte die Stirn und sah nicht so aus, als würde sie friedlich schlafen.

»Verflucht«, stieß ich leise hervor und fragte mich, was diese Frau an sich hatte, das mir so unter die Haut ging.

Ärgerlich riss ich mich schließlich vom Anblick ihrer hilflosen Gestalt los und griff nach einer Decke, um sie zuzudecken.

Hatte ich nicht an genügend andere Dinge zu denken?

Wie zum Beispiel eine möglicherweise neue Entdeckung im Mittelmeergebiet, wenn sich die Gerüchte als wahr erwiesen.

Ganz zu schweigen von meinem neuen Artenschutzzentrum, das ich in der Nähe von Palm Desert in Kalifornien baute.

Das neue Zentrum war auch der Grund, warum ich in die Vereinigten Staaten flog. Es war ein riesiges Unterfangen und wir waren noch lange nicht in der Aufbauphase.

Außerdem trug ich die Verantwortung für mein größeres Artenschutzzentrum in England, das bereits in Betrieb war.

Jeden Tag ergaben sich dort neue Herausforderungen bezüglich der Programme für die Aufzucht in Gefangenschaft.

Auch in Kalifornien würden wir uns mit den gleichen Herausforderungen auseinanderzusetzen haben.

Ich durfte mich absolut nicht auf ein weibliches Wesen konzentrieren, das den Verlust einer Katzenfreundin betrauerte.

Sie würde über den Verlust hinwegkommen, richtig?

Auf diesem Arbeitsgebiet gab es ständig Zugewinne und Verluste, wobei Letzteres öfter der Fall war.

»Also dann«, murmelte ich vor mich hin. Ich musste nicht mehr tun, als mich auf die Vielzahl von Verantwortlichkeiten zu konzentrieren, die meine Aufmerksamkeit erforderten.

Sie würden mich in Nullkommanichts die verzagte, aber wunderschöne Tierärztin für Exoten vergessen lassen.

Ich schaltete das Licht aus, bevor ich mich zur Tür begab.

Sie würde den Flug verschlafen.

Ich konnte mich auf die Couch legen.

Da ich gelegentlich an ziemlich rauen Orten schlief, war es keine besondere Zumutung für mich, auf dem Sofa zu schlafen.

Trotz meiner guten Vorsätze, mich auf die Arbeit zu konzentrieren, blieb ich bei einem gemurmelten Geräusch des Unbehagens seitens Macys an der Tür stehen.

Mist!

Und wenn sie aufwachte und Angst hatte?

Und wenn sie nicht wusste, wo sie war, weil ich sie hierhergetragen hatte?

Und wenn sie jemanden brauchte?

Geschlagen schritt ich zur anderen Seite des Bettes und streckte mich neben ihr aus.

Da ich im Moment der einzige verfügbare *Jemand* war, nahm ich an, dass ich in ihrer Nähe bleiben musste.

Ich gab jeglichen Anschein auf, an meine Arbeit zu denken, als Macy sich plötzlich näher an mich heranrollte und sich an meine Seite schmiegte, als wäre sie eine Rakete, die auf ein Hitze ausstrahlendes Ziel programmiert war.

Ich schlang einen Arm um sie und hörte zufrieden einen Seufzer, als sie sich zurecht kuschelte, als wäre sie endlich sicher vor dem, was auch immer sie plagen mochte.

Ich schien plötzlich keine wichtigere Aufgabe zu haben, als dafür zu sorgen, dass Macy Palmer sich in ihrem Schlaf sicher fühlte.

Zumindest vorerst, ob es mir nun gefiel oder nicht.

KAPITEL 2

Macy

ICH WACHTE NUR langsam auf; meine Sinne waren überladen mit ungewöhnlichen Empfindungen.

Ich kuschelte mich an etwas Warmes, Hartes und ganz und gar Unwiderstehliches.

Ein kleiner Seufzer kam mir über die Lippen, als ich mit der Hand über etwas fuhr, das sich wie ein äußerst muskulöser Brustkorb anfühlte, der zu gleichfalls wohlgeformten Bauchmuskeln führte.

Weil ich mich ärgerte, dass ich das alles durch einen Baumwollstoff hindurch fühlen musste, suchte und fand ich den Saum des Hemdes, sodass ich meine Hand darunter schieben konnte.

Da dies eine verdammte Fantasie war, wollte ich nackte Haut spüren.

Erfreut ertastete ich jede einzelne Linie des Waschbrettbauches. Und als ich die letzte erreicht hatte, seufzte ich und ließ meine Hand etwas tiefer wandern …

»Süße«, warnte mich ein leiser Bariton, »falls du dich in das gelobte Land begibst, kann ich dir versichern, dass du mehr bekommst, als du haben wolltest.«

Meine Hand erstarrte.

Mist! Ich kannte diese Stimme mit dem sexy britischen Akzent.

»Okay, ich nehme an, dies ist nicht einfach nur eine heiße Fantasie«, murmelte ich, als ich von Leo Lancasters wahnsinnig heißem Körper wegrutschte. »Was ist geschehen? Wo zur Hölle bin ich?«

Fall ich mich richtig erinnerte, hatte ich zum letzten Mal mit ihm gesprochen, als ich in einem der Sessel in der Kabine seines Privatflugzeugs lag.

»Du bist eingeschlafen«, erklärte er und schlang seinen Arm etwas fester um meine Taille, als wollte er nicht, dass ich mich weiter von ihm entfernte. »Ich wollte nicht, dass du es unbequem hast, daher brachte ich dich hierher, damit du im Bett schlafen konntest. Wir sind beide vollständig bekleidet. Es ist nichts geschehen. Wir haben lediglich das Bett geteilt, um zu schlafen. Nun, bis du diese interessante Erkundungsreise begonnen hast. Nicht dass es mir etwas ausgemacht hätte. Ich war mir nur nicht sicher, ob die Geschichte so unschuldig geblieben wäre, wenn deine Hand weiter südwärts gewandert wäre.«

»Oh Gott«, stöhnte ich an seiner Schulter. »Entschuldige. Ich denke, ich war etwas … verwirrt, als ich aufwachte.«

Um ganz ehrlich zu sein, war ich tatsächlich in einer Art sinnlichem Nebel aufgewacht und hatte ganz genau gewusst, was ich wollte.

Mir war aber nicht bewusst gewesen, dass ich dabei war, den unerreichbarsten Milliardär der Welt anzumachen.

Leo Lancaster war nicht nur einer der wohlhabendsten Männer auf der Erde, sondern auch einer der heißesten. Er war blond, besaß blaue Augen und einen perfekten Knochenbau, dazu einen Körper, der einem das Wasser im Mund zusammenlaufen ließ. Er musste etwas über einen Meter achtzig groß sein.

»Entschuldige dich nicht«, erwiderte er mit Humor, der in seiner Stimme vibrierte. »Ich müsste lügen, wenn ich behaupten würde, ich hätte es nicht genossen, aufzuwachen und deine Hände überall auf meinem Körper zu spüren. Ich wollte nur nicht, dass du mich später hasst, wenn du erkannt hättest, wen du betatscht hast.«

Als wäre ich wirklich sauer gewesen, wenn mir bewusst geworden wäre, dass ich Leo Lancaster betatschte.

Gütiger Himmel! Er war göttlich.

Für mich war der Mann eine Legende.

Ich hatte jeden Dokumentarfilm gesehen, der jemals während seiner Expeditionen gedreht worden war, und jede Onlinevorlesung, die er je gegeben hatte.

Der Mann hatte im Namen des Wildtierschutzes und der Rettung vom Aussterben bedrohter Arten Unglaubliches erreicht.

Leo war zwar jung, aber er hatte bereits mehrere Arten aufgespürt, die als ausgestorben galten.

»Wie lange habe ich geschlafen?«, erkundigte ich mich neugierig.

»Wir waren beide eine Weile weg. Der Flug dauert nur noch ein paar Stunden«, informierte er mich.

Wow! Ich hatte viele Stunden unbewusst neben Leo Lancaster verbracht.

Ich erschauderte, als ich mich daran erinnerte, warum ich mit Leo zurückflog. »Gott, ich hoffe, ich schaffe es rechtzeitig«, sagte ich laut.

»Ich habe darüber nachgedacht. Ich lande in Palm Springs. Ich habe ein Haus und einen Wagen dort. Ich denke, ich werde den Wagen nehmen und dich zum Tierheim fahren. Das ist die schnellste Möglichkeit für dich, nach der Landung dorthin zu gelangen«, überlegte er.

»Du hast wahrscheinlich recht«, erwiderte ich seufzend. »Aber ich kann dir das nicht zumuten, Leo. Du bist bereits so nett, mich bis zum Flughafen von Palm Springs mitzunehmen. Ich werde sehen, ob ich ein Fahrzeug mieten kann.«

»Auf keinen Fall«, knurrte Leo. »Wir können bereits am Tierheim sein in der Zeit, die es dich kosten kann, einen Wagen zu mieten. Erlaube mir, dich dorthin zu bringen, Macy. Das ist wirklich kein großer Umstand.«

Ich schwieg einen Moment, aber schließlich sagte ich: »Okay. Du hast gewonnen. Ich möchte wirklich so schnell wie möglich dort eintreffen. Ich würde es mir nicht verzeihen, wenn ich es nicht rechtzeitig schaffe.«

Zu jeder anderen Zeit, unter allen anderen Umständen hätte ich mich durchgesetzt, aber ich wollte so verzweifelt zu Karma gelangen, dass ich darauf verzichtete.

»Das mit Karma tut mir leid«, sagte Leo nahe an meinem Ohr und die Wärme seines Atems strich über mein empfindliches Ohrläppchen.

Mist! Warum musste er so verdammt attraktiv und die Verkörperung all meiner Fantasien sein?

Ich war wahrscheinlich nicht die einzige Tierärztin, die nach Leo Lancaster lechzte, aber ich war wahrscheinlich die, die am heftigsten keuchte.

Es lag nicht nur an der Tatsache, dass er attraktiv war, obwohl er lächerlich umwerfend aussah.

Leo war kühn, mutig und grenzwertig eingebildet, wenn er arbeitete, aber nicht im negativen Sinne.

Er holte sich einfach, wonach er suchte, und das mit so zuversichtlicher, laserscharfer Konzentration, dass es beinahe beängstigend war.

Es war die Fixierung auf sein Ziel, was ihn so erfolgreich bei seiner Arbeit machte.

Die meisten Wildtierbiologen hätten wahrscheinlich aufgegeben, sobald eine Art als ausgestorben betrachtet wurde.

Allerdings nicht Leo Lancaster.

Nicht wenn er glaubte, es gäbe eine Chance, die Weltnaturschutzunion könnte sich irren.

Er war unnachgiebig und leidenschaftlich in seinem Kampf um vom Aussterben bedrohte Tiere.

Nennen Sie mich verrückt – oder vielleicht lag es einfach nur daran, dass ich Tierärztin für exotische Tiere war und der gleichen Leidenschaft frönte –, aber ein Mann, der seinen Hintern riskierte, um eine Tierart zu retten, war für mich unglaublich sexy.

Schließlich antwortete ich: »Danke. Ich weiß besser als jeder andere, wie dumm es ist, mir zu erlauben, mich so an ein Tier zu binden, aber ich konnte nicht anders. Ich kümmere mich schon seit meinem einjährigen Praktikum im Tierheim um Karma und seitdem arbeite ich ehrenamtlich dort, während ich meinen Facharzt im Zoo von San Diego gemacht habe. Sie war vollkommen durcheinander, als sie damals eintraf. Ein Hinterlauf war verstümmelt. Wir konnten nichts tun. Ihr Vorderbein heilte, aber es wurde nicht mehr wie vorher. Es war schwach. Sie kann laufen, aber sie hat niemals ihre Geschwindigkeit zurückgewonnen.«

»Ein Unfall?«, fragte Leo.

Ich schüttelte den Kopf, obwohl es dunkel war und er mich nicht sehen konnte. »Das hätte man noch verstehen können, aber es war Missbrauch. Karma ist in Gefangenschaft aufgewachsen. Sie wurde in ihrem frühen Leben von einem Trainer betreut, der sie vergötterte. Leider starb dieser hingebungsvolle Trainer, der sie liebte, bevor Karma zu uns kam. Zwischenzeitlich fiel sie einem menschlichen Ungeheuer in die Hände, bevor sie gerettet wurde.« Jetzt strömten mir die Tränen über die Wangen. »Sie war so verwirrt, als sie im Tierheim eintraf. Ihr wurde beigebracht, dass es in Ordnung ist, Menschen zu vertrauen. Hatte ihr menschlicher Trainer sie doch aufgezogen, seit sie ein Jungtier gewesen war, um Gottes willen. Aber all das Vertrauen, das sie über die Jahre gewonnen hatte, wurde in ein paar Monaten zerstört. Hurensöhne!«, stieß ich heftig hervor.

Leo schlang seinen Arm fester um meine Taille. »Ich bin mir sicher, dass du ihr geholfen hast, das Vertrauen wiederzuerlangen.«

Das hatte ich in der Tat, aber mein Erfolg war hart errungen gewesen. »Ich habe sechs Monate gebraucht, um in ihre Nähe zu gelangen, und weitere vier, bevor sie sich in ihrem Gehege neben mich gelegt hat.«

»Du bist ihr tatsächlich so nahe gekommen?«, fragte Leo in leicht alarmiertem Tonfall.

Ich stieß ihn mit dem Ellbogen an. »Verschone mich, Mr. *Ich packe mir jedes wilde Tier, um es zu retten, auch wenn es mir die Hand abbeißt*«, erwiderte ich trocken. »Es ist doch nicht so, als kämst du den Tieren nicht so nahe, wenn es nötig ist, und ja, ich hätte das wahrscheinlich nicht wagen sollen, obwohl Karma in Gefangenschaft aufgezogen wurde, aber sie war daran gewöhnt, Menschen körperlich nahe zu sein. Ich glaube, die Isolation hat ihr geschadet, wenn man bedenkt, wie sie aufgewachsen ist. Sie war schreckhaft, als sie ins Tierheim kam, und sie gewann keine Energie, obwohl ihre Wunden heilten. Ich machte mir Sorgen um sie.«

»Und dann hast du beschlossen, dafür zu sorgen, dass sie dir vertraut?«, erkundigte Leo sich beeindruckt. »Wie hast du das geschafft?«

»Mit purer Sturheit«, gab ich zu. »Ich habe oft und lange einfach nur im Gras gesessen und ruhig auf sie eingeredet. Als sie dann begann, sich behaglicher zu fühlen, rutschte ich immer näher. An manchen Tagen ging es gut, an anderen schien sie immer noch scheu zu sein. Karma musste von sich aus wieder Kontakt aufnehmen. Und eines Tages stieß sie mich endlich mit dem Kopf an und ließ sich von mir kraulen. Seitdem haben wir eine besondere Bindung. Ich bin nicht so dumm, nicht zu wissen, dass wilde Tiere unberechenbar sind, aber mein Spiel mit Karma war ziemlich sicher. Sie war in

Gefangenschaft geboren und sie konnte sich nicht schnell bewegen. Ich hätte ihr davonlaufen können, wenn es nötig gewesen wäre. Sie ist die einzige Großkatze, der ich jemals so nahe gekommen bin, außer wenn sie bewusstlos waren.«

»Sobald du also deinen Facharzt im Zoo gemacht hattest, hast du beschlossen, für das Tierheim zu arbeiten?«, wollte Leo wissen. »Hatte diese Entscheidung irgendetwas mit Karma zu tun?«

Ich seufzte. In der Dunkelheit der Schlafkabine und während wir beide einander so nahe in demselben Bett lagen, schien unsere Unterhaltung so intim. Auch wenn das Thema extrem unschuldig war. »Ja, in der Tat. Meine Entscheidung hatte viel mit ihr zu tun, als ich vor drei Jahren den Facharzt machte. Sobald ich die Prüfung als zoologische Tierärztin bestanden hatte, bekam ich ziemlich viele Angebote, aber ich entschied mich dafür, bei Karma zu bleiben und im Tierheim zu arbeiten. Ich habe dort nicht nur mein Praktikum absolviert, sondern danach dort ehrenamtlich gearbeitet. Ich kannte die Einrichtung daher sehr gut und wollte nirgendwo anders hin, denn dann hätte ich sie nie wiedergesehen. Ich konnte es einfach nicht.«

Die zusätzliche Ausbildung und Facharztprüfung zur Tierärztin für exotische Tiere war so intensiv, dass es eine hohe Nachfrage nach ausgebildeten Fachkräften gab, aber Karma zu verlassen war für mich nie eine Option gewesen.

»Dir gefällt es offensichtlich dort«, fasste Leo zusammen.

»Ja, aber ich bin auf Großkatzen beschränkt. Das macht mir zwar nichts aus, weil das eine meiner Spezialitäten ist, aber das Tierheim ist ziemlich klein. Nicht mit meiner Arbeit im Zoo zu vergleichen«, erklärte ich.

»Du würdest also mit der Zeit gern woanders hin?«, fragte er.

Ich schluckte heftig. Ich wollte nicht an den Tag denken, an dem ich das Tierheim tatsächlich verlassen würde, denn das bedeutete, Karma wäre gestorben. »Das ist mein Plan«, erwiderte ich. »Ich würde gern etwas tun, was eine größere Herausforderung wäre. Die Arbeit im Zoo als Facharztanwärterin war anstrengend, aber ich habe die Herausforderung genossen. Und jetzt genug von mir. Erzähl mir etwas über dein neues Artenschutzzentrum.«

Es gab ein paar Dinge, über die ich einfach nicht sprach, und wir begannen langsam, dieses Gebiet zu berühren.

»Da gibt es nicht viel zu erzählen«, meinte er sachlich. »Es ist viel kleiner als meine Einrichtung in England, aber bis jetzt tauchen die gleichen Herausforderungen auf. Geeignetes Land zu finden war praktisch unmöglich, aber dann bekam ich die Chance, einen Naturpark nördlich von Palm Springs zu kaufen. Wir werden das Gebiet weiterhin schützen und einfach die Habitate hinzufügen, die wir für die Aufzucht benötigen. Wir sind gerade dabei, eine Notaufnahme und ein Rehabilitationskrankenhaus in dieses Zentrum zu integrieren. Aber natürlich werden wir uns stets darauf konzentrieren, Arten wieder auszuwildern, wenn es noch einen Lebensraum für sie gibt. Ich werde in einem Artenüberlebensprogramm hier in den USA arbeiten, das bereits angelaufen ist.«

»Wie nahe bist du daran, Tiere in die Einrichtung bringen zu können?«, fragte ich neugierig.

Ich hatte nichts davon gehört, dass er ein Krankenhaus und eine Rehabilitationsstation in sein Zentrum integrieren wollte, aber das war nur sinnvoll.

»Ich bin jetzt näher daran als noch vor ein paar Monaten«, scherzte er. »Wir müssen die Lebensräume so herrichten, dass sie den Verpflichtungen entsprechen, die wir eingegangen sind. Ich habe ein Team und Habitat-Spezialisten, die daran arbeiten. Ich hoffe, wir können das Rehabilitationszentrum innerhalb der nächsten Monate hochziehen.«

»Das ist wunderbar«, sagte ich leise. »Du leistest wirklich unglaubliche Arbeit, Leo.«

»Ich arbeite nicht annähernd so hart wie manche aus meinem Team. Und ich arbeite auch nicht so hart wie eine Tierärztin für exotische Tiere«, erwiderte er.

»Das meinst du doch nicht ernst?«, fragte ich zweifelnd, während ich langsam von ihm abrutschte. Leo Lancaster so nahe zu sein war mir ein bisschen zu viel. »Ich habe alle deine Dokumentarfilme und die Videos über deine Vorlesungen gesehen. Ich bin noch niemals so weit einen lächerlich hohen Baum hochgeklettert, dass ein Absturz mich getötet hätte, nur um nach Hinweisen von Wildtieren zu suchen, die dort leben könnten. Noch bin ich jemals in die reißende Strömung eines Flusses gesprungen, nur um ein vom Aussterben bedrohtes Tier zu retten, das andernfalls umgekommen wäre. Ich bin auch noch niemals in eine Höhle hinabgesprungen, ohne zu wissen, ob es einen Ausgang gibt. Du bist vollkommen verrückt. Du bist der Indiana Jones des Wildtierreichs. Du trägst sogar einen ähnlichen Hut. In den Videos über deine Vorlesungen konnte ich zwar die Zuhörer nicht gut erkennen, aber ich hege keine Zweifel, dass die Studentinnen dich anhimmeln. Mein Job ist vollkommen ungefährlich im Vergleich zu deinem.«

Ich versuchte weiterhin, von ihm abzurutschen, aber Leo schien den Wink mit dem Zaunpfahl nicht zu verstehen.

Sein Arm blieb fest um meine Taille geschlungen und aus irgendeinem Grund spürte ich kein Verlangen mehr, mich von ihm zurückzuziehen.

Es war warm, beruhigend und es fühlte sich so an, als wäre es ihm kaum bewusst, dass er einen seiner muskulösen Arme um mich geschlungen hatte.

Ich wusste, ich würde zu Hause wieder unter meinem Herzschmerz leiden, daher tat mir die Nähe im Augenblick gut.

Schließlich gestattete ich mir, mich zu entspannen, und bettete meinen Kopf bequem auf das Kissen, das wir zu teilen schienen, obwohl ich wusste, dass mir dies wahrscheinlich gefährlich werden könnte.

»Du hast dir tatsächlich all diese Dokumentarfilme angesehen?«, fragte Leo und klang gespielt entsetzt. »Die meisten davon wurden gefilmt, während ich mich auf den höheren Abschluss vorbereitete. Und mein Hut hat mit einem Fedora-Hut nichts gemein. Er ist einfach praktisch. Ich trage ihn, um mein Gesicht zu beschatten, um keinen Sonnenbrand zu bekommen.«

»Okay«, räumte ich ein. »Vielleicht ist er eher ein Outdoor-Hut, der sich besser an deinen Kopf anschmiegt, aber doch dem von Indiana Jones sehr ähnlich, Indie.«

»Ich bin kein Indiana Jones des Wildtierreichs«, wehrte er angewidert ab. »So verrückt bin ich nicht. Ich gehe manchmal kalkulierte Risiken ein, aber nichts allzu Gefährliches. Es überrascht mich immer noch, dass du diese Videos gesehen hast.«

»Sie sind interessant«, rechtfertigte ich mich.

»Sie sind trocken und echt langweilig«, knurrte er. »Aber zu Bildungszwecken erlaube ich gelegentlich einem Filmteam, mir auf einer Exkursion zu folgen. Wenn ich ein paar Leute für den Wildtierschutz interessieren kann, ist es den Umstand wert.«

Die Videos waren weit entfernt davon, langweilig zu sein, und Leo war unglaublich unterhaltsam. Er hatte wahrscheinlich keine Ahnung, welche Begeisterung über seine Forschungen er in den Filmen ausstrahlte. »Sie sind alle gut gemacht.«

»Ich freue mich, dass du so darüber denkst. Ich möchte wetten, dass nur wenige Leute sie tatsächlich gesehen haben«, meinte er trocken.

Es hätte ihn vielleicht überrascht, wie viele Menschen sich die Filme angeschaut hatten.

Leo war auf seinem Gebiet anerkannt und es musste allein zahlreiche Biologen, Zoologen, Tierärzte und andere Profis geben, die mit Wildtieren zu tun hatten und die seine Karriere und Arbeit verfolgten.

Weil er sein Wissen und seine Abenteuer gern teilte, verfolgten Millionen von Menschen ihn in den sozialen Medien.

Okay. Ja. Zweifellos waren einige dieser Leute Frauen, die Leo anhimmelten, aber das war nicht der einzige Grund, warum die Menschen seine Beiträge interessant fanden.

»Du hast schon mehr Dinge gesehen und getan, als ich mir vorstellen kann, in meinem ganzen Leben zu tun«, meinte ich gedankenverloren.

»Das bezweifle ich«, erwiderte Leo skeptisch. »Und ich kann keine Tiere heilen, wie du es kannst. Ich habe lediglich das Wildtierreich studiert. Ich besitze keine deiner unglaublichen Fähigkeiten, verletzte oder kranke Tiere zu retten.«

Ich schnaufte. »Ich glaube, du versuchst einfach nur, mir ein gutes Gefühl zu geben.«

»Überhaupt nicht«, meinte er heiser und rutschte mit dem Kopf näher an meinen heran. »Und ist es so schlimm, dass ich deine Arbeit bewundere? Es erfordert äußerste Hingabe, Tierärztin für exotische Tiere zu werden. Und ehrlich, meine beruflichen Reisen sind nicht immer aufregend. Der größte Teil ist mühsam und unbequem. Ich sehe meine Familie nicht so oft, wie ich gern möchte, und ich kann auf Dauer keine Art von Beziehung aufrechterhalten.«

»Dann bist du also manchmal wahrscheinlich einsam?«, fragte ich zögerlich.

»Meistens sogar«, gab er zu. »Also sei nicht zu neidisch auf meine Arbeit.«

Ich konnte mir kaum vorstellen, dass ein Mann wie Leo sich isoliert fühlte, aber der Hauch von Verletzlichkeit in seiner Stimme raubte mir den Atem.

Einsam?

Mein Gott, ich kannte die Einsamkeit und ich verstand dieses Gefühl nur allzu gut.

Ohne nachzudenken, hob ich eine Hand an sein Gesicht und stieß hervor: »Leo?« Meine Stimme war kaum mehr als ein Flüstern.

Meine Fingerspitzen berührten sein stoppeliges Kinn und ich erschauderte, als ich mit den Fingern über seine raue Wange fuhr.

»Macy«, erwiderte Leo heiser, bevor er seinen Mund so nahe an meinen heranbrachte, dass er mich hätte küssen können.

KAPITEL 3

Leo

MACY MOCHTE VIELLEICHT so süß wie Honig schmecken und wahrscheinlich nach sexy Sünde und einem wahnsinnigen Orgasmus.

Aber wenn ich nur einmal von ihr gekostet hätte, wäre ich nicht fähig gewesen aufzuhören, das wusste ich.

Ich fühlte mich zu dieser Frau auf eine Art hingezogen, die ich nicht einmal verstand, und ich hatte kein Recht, sie zu küssen.

Wir kannten einander doch kaum und außerdem war sie die beste Freundin der frischvermählten Frau meines Bruders.

Es brachte mich beinahe um, aber ich zog mich zurück und widerstand dem mächtigen Drang, ihre wunderbaren Lippen in Besitz zu nehmen.

Mein Gott! Ich wollte sie doch nicht verschrecken.

Erschrak ich mich doch selbst zu Tode wegen meines kranken Verlangens, ihr näher zu kommen.

Ich war doch kein Mann, der jede attraktive Frau ficken musste, die ihm über den Weg lief.

Ja, ich mochte Sex genauso gern wie jeder andere und ich bekam meinen Teil. *Gelegentlich.*

Ich hatte nur noch niemals eine sexuelle Chemie wie diese gespürt.

Mein Interesse an Macy war nicht nur ein Funke.

Es war ein rasendes Inferno, das ich im Augenblick nicht löschen konnte.

»Das tue ich nicht«, murmelte sie leise.

»Was?«, fragte ich heiser.

»Dich beneiden um deine Arbeit«, erwiderte sie auf meine frühere Bemerkung. »Ich meine, ja, es würde mir gefallen, zu reisen und Tiere in ihrem natürlichen Lebensraum zu beobachten, aber wenn man mit diesen Tieren eine längere Zeit verbringen kann, so bringt einem das doch eine gewisse Befriedigung. Wenn man alles mit ihnen durchsteht, bis sie wieder auf den Füßen und gesund sind. Ich kann zwar nicht alle retten, aber doch genügend, um etwas zu bewirken.«

Sie bewirkte enorm viel, aber ich bemerkte auch, dass ihre Tätigkeit ihr zu schaffen machte.

Jemand mit Herz konnte in ihrem Beruf nicht immer die nötige Distanz wahren und offensichtlich widmete Macy sich ihren Patienten mit ganzem Herzen.

»Eines Tages wirst du reisen«, erklärte ich. »Du bist noch so jung –«

»Älter als du, da bin ich mir ziemlich sicher«, erwiderte sie leichthin.

»Nicht möglich«, schoss ich zurück. »Wie alt bist du?«

»Vor ein paar Wochen bin ich dreiunddreißig geworden. Und du?«

»Zweiunddreißig vor sechs Monaten. Also bist du nicht einmal ein Jahr älter als ich«, schlussfolgerte ich.

»Du bist definitiv viel weltgewandter als ich«, scherzte sie.

»Falls du damit meinst, dass ich mehr von der Welt gesehen habe, dann hast du wahrscheinlich recht, aber die meiste Zeit geschah dies zu Forschungszwecken. Seit meiner Kindheit habe ich keine Sehenswürdigkeiten mehr besucht. Welche Länder konntest du schon von deiner Wunschliste streichen?«, erkundigte ich mich neugierig.

»Nicht viele«, gab sie zu. »Kanada und Mexiko. Aber viele Amerikaner haben die Grenze zu diesen beiden Ländern passiert. Als Teenager habe ich Großbritannien und einige andere Länder in Europa besucht, und natürlich war ich gerade wieder in England. Leider war ich nirgendwo, wo es interessante Wildtiere gibt, außer man zählt die Reise als betrunkene Collegestudentin in den Frühlingsferien nach Mexiko mit.«

»Du hast die meiste Zeit deines Erwachsenenlebens damit verbracht, die Ausbildung zur Tierärztin zu absolvieren«, erinnerte ich sie. »Gib dir Zeit.«

»Irgendwann werde ich zu den Orten reisen, die ich gern besuchen möchte«, meinte sie in fröhlicherem Tonfall. »Wie lange wirst du diesmal in den USA bleiben?«

»Eine ganze Weile«, erklärte ich. »Aus diesem Grund habe ich auch ein Haus in der Nähe des Artenschutzzentrums gekauft. Ich weiß aus Erfahrung, dass das erste Jahr des Aufbaus eines Zuchtprogramms die meisten Herausforderungen birgt. Ich bekomme ein großartiges Team zusammen, aber ich möchte zu Beginn gern hier sein, um den Prozess zu überwachen.«

»Das ist verständlich«, meinte sie. »Da du doch den Aufbau schon einmal durchgemacht hast. Keine weiteren Exkursionen in die Wildnis?«

»Doch, es könnte eine anstehen«, verriet ich ihr. »Bis jetzt gibt es jedoch nur Gerüchte und ein paar Sichtungen, aber ich habe gehört, dass es sich bei den Augenzeugen wahrscheinlich um anerkannte

Profis handelt. Es ist möglich, dass noch ein paar lanianische Luchse existieren.«

Sie schwieg eine Weile, bevor sie flüsterte: »Nicht möglich. Ernsthaft? Sie wurden vor mehr als zehn Jahren auf die Liste der ausgestorbenen Arten gesetzt.«

»Das Land war sehr lange in einen Bürgerkrieg verwickelt«, erklärte ich ihr. »Die lanianischen Rebellen lebten und versteckten sich auf der weniger besiedelten Seite der Inselnation. Die Besetzung dieses Gebietes hat das ganze Ökosystem zerstört. Viel zu viele Rebellen haben von den mageren Ressourcen dort gelebt. Der lanianische Luchs hat darunter gelitten. Die Armee der Rebellen hat beinahe alle Kaninchen in der Gegend ausgerottet, die die Hauptnahrungsquelle der Luchse waren. Sobald es fast keine Kaninchen mehr gab, wurden auch die Luchse als Nahrungsquelle gejagt. Es würde mich überraschen, wenn noch einige übrig wären, aber das Ökosystem scheint sich langsam zu erholen, nun, da das Gebiet nicht mehr besetzt ist.«

»Das wäre ein Wunder«, meinte Macy ehrfürchtig. »Der iberische Luchs war beinahe ausgestorben und ist immer noch in Gefahr, aber die Zahlen verbessern sich. Es wäre großartig, eine weitere Luchsart zu finden, die wir für vollkommen ausgelöscht halten.«

»Begeistere dich nicht zu sehr für die Idee. Es gibt nur Gerüchte und ein paar ungesicherte Beweise«, warnte ich sie. »Der Bürgerkrieg ist seit Jahren beendet und das Gebiet im Norden ist jetzt ziemlich menschenleer, daher ist es möglich, dass es dort noch eine Luchspopulation gibt, aber nicht wahrscheinlich.«

»Also sind die meisten Menschen von dort verschwunden?«

»So ist es«, bestätigte ich. »Der größte Teil der Bevölkerung lebt an der Südküste, in der Nähe der Hauptstadt. Südlania ist nun zu einem ziemlich beliebten Urlaubsziel für Touristen geworden, die den Strand lieben. Im Norden ist das Gelände rauer, weit im Norden sogar gebirgig. Es gibt dort nur hier und da ein Fischerdorf und gelegentlich eine Farm, bis man das Vorgebirge erreicht.«

»Es ist bestimmt wunderschön dort«, sagte Macy. »Die Insel liegt mitten im Mittelmeer. Glaubst du, dass du eine Forschungsexkursion dorthin unternehmen wirst, falls du mehr Informationen bekommst?«

»Ich bin bereits dran. Ich habe sogar schon mit Niklaos gesprochen, dem Kronprinzen und regierenden Monarchen. Nick, Dylan und Damian waren an der Universität Kommilitonen. Ich kenne ihn zwar nicht so gut wie meine Brüder, aber er scheint nett zu sein. Nick hat mich gebeten, dass ich dort nach den Luchsen suche, falls wir konkretere Beweise bekommen, dass sie dort vielleicht noch existieren. Er schickt einige seiner Biologen in den Norden, um Nachforschungen zu betreiben.«

»Warte!«, rief sie aus. »Willst du mir tatsächlich erzählen, dass du mit einem Kronprinzen befreundet bist?«

»So würde ich es nicht ausdrücken«, erwiderte ich. »Wie ich schon sagte, war Nick eher mit meinen Brüdern befreundet. Kennst du das Haus, das Dylan kürzlich in Newport Beach gekauft hat?«

»Ja«, erwiderte sie ehrfurchtsvoll. »Dieses fantastische Anwesen, das direkt am Strand liegt.«

»Genau das«, stimmte ich zu. »Es hat einst Nick gehört. Er kaufte es, als er seine königlichen Pflichten in Lania wieder aufnehmen musste, aber er schafft es nicht oft, in die Vereinigten Staaten zu kommen. Ich glaube, am Ende war er wahrscheinlich froh, dass Dylan sich entschloss, es ihm abzukaufen.«

»Seine Pflichten wieder aufnehmen?«, fragte sie. »Ich muss zugeben, dass ich nicht sehr viel über Lania weiß, außer dass es eine Inselnation ist, die lange in eine Revolution verwickelt war. Ist Prinz Niklaos nicht dort geboren, als Kronprinz?«

»Das ist eine lange Geschichte«, erklärte ich. »Er ist zwar dort geboren, wurde aber bereits als Kind zu seiner Sicherheit nach England geschickt, um die königliche Blutlinie während des Bürgerkrieges zu schützen. Er kehrte erst in sein Land zurück, als die Rebellion vorbei und sein Vater zu dement wurde, um zu regieren.«

»Das muss ihn ziemlich überfordert haben, wenn er in Dylans und Damians Alter ist«, gab sie zurück. »Ich nehme an, niemand weiß wirklich, was Verantwortung bedeutet, bis man ein ganzes Land regieren muss, das jahrzehntelang vom Bürgerkrieg gebeutelt wurde. Ich verstehe, warum das Ökosystem dort vollkommen zerstört wurde.«

»Bis jetzt hat er gute Arbeit geleistet, Lania wiederaufzubauen«, erklärte ich. »Sie haben zwar weder die Ressourcen noch die Technologien wie England und die USA, aber er arbeitet daran. Den Süden in ein Mekka für Touristen zu verwandeln war wahrscheinlich eine großartige Idee. Das wird ihm die finanziellen Mittel einbringen, die er für den Wiederaufbau braucht.«

Sie seufzte. »Ich würde gern hören, was die Luchssuche ergeben wird und was sie dort finden werden.«

»Du wirst davon hören«, antwortete ich. »Ich werde den Kontakt nicht abbrechen lassen. Ich würde dich gern im Artenschutzzentrum herumführen, falls du Zeit für einen Besuch hast.«

Glaubte sie etwa, ich würde sie einfach zu Hause absetzen und niemals wieder mit ihr reden?

Auf keinen Fall.

Palm Desert war nicht so weit von Newport Beach entfernt.

Ich erinnerte mich daran, dass Nicole mir einmal erzählt hatte, dass sie, Kylie und Macy sich wirklich sehr nahestanden, da sie seit der Grundschulzeit befreundet waren. Sie hatte ebenfalls erwähnt, dass sie sich so nahe wie Schwestern waren, da keine von ihnen mehr Familie in Kalifornien besaß.

Nicole befand sich in den Flitterwochen und Kylie war immer noch mit Dylan in England. Ich hatte das Gefühl, dass Kylie nicht so bald in die USA zurückkehren würde, falls Dylan betreffs ihres Rückreisedatums ein Wörtchen mitzureden hatte.

Wer zur Hölle würde also im Augenblick für Macy da sein?

Zugegeben, im Allgemeinen hatte meine Arbeit Priorität, aber das bedeutete nicht, dass mir nicht bewusst war, dass Macy einen

Freund brauchen würde, der ihr über den Verlust von Karma hinweghelfen würde.

»Sehr gern«, murmelte sie. »Ich fühle mich geehrt, eine Einladung zu bekommen. Die Leute werden sich darum schlagen.«

»Betrachte es als eine offene Einladung. Du kannst nach Palm Springs kommen, wann immer du willst. Ich besitze ein großes Haus und du bist immer willkommen. Ich bezweifle, dass ich viel unterwegs sein werde. Vorerst haben das Artenschutzzentrum und die Manuskripte betreffs meiner Forschungen Vorrang vor allem anderen. Ich habe seit einiger Zeit nichts mehr publiziert und es gibt ein paar wichtige Daten, die ich veröffentlichen will«, erklärte ich. »Wenn ich dich in dieser Jahreszeit nicht zu einem Besuch motivieren kann, dann bezweifle ich, dass es mir im Hochsommer gelingt.«

»Ich lebe in Südkalifornien«, erinnerte sie mich. »Ich bin an die Hitze gewöhnt, aber das Gebiet von Palm Desert ist so heiß. Ich glaube nicht, dass es sich bis zum Winter abkühlen wird.«

»Ich besitze ein hübsches Schwimmbecken und eine Klimaanlage«, scherzte ich.

»Aber natürlich«, gab sie zurück. »Und du hast recht. Das Wetter verbessert sich, jetzt, da der Herbst bevorsteht. Ich werde den Besuch wirklich wahrmachen.«

Ich hasste mich, weil ich auf mehr als einen Besuch hoffte.

»Ich hoffe, du betrachtest mich als Freund, mit dem du reden kannst, wenn du es brauchst«, sagte ich zu ihr.

Sie schwieg einen Moment, bevor sie antwortete: »Es wird etwas seltsam sein, dass Nicole jetzt in England lebt. Und außerdem weiß ich, dass zwischen Kylie und Dylan etwas im Busch ist. Daher bin ich mir nicht sicher, ob wenigstens sie zurückkehren wird. Wir werden aber den Kontakt nicht verlieren. Wir waren schon zuvor geographisch voneinander getrennt und unsere Freundschaft hat sich trotzdem nie verändert. Aber jetzt wird es anders sein, da wir nicht mehr alle am selben Ort leben und uns nicht mehr so oft persönlich sehen können.«

»Ich werde nicht weit weg sein«, erinnerte ich sie.

Mein Gott! Konnte mein Drang, sie wiederzusehen, noch offensichtlicher sein?

»Ich weiß zu schätzen, was du für mich getan hast«, sagte ich ernst. »Aber du bist sehr beschäftigt.«

»Ich werde niemals zu beschäftigt sein, um dir ein Freund zu sein, wenn du einen brauchst«, versicherte ich ihr.

»Danke, Leo. Wir werden sehen. Danke für das Angebot«, erwiderte sie unverbindlich.

Das war zwar kein Versprechen, mich anzurufen, wenn sie reden musste, aber vorerst musste das genügen.

KAPITEL 4

Macy

»ICH DENKE, DU bist sturzbetrunken, Macy. Bist du dir sicher, dass du allein hierbleiben kannst?«, fragte Leo mich zwei Tage später besorgt.

Ich taumelte in mein kleines Apartment. Leo umklammerte mit einer Hand fest meinen Unterarm, damit ich nicht mit dem Gesicht voraus auf dem Boden landete.

War ich wirklich so betrunken?

Okay, ich war nicht gerade nüchtern, aber wenn ich wirklich so sturzbetrunken war, hätte ich doch wahrscheinlich nicht hier gestanden.

»Sicher kann ich hierbleiben«, versicherte ich ihm. »Ich lebe hier.«

»Das meinte ich nicht, und das weißt du«, erwiderte Leo leichthin, während er mich an meinen kleinen Küchentisch setzte. Dann suchte er in den Schränken, bis er ein Glas fand, was er prompt mit Wasser und Eis füllte.

»Es war deine Idee, in die Kneipe zu gehen«, erinnerte ich ihn. »Ich habe dir doch gesagt, dass ich unerfahren bin. Ich hatte niemals die Zeit, mich zu betrinken. Einmal am College, ja, aber nach dem einen Kater hatte ich genug.«

Leo stellte das Wasser vor mich hin. »Trink«, forderte er mich auf. »Und morgen früh solltest du etwas essen.«

»Es geht mir gut«, murmelte ich mit den Lippen am Wasserglas, bevor ich einen Schluck trank. Ich wusste, dass ich log.

Es ging mir nicht gut.

Es war zwar Leo gewesen, der vorgeschlagen hatte, uns an einen Tisch in einer ruhigen, kleinen Kneipe zu setzen und etwas zu trinken, aber ich hatte gern zugestimmt.

Karma war am späten Nachmittag gestorben, nachdem sie sich weit länger gehalten hatte, als ich erwartet hatte.

Leo war die ganze Zeit bei mir im Tierheim geblieben, obwohl ich ihn weggeschickt hatte.

Leo nahm auch sich selbst ein Glas Wasser und setzte sich mir gegenüber. »Ich verstehe, warum es dir gefällt, im Tierheim zu arbeiten. Es mag zwar klein sein, aber das Personal scheint sich um jedes einzelne Tier in seiner Obhut sehr gut zu kümmern.«

Ich nickte langsam. »Ja, das stimmt.«

»Der Direktor schien zu verstehen, wie schwierig es für dich sein wird, mit Karmas Tod klarzukommen. Er erwähnte, dass er dein Gesicht vor nächster Woche nicht mehr sehen will. Natürlich meinte er es gut mit dir«, bemerkte Leo.

»Ich bin froh, dass er das gesagt hat«, erklärte ich Leo, während ich ihn über den Rand des Glases hinweg anblickte. »Ich weiß nicht, wie lange ich brauchen werde, bevor ich darüber hinwegkomme, dass Karmas Gehege leer ist.«

Ich hatte geweint, als wäre die Welt untergegangen, nachdem Karma den letzten Atemzug getan hatte, und Leo hatte mir seine Schulter angeboten, um mich daran auszuweinen.

»Nimm dir die Zeit frei«, schlug Leo vor. »Du brauchst das, Macy. Du warst achtundvierzig Stunden dort, ohne viel zu schlafen. Du verdienst ein wenig Zeit, um über den Schmerz des Verlustes hinwegzukommen. Ich bin froh, dass es mir erlaubt war zu sehen, wie sehr ihr beide miteinander verbunden wart. Das war etwas Besonderes und sehr ungewöhnlich.«

Ich hatte Karma gegen die Schmerzen stets ein Medikament gegeben, aber es hatte trotzdem zwischendurch Perioden gegeben, in denen sie sich ihrer Umgebung sehr wohl bewusst gewesen war.

»Sie mochte dich«, erklärte ich traurig. »Du hast eine Begabung, Leo. Karma vertraute nur sehr wenigen Menschen.«

»Sie hat meine Anwesenheit nur toleriert, weil sie wusste, dass du dabei warst«, erklärte er. »Ehrlich, die Erfahrung war sehr surreal für mich. Ich war noch keinem Tiger so nahe, während er wach war. In meinem Artenschutzzentrum in England haben wir keinen und ich bezweifle, dass ich jemals wieder die Chance bekommen werde, mit einer Großkatze auf diese Art zusammen zu sein.«

»Auch ich bezweifle, dass sich mir eine solche Gelegenheit noch einmal bietet«, erwiderte ich. »Karma war etwas Besonderes, weil sie von Menschen aufgezogen wurde. Die meisten Großkatzen bleiben Menschen gegenüber misstrauisch und im Zoo oder in einer Rehabilitationseinrichtung sind sie zu wild, um sich ruhig hinzulegen und mit dir zu kommunizieren.«

»Was wirst du mit deiner freien Zeit anfangen?«

»Ich bin mir noch nicht sicher«, sagte ich ehrlich. »Wahrscheinlich werde ich ein wenig ehrenamtlich in dem Tierheim für Kleintiere hier in Newport Beach arbeiten.«

»Du arbeitest auch noch ehrenamtlich in einem regulären Tierheim?«, fragte er leise.

Ich zuckte mit den Schultern. »Warum nicht? Ich weiß, wie man normale Haustiere behandelt, seitdem ich vor sieben Jahren meinen Abschluss in Tiermedizin gemacht habe. Obwohl das besagte Tierheim langsam ein bisschen … schickimicki wird, wie ihr Briten sagt. Deine Brüder lassen dem Tierheim großzügige Spenden zukommen, daher sind wir längst nicht mehr so bedürftig, wie wir es einst waren. Sie sind gute Menschen. Keiner von beiden hat gezögert, noch im selben Moment Schecks auszustellen, in dem sie erfuhren, wie sehr das Tierheim auf Spenden angewiesen ist.«

»Ich würde mich glücklich schätzen, auch etwas zu –«

Ich hielt eine Hand in die Höhe. »Gott, nein. Wir bekommen bereits genügend Geld von Dylan und Damian und beide haben laufende Spendenzahlungen veranlasst. Wir konnten daher mehr Tiere aufnehmen und sind aufgrund der Großzügigkeit deiner Brüder nicht mehr so bedürftig.«

»Nun, die Einladung, mich in Palm Springs zu besuchen, steht immer noch«, erinnerte er mich.

Als hätte er nichts Besseres zu tun, als mich in seinem Zentrum herumzuführen, nachdem er die letzten zwei Tage mit mir bei dem sterbenden Königstiger Totenwache gehalten hat.

Es handelte sich um Leo Lancaster, um Gottes willen.

Er war der Rockstar der Welt der wilden Tiere.

Ich hatte nicht genügend Cocktails intus, um zu vergessen, wer mir während der letzten absolut furchtbaren Tage beigestanden hatte.

Leo war an meiner Seite geblieben und hatte nicht mit der Wimper gezuckt angesichts der Aussicht, dicht bei Karma zu bleiben und ziemlich persönlichen Kontakt mit ihr aufzunehmen, indem er die riesige Katze streichelte und tröstete, bis sie starb.

Es war auch kein bisschen unangenehm gewesen, als er die Arme ausgebreitet und die trauernde Tierärztin an sich gezogen hatte, die Karma zurückgelassen hatte.

Als Leo auf dem Heimweg vorgeschlagen hatte, etwas zu trinken, hatte ich nur allzu bereitwillig zugestimmt.

Allerdings hatte er wahrscheinlich nicht erwartet, dass ich so verdammt viele Cocktails hinunterkippen würde, aber er hatte kein Wort gesagt.

Als ich dann bereit war zu gehen, hatte er mich schlicht zu seinem Cadillac Eskalade geführt und mich nach Hause gefahren.

Als ich einen Blick auf die Küchenuhr warf, merkte ich, dass es Mitternacht war. »Du kannst gehen, Leo. Wirklich. Ich war ein wenig beschwipst, aber jetzt fühle ich mich besser. Ich weiß, du hast viel Arbeit vor dir. Dass du so lange bei mir geblieben bist, bedeutet mir viel.«

Er zuckte mit den Schultern. »Nicht der Rede wert. Ist das der Wink mit dem Zaunpfahl, dass ich mich vom Acker machen soll?«, scherzte er.

»Das war kein Rausschmiss«, erwiderte ich ehrlich. »Ich habe nur Gewissensbisse, weil du jede Minute der letzten paar Tage mit mir verbracht hast. Du bist schließlich nicht aus diesem Grund hier in den Staaten und bis jetzt warst du noch nicht einmal in deinem Zentrum.«

»Es ist spät geworden«, sagte er in nüchternerem Tonfall, als er sich erhob. »Und keiner von uns beiden hat letzte Nacht viel Schlaf bekommen.«

Er klang müde und als sich der Alkoholnebel in meinem Kopf mehr und mehr verlor, wurde mir bewusst, dass ich Leo heute Abend wahrscheinlich nicht mehr nach Hause schicken sollte.

Meine emotionale Energie war während der letzten beiden Tage voll auf Karma konzentriert gewesen.

Und Leo war da gewesen, um mir etwas zu essen zu bringen, wenn es an der Zeit war, und um mir etwas von seiner Stärke abzugeben, als ich zusammenbrach.

Ich seufzte, als mir bewusst wurde, dass ich nicht einmal daran gedacht hatte, dass auch Leo nur ein Mensch war.

»Du brauchst beinahe zwei Stunden nach Palm Springs«, erinnerte ich ihn, als ich mich erhob. »Du musst erschöpft sein.«

»Daher habe ich in der Kneipe auf Alkohol verzichtet und stattdessen eine Tasse starken Kaffee getrunken«, erklärte er, während er sich herumdrehte, um mich anzublicken, nachdem ich ihm bis zur Tür gefolgt war. »Ich komme zurecht, Macy. Ich bin es gewohnt, nicht viel Schlaf zu bekommen, wenn ich draußen unterwegs bin. Ich funktioniere noch perfekt. Im Augenblick bin ich über dein Wohlergehen mehr besorgt. Du siehst vollkommen fertig aus«, bemerkte er in seinem tiefen Bariton. »Schlaf jetzt und kümmere dich um dich.«

Ich blickte zu Leo auf und stieß einen weiteren langen Seufzer aus.

Sogar noch nach zwei Tagen, während derer er einem sterbenden Tiger und einer furchtbar trauernden Frau Gesellschaft geleistet hatte, sah Leo so gut aus wie auf dem Flug über den großen Teich.

Wie dankte eine Frau einem Mann, den sie kaum kannte, dafür, dass er während einer traumatischen Erfahrung für sie da gewesen war? »Leo, ich weiß nicht, wie ich dir danken soll –«

»Dann verzichte darauf, denn du hast dich bereits fünfzigmal oder so bei mir bedankt«, unterbrach er mich in neckendem Tonfall. »Ich weiß, es wird eine Weile dauern, bis du über den Verlust von Karma hinwegkommen wirst. Aber wenn du mir wirklich danken willst, dann halte den Kontakt zu mir aufrecht und lass mich wissen, wie du zurechtkommst.«

Ich warf mich ihm wohl zum zigsten Male in den letzten paar Tagen in die Arme, was mir immer leichter und leichter fiel.

Vielleicht weil ich wusste, dass Leo mich aus irgendeinem Grund verstand. Er verurteilte mich nicht. Er verstand, was ich fühlte, während so viele andere Menschen das nicht konnten.

Ehrlich, wie viele Menschen auf der Welt hätten verstanden, dass mir ein verkrüppelter Königstiger, der über die Jahre mein drittbester Freund geworden war, das Herz brechen konnte?

Konnten sie verstehen, warum ich mich so leer und verloren fühlte?

Wahrscheinlich nicht.

Aber Leo schien sowohl Mitgefühl zu haben als auch genau zu spüren, wie ich mich fühlte.

»Ich weiß nicht, was ich die letzten paar Tage ohne dich getan hätte«, erklärte ich mit zitternder Stimme, als ich ihn so fest ich konnte umarmte.

Er zog sich zurück und küsste mich auf die Stirn, als wäre ich seine kleine Schwester, bevor er antwortete: »Ich bin froh, dass du es nicht ohne mich durchstehen musstest.«

»Ich auch«, flüsterte ich, während ich Leos männlichen Duft einsog, den ich mittlerweile sehr gut wiedererkennen konnte.

»Hey«, sagte er mitfühlend und wischte mir eine Träne von der Wange. »Macy, ich bleibe gern, wenn du –«

»Nein! Ich bin zu Hause, Leo. Es ist okay«, wehrte ich ab, als ich mich zurückzog, um mir die feuchten Wangen abzuwischen. »Ich kann nicht für immer so weiter weinen. Ich werde mein Gleichgewicht wiederfinden.« *Irgendwann.*

Wahrscheinlich war es einfacher, meine Wunden allein zu lecken, aber seltsamerweise war es mir nicht allzu schwergefallen, auch in Leos Anwesenheit loszulassen.

Es war ja nicht so, als hätte ich noch niemals zuvor ein Tier verloren, um das ich mich gekümmert hatte. Das war der schwierige Teil meiner Arbeit und bis zu einem gewissen Punkt betrauerte ich alle Tiere, die ich verlor, aber nie so wie in diesem Fall.

Karma war etwas anderes gewesen.

Ich hatte mir gestattet, ihr viel zu lange viel zu nahe zu kommen, und daher war der Verlust jetzt unerträglich schmerzhaft.

Wir hatten einander getröstet, wenn einer von uns beiden die dunkelsten Zeiten seines Lebens durchmachen musste, und sie loszulassen hatte sich angefühlt, als würde ich wieder in die mir wohlbekannte, tintenschwarze Düsternis fallen.

»Ich werde mich melden, falls du es nicht tust«, drohte Leo, als er mich schließlich losließ. »Ich muss wissen, ob es dir gut geht.«

Ich versuchte, ihm ein kleines Lächeln zu schenken. »Du machst Witze, oder?«, sagte ich. »Du hast mir eine Einladung geschenkt, für die jeder zoologische Tierarzt töten würde. Ich werde dich anrufen.«

Leo zog eine Braue in die Höhe. »Das war keine berufliche Einladung. Vielleicht möchte ich dich einfach wiedersehen.«

Ich schnaufte. Ich konnte nicht anders. »In diesem Fall betrachte ich mich als Glückskind. Du bist immerhin der legendäre Leo Lancaster.«

Ich hätte nicht behaupten können, dass meine Verehrung für ihn vollkommen verflogen war, aber ich sah Leo jetzt mit anderen Augen als vor ein paar Tagen.

Er war immer noch atemberaubend gut aussehend und großartig, aber er war auch sehr … menschlich.

Er grinste, als er die Tür öffnete. »Nicht genau das, was ich mir erhofft habe, aber ich werde mich damit zufriedengeben … vorerst.«

Er ging ohne ein weiteres Wort. Als ich beobachtete, wie seine große, muskulöse Gestalt in der Dunkelheit verschwand, fragte ich mich neugierig, was Leo Lancaster hatte hören wollen.

KAPITEL 5

Leo

»WIE KOMMT ES, dass ich von all dem nichts weiß?«, fragte mein Bruder Dylan mich, als wir am nächsten Tag miteinander telefonierten, um uns gegenseitig auf den neuesten Stand zu bringen. »Ich habe einige Male versucht, dich anzurufen, seitdem du England verlassen hast, aber ich bin so daran gewöhnt, dass du nicht erreichbar bist und selbst anrufst, sobald du die Möglichkeit hast, dass ich mir nichts dabei gedacht habe.«

Ich hatte Dylan erzählt, was Macy erlebt hatte, nachdem er mir erklärt hatte, dass zwischen ihm und Kylie nun alles gut war.

Mein Bruder hatte Kylie am Abend von Damians und Nicoles Hochzeitsparty gefragt, ob sie ihn heiraten wollte. Ich hatte also recht gehabt. Es gab demnach eine weitere Hochzeit bei den Lancasters, die jetzt in Planung ging.

»Ich denke, du hattest an Wichtigeres zu denken«, erwiderte ich. »Und ich habe gerade erst begonnen, meine verpassten Anrufe zu erwidern. Du bist der Erste, den ich angerufen habe. Ich hatte mein Handy abgeschaltet, sobald wir auf der Krankenstation des Tierheims angekommen waren.«

»Wie geht es Macy?«, fragte Dylan ernst. »Kylie erwähnte, dass Macy besorgt war, weil der Tiger krank war und im Sterben lag, aber ich kenne nicht die ganze Geschichte. Mir war nicht bewusst, dass sie sich so lange um den Tiger gekümmert und so eng mit ihm verbunden war.«

Ich stand lächelnd vor den raumhohen Fenstern in meinem neuen Haus und starrte auf die Wüstenlandschaft.

Vor nur einem Monat hatten Damian und ich uns noch gefragt, ob Dylan überhaupt noch ein Herz besaß.

Die Besorgnis in seiner Stimme, als er sich nach Macy erkundigte, war der Beweis, dass das große Organ immer noch in Dylans Brust schlug.

Ich war Kylie für immer dankbar, dass sie unserer Familie den alten Dylan zurückgegeben hatte, und ich war verdammt froh, dass sie nun dauerhaft unserer Familie angehörte, indem sie meinen Bruder heiratete.

»Es hat ihr offensichtlich das Herz gebrochen«, berichtete ich. »Sie sagte, sie wäre okay, aber ich denke, sie wird eine Weile brauchen, um darüber hinwegzukommen. Es war ziemlich offensichtlich, dass sie und der Tiger eine starke Verbindung hatten.«

»Kylie hat ein- oder zweimal erwähnt, dass Macy es nicht leicht hatte«, bemerkte Dylan. »Jetzt wünschte ich mir, ich hätte sie gefragt, was genau sie damit meinte. Ihre Ausbildung war augenscheinlich aufreibend und schwierig, aber ich habe das Gefühl, da steckt mehr dahinter.«

Ich vermutete, dass Dylan recht hatte, aber ich hatte keinen wirklichen Grund, das zu glauben.

Es war reiner Instinkt.

Ich spürte, dass Karmas Tod nicht das Einzige war, das Macy quälte.

»Sie wirkte ständig erschöpft, schon als wir uns das erste Mal begegnet sind, und daran hat sich nicht viel geändert«, vertraute ich Dylan an. »Ich hoffe, sie konnte schlafen, nachdem ich sie gestern zu Hause abgesetzt hatte.«

»Was genau läuft eigentlich zwischen euch beiden?«, fragte Dylan. »Es sieht dir nicht ähnlich, deine eigene Arbeit zwei Tage lang hintanzustellen, sterbender Tiger hin oder her. Ich weiß, du bist dort in den Staaten wegen deines neuen Zentrums und du kannst doch kaum fünf Minuten still sitzen, wenn du etwas erledigen musst.«

Ich fuhr mir frustriert mit der Hand durchs Haar. »Zwischen uns läuft nichts«, versicherte ich ihm. »Sie brauchte Hilfe und ich habe ihr geholfen.«

»Das ist doch vollkommener Schwachsinn, Bruder«, widersprach Dylan mit Humor in der Stimme. »Lass mich die wahre Geschichte hören.«

Ich stieß entnervt den Atem aus. »Ich mag sie. Ich kann nicht anders. Aber sie hat absolut kein Interesse daran, irgendeine Art von Beziehung mit mir zu versuchen. Ich musste sie überreden, dass ich sie zu Karma bringen und dann bei ihr im Tierheim bleiben durfte. Sie hat nur aus dem einzigen Grund zugestimmt, weil dies der schnellste Weg für sie war, zu ihrem geliebten Tiger zu kommen. Und sie scheint nur minimal daran interessiert zu sein, mich in Palm Springs zu besuchen. Ihre Begeisterung entspringt mehr der Neugier auf das Zentrum als der Freude über ein Wiedersehen mit mir.«

»Und du hättest es lieber gehabt, wenn sie an dir interessiert gewesen wäre?«, fragte Dylan neugierig. »Ich meine, das sieht dir auch nicht ähnlich, Leo. Wann hat es dich jemals gekümmert, ob eine Frau von dir beeindruckt war oder nicht?«

»Scheinbar seitdem ich *sie* kennengelernt habe«, erwiderte ich trocken. »Ehrlich, sie ist anders als alle anderen Frauen, die ich je gekannt habe. Das war gleich mein erster Eindruck. Zur Hölle, vielleicht zieht sie mich nur so an, weil sie einfach umwerfend ist. Ich weiß es nicht.« Ich dachte einen Moment über meine Worte nach, bevor ich hinzufügte: »Nee. Es ist mehr als das. Ich möchte wirklich gern Zeit mit ihr verbringen. Sie besser kennenlernen. Macy ist nett und brillant und außerdem hübsch, aber sie schien nicht daran interessiert, etwas mit mir zu unternehmen.«

»Vielleicht liegt es daran, dass ihr im Augenblick anderes im Kopf herumgeht«, schlug Dylan vor.

»Das habe ich auch schon gedacht«, gab ich zu. »Aber auf der Hochzeit habe ich ihrerseits auch kein persönliches Interesse an mir gespürt. Verflucht! Sie ist die erste Frau seit Langem, zu der ich mich wirklich hingezogen fühle, und es ist offensichtlich, dass dies nicht auf Gegenseitigkeit beruht. Sie behandelt mich wie einen lockeren Freund.«

Immerhin hatte ich nach irgendeinem Interesse seitens Macy gesucht.

Ich hatte es aber einfach nicht entdecken können, weder vor noch nach unserem Flug in die Staaten.

»Du musst vielleicht einfach nur geduldig sein, Leo. Und um Gottes willen, was auch immer du tun magst, mach sie nicht zu einem One-Night-Stand und verschwinde dann auf eine deiner ausgedehnten Exkursionen. Kylie wird dir die Eier abschneiden, wenn du Macy wehtust. Und, noch schlimmer, sie wird wahrscheinlich auch mir an die Eier gehen, da du mein Bruder bist. Ich glaube, sie hofft wirklich, dass Macy in naher Zukunft einen netten Mann findet.«

»Und ich kann mich dafür nicht qualifizieren?«, fragte ich trocken und mehr als ein wenig beleidigt.

»Komm schon, Leo«, gab Dylan zurück. »Wann hattest du zum letzten Mal eine feste Freundin oder irgendeine längere Beziehung? Ich weiß, du bist mit deinen zweiunddreißig Jahren keine Jungfrau mehr, daher vermute ich, dass all deine Verhältnisse kurz waren?«

»Nicht immer hatte ich die Wahl«, knurrte ich. »Die meisten Frauen verstehen nicht, warum ich tue, was ich tue, obwohl ich so viel Geld besitze, dass ich einfach alles finanzieren könnte, ohne es selbst zu tun und mir die Hände schmutzig zu machen.«

Ich würde meinem Bruder natürlich nicht verraten, wie selten meine One-Night-Stands stattfanden.

Dylan stieß lange den Atem aus, bevor er fragte: »Und wenn du dir eine Frau suchst, die ungefähr die gleichen Ziele hat wie du? Ein Mitglied aus deinem Team? Eine Frau, die auf deinem Gebiet arbeitet?«

»Alle meine weiblichen Teammitglieder sind bereits verheiratet. Das Gleiche gilt für die meisten Frauen im Feld. Ich verlange eine hochwertige Ausbildung und Erfahrung, wenn ich jemanden einstelle. Und wenn eine Frau in meinem Team oder eine, die im Zentrum arbeitet, einmal nicht verheiratet ist, was nicht sehr oft vorkommt, dann springt da einfach kein Funke über. Idealerweise wäre es nett, eine Frau kennenzulernen, die auf demselben Gebiet arbeitet, aber die meisten Frauen, mit denen ich zusammenarbeite, sind bereits vergeben.«

»Verflucht, Leo, du musst wirklich öfter aus der Wildnis herauskommen«, bemerkte Dylan.

»Wenn ich das tue, laufen mir stets Frauen über den Weg, die meine Berufswahl nicht verstehen«, erklärte ich ihm.

»Also gut, ich habe verstanden. Es ist ja nicht so, als verstünde ich nicht, wie schwierig es ist, die richtige Frau zu finden«, meinte Dylan resigniert. »Geh einfach behutsam mit Macy um.«

»Ist dir jemals in den Sinn gekommen, dass sie am Ende *mir* das Herz brechen könnte?«, fragte ich gepresst.

»Nein«, erwiderte Dylan kurz und bündig. »Ich kenne dich, kleiner Bruder. Ich glaube nicht, dass es eine Frau gibt, die deine Aufmerksamkeit für länger als einen Abend fesseln kann, mit Ausnahme von Mom vielleicht.«

Ich war versucht, ihm zu sagen, wie sehr er sich irrte und dass ich mich auf Macy eingeschossen hatte, aber ich war mir nicht sicher, ob er mir geglaubt hätte. Zur Hölle, ich hätte wahrscheinlich auch nicht geglaubt, dass Dylan wirklich in Kylie verliebt war, wenn ich die beiden nicht zusammen gesehen hätte, nachdem er ihr verfallen war.

»Danke«, sagte ich gereizt. »Das hört sich an, als wäre ich ein echter Wichser.«

»Das meinte ich nicht«, beruhigte Dylan mich. »Du bist unglaublich ehrgeizig. Das warst du immer schon. Das bewundere ich an dir. Wenn du dir erst einmal in den Kopf gesetzt hast, etwas Bestimmtes zu erreichen, dann bekommst du einen Tunnelblick. Darum bist du so verdammt gut bei dem, was du tust, aber das lässt nicht viel Raum für irgendetwas oder irgendjemand anderes in deinem Leben. Ich denke, an einem gewissen Punkt in deiner Zukunft wirst du mehr wollen. Ich meine das nicht als Kritik, Leo. Es ist eine reine Beobachtung. Hattest du jemals eine echte Beziehung? Ich kann mich nicht daran erinnern, dass du jemals eine Frau mit nach Hause gebracht hättest, um sie der Familie vorzustellen.«

»Keiner von uns hat eine Frau mit nach Hause gebracht, um Mom kennenzulernen, weil wir wussten, sie hätte sofort mit der Hochzeitsplanung begonnen«, erinnerte ich ihn. »Ich hatte tatsächlich ein paar feste Freundinnen, als ich die Universität besuchte. Eine, als ich achtzehn war, und eine andere mit einundzwanzig.«

»Und danach?«, bohrte Dylan weiter.

»Nun, nachdem die Geschichte mit meiner zweiten Freundin aus war, hatte ich nichts Längeres mehr«, gab ich missmutig zu. »Das heißt aber nicht, dass ich keine Beziehung haben will. Aber es ist mir einfach nicht vergönnt. Sieh dir nur Damian an. Er hatte auch lange Zeit keine Frau in seinem Leben. Bis Nicole kam.«

»Dann gibt es ja noch Hoffnung für dich«, scherzte Dylan. »Ich bitte dich nur, Macy gut zu behandeln. Sie ist eine von Kylies besten Freundinnen.«

»Und was, wenn sie die Frau ist, die mich dazu bringt, mehr zu wollen?«, forderte ich ihn heraus.

Schließlich brachte ich nicht jeden Tag solche Empfindungen für eine Frau auf.

»Dann beweg dich, wenn du wirklich verrückt nach ihr bist«, meinte Leo. »Kämpfe dafür. Für nichts im Leben gibt es eine Garantie. Das habe ich auf die harte Tour gelernt.«

»Ehrlich gesagt«, gab ich zu, »weiß ich nicht genau, was ich tun werde. Ich fühle mich von ihr angezogen, das will ich nicht abstreiten. Aber es ist mehr als das. Ich will viel mehr als einen One-Night-Stand.«

»Wirst du sie anrufen?«, fragte Dylan neugierig.

»Ich habe gehofft, sie würde mich anrufen«, erwiderte ich. »Ich habe mich klar ausgedrückt, dass sie von sich aus anrufen muss und dass ich schamlos gierig darauf bin, etwas von ihr zu hören.«

»Sei nicht stur«, riet Dylan mir. »Wenn sie so dickköpfig ist wie Kylie, dann ist sie in der Lage, viel länger durchzuhalten als du.«

Er hatte wahrscheinlich recht.

Irgendetwas sagte mir, wenn ich nicht bald etwas von Macy hörte, würde ich derjenige sein, der zuerst zum Telefon greifen würde. Die Chemie zwischen uns hatte etwas an sich, das ich einfach nicht ignorieren konnte.

Verflucht! Vielleicht wäre es besser gewesen, ich hätte die Geschichte mit Macy einfach vergessen, aber ich wusste einfach nicht, ob ich das konnte.

»Solche Sachen können wirklich kompliziert werden«, erklärte ich Dylan.

»Warum?«

»Macy ist eine sehr begabte zoologische Tierärztin und ich werde ein Artenschutzzentrum, ein Krankenhaus mit Notaufnahme für Wildtiere und ein Rehabilitationszentrum aufbauen. Es ist verdammt schwer, jemanden mit ihrem Beruf zu finden, und jetzt, da Karma tot ist, wird Macy auf Jobsuche gehen, wie ich weiß. Ich möchte gern der Erste sein, der ihr etwas anbietet, was eine größere Herausforderung für sie darstellt«, überlegte ich.

Seitdem ich sie kennengelernt hatte, dachte ich daran, welche Bereicherung Macy für das neue Zentrum wäre.

»Du würdest das also als einen Grund betrachten, der eine persönliche Beziehung zum Tabu werden ließe?«, fragte er.

»Wahrscheinlich nicht, was mich anbelangt«, erklärte ich. »Ich bin der Boss, aber ihr könnte es unangenehm sein.«

»Mach einen Schritt nach dem anderen«, riet er mir. »Du weißt weder, ob sie einen Job bei dir annehmen, noch, ob sie sich mit dir verabreden will.«

»Ich glaube, ich bin wirklich etwas voreilig«, stimmte ich zu, obwohl ich nicht zugeben wollte, dass eins der beiden Szenarios eintreffen könnte.

»Wie geht es denn so in Palm Springs?«, wollte er wissen.

»Es ist heiß hier«, sagte ich ehrlich. »Es mag zwar auf den Herbst zugehen, aber wir erreichen immer noch gelegentlich beinahe vierzig Grad während der heißesten Stunden des Tages. Morgens und abends ist es hingegen angenehm.«

»Es ist eben ein Wüstenklima«, erinnerte Dylan mich und lachte leise vor sich hin. »Und wie gefällt dir dein neues Haus?«

»Ich liebe es«, antwortete ich. »Es ist kein Wunderwerk der Technik wie die Häuser von dir und Dylan in London, aber es ist bequem und bietet spektakuläre Ausblicke.«

»Ich kann einfach nicht glauben, dass du für dich niemals ein Haus in England gekauft, aber eins in den Staaten gebaut hast.«

»Dies hier wird meine Basis für die nächsten ein oder zwei Jahre sein«, erklärte ich. »Ich dachte mir, ich könnte es ebenso gut bequem haben.«

»Ich kann es kaum erwarten, dich in den Vereinigten Staaten zu besuchen, sodass Kylie und ich dein neues Zentrum besichtigen können. Ich bin wirklich stolz auf dich, Leo«, sagte er ernst. »Lassen wir mal die Scherze über dein Liebesleben beiseite, man muss eine Unmenge Arbeit investieren, um das zu erreichen, was du bisher geschafft hast, und das in so jungen Jahren.«

Ich weiß, dass er jedes Wort ernst meinte. Ich konnte den echten Stolz in seinem Tonfall erkennen. »Ich tue, was ich liebe, also fällt es mir leicht, mich der Sache ganz hinzugeben.« Ich zögerte einen Moment, bevor ich ernst hinzufügte: »Es ist gut, dich wiederzuhaben, Dylan. Damian und ich haben dich mehr vermisst, als du es dir vorstellen kannst.«

»Glücklicherweise habe ich nicht vor, noch einmal so abzustürzen, kleiner Bruder«, meinte er heiser. »Ich werde immer da sein, falls und wenn du mich brauchst. Ich habe viel zu viel, für das ich dankbar bin und für das ich leben kann, um jemals wieder so tief zu fallen.«

»Ich freue mich, dass Kylie und du eure Beziehung geklärt habt«, sagte ich.

»Es hätte auch ganz anders ausgehen können«, knurrte er. »Auf der ganzen Welt gibt es keine andere Frau für mich. Ich kann mich glücklich schätzen.«

Nicht in meinen wildesten Träumen hätte ich mir vorgestellt, meinen Bruder je so über eine Frau reden zu hören. Ich war begeistert.

»Ich glaube, sie ist fähig, dich auf Linie zu halten«, scherzte ich.

»Mehr als fähig«, schoss er lachend zurück, nicht im Geringsten beschämt, dass er seine Frau fürs Leben gefunden und diese ihn so fest im Griff hatte. »Da wir gerade von Kylie sprechen, ich sollte langsam mal Schluss machen. Sie wollte etwas zum Abendessen vorbereiten.«

Ich ging in die Küche, um meine Brieftasche und meine Sonnenbrille von der Arbeitsplatte zu holen. »Ich fahre jetzt ins Zentrum. Lasst es euch schmecken.«

»Leo?«, fragte Dylan.

»Ja?«

Er räusperte sich. »Vielleicht solltest du dir überlegen, auch ein wenig freizunehmen. Wenn man ununterbrochen arbeitet, vergisst man manchmal, den Blick zu heben und sich Zeit zu nehmen, zu erkennen, was man vermisst.«

Ich dachte einen Augenblick über seine Worte nach, bevor ich antwortete: »Da magst du recht haben.«

Dann beendeten wir unser Gespräch, aber ich beschäftigte mich noch lange gedanklich mit dem, was er gesagt hatte.

KAPITEL 6

Macy

»ICH WÜNSCHTE, DU hättest mich angerufen. Ich hatte keine Ahnung, dass du so früh mit Leo London verlassen hast«, sagte Kylie bedauernd, als wir miteinander telefonierten.

Ich war spät aufgewacht, mit leichten Kopfschmerzen von meinem übermäßigen Cocktailgenuss am vorherigen Abend. Ansonsten gab es keine Anzeichen, dass ich einen Kater hatte.

Eines der ersten Dinge, die ich am späten Nachmittag getan hatte, bestand darin, Kylie anzurufen, um ihr zu erklären, was geschehen war, da ich sie auf der Hochzeitsparty nicht mehr gesehen hatte, bevor ich England mit Leo verlassen hatte.

Sie hatte mir erzählt, was sie während der letzten paar Tage erlebt hatte, und ich reagierte begeistert, als sie mir mitteilte, dass sie und Dylan nun verlobt wären.

»Alles geschah so schnell«, erklärte ich, während ich meine Position auf der Couch veränderte, um es bequemer zu haben.

»Leo hat mir sofort angeboten, mich mit in die USA zu nehmen. Ich konnte sein Angebot nicht ablehnen. Es war mir zu wichtig, bei Karma zu sein, während es mit ihr zu Ende ging. Wirklich, er war großartig während der letzten paar Tage.«

»Ich fühle mich schrecklich, dass ich nicht da war«, meinte Kylie traurig. »Mein Gott, Macy, ich weiß, wie hart das für dich sein muss.«

»Es geht mir gut«, erwiderte ich ehrlich. »Ich glaube, ich habe schon viel Trauerarbeit geleistet, als ich wusste, dass sie den Krebs nicht überleben würde, und dann habe ich mich während der letzten Tage bei dem armen Leo ausgeheult. Es wird eine Weile dauern, bis der Schmerz über den Verlust abklingt. Ich muss mich einfach beschäftigen.«

»Du sagtest, du nimmst dir den Rest der Woche frei. Wie sehen deine Pläne aus?«, wollte Kylie wissen.

»Ich werde wahrscheinlich etwas im Tierheim arbeiten«, überlegte ich. »Und Leo hat mich nach Palm Springs eingeladen, um seine Fortschritte bezüglich des neuen Artenschutzzentrums zu begutachten. Obwohl ich glaube, dass er nur nett sein wollte, weil ich wirklich ein Trauerkloß war.«

»Das bezweifle ich«, gab Kylie zurück. »Ich meine, ich kenne ihn nicht allzu gut, aber ich denke, er nimmt seine Arbeit ziemlich ernst. Ich bezweifle, dass er dich um deinen Besuch gebeten hätte, wenn er dich nicht wiedersehen wollte. Ehrlich, du und Leo, ihr habt so vieles gemeinsam. Du solltest dem Mann eine Chance geben.«

Ich schnaufte. »Das meinst du doch nicht ernst. Ich … und Leo Lancaster?«

»Warum nicht? In London hast du gesagt, du fändest ihn attraktiv«, wandte Kylie ein. »Muss ich dich daran erinnern, dass ich mich soeben mit einem Lancaster verlobt habe?«

Ich seufzte. »Es ist nicht nur die Milliardärs-Geschichte oder dass er einer aristokratischen englischen Familie entstammt, obwohl diese beiden Tatsachen allein bereits einschüchternd wirken«, erklärte ich. »Leo Lancaster wird in der Welt der Wildtierforschung als bahnbrechender Held betrachtet. Ich habe alles gesehen, was jemals über seine Feldarbeit gefilmt wurde. Dazu kommt noch, dass er echt umwerfend aussieht. Er spielt also in einer weit höheren Liga als ich.«

»Nein, das stimmt nicht«, beharrte Kylie. »Leo ist auch nur ein Mensch und du selbst bist nicht nur hinreißend, sondern auch unglaublich erfolgreich. Ich hege keinen Zweifel, dass er sich zu dir hingezogen fühlt.«

»Nein, das tut er nicht«, versicherte ich ihr bestimmt. »Und obwohl ich es zu schätzen weiß, dass du mich für attraktiv hältst, so bin ich doch tatsächlich eine Frau, die viel Zeit im Freien verbringt, ohne Make-up und mit unordentlicher Frisur. Ganz zu schweigen von der Tatsache, dass ich mich um große, wilde Tiere kümmere und am Ende des Tages wie sie stinke. Leo hat lediglich Mitgefühl gezeigt. Er behandelt mich wie die kleine Schwester, die er niemals hatte.«

»Das klingt logisch, weil du um Karma trauerst. Er ist definitiv intelligent genug, um zu wissen, dass es nicht weise wäre, dich jetzt anzubaggern.«

Ich lachte leise auf. »Gott, ich liebe dich dafür, dass du denkst, Leo Lancaster könnte ein Auge auf mich geworfen haben. Kylie, du kennst mich. Ich bin keine Frau, die sich um ihr Äußeres schert oder sich scheut, sich die Hände schmutzig zu machen.«

Ich war der Jeans und T-Shirt Typ Frau und trug stets meinen typischen Pferdeschwanz bei der Arbeit.

Und wenn ich nicht arbeitete, änderte sich auch nicht viel daran.

Bei den meisten meiner bevorzugten Tätigkeiten im Freien konnte ich weder elegante Kleidung noch Nägel in der Länge von Dolchen noch eine Tonne Make-up gebrauchen.

»Du hast noch niemals Make-up oder elegante Kleidung gebraucht, um umwerfend auszusehen«, schoss Kylie zurück. »Ich garantiere dir, dass Leo dich attraktiv findet. Und ich bezweifle, dass er zwei Tage an deiner Seite geblieben wäre, nur um nett zu sein. Dafür ist er viel zu beschäftigt. Er hätte dich auch nicht nach Palm Springs eingeladen, bevor das Zentrum auch nur annähernd fertig ist, wenn er dich nicht wiedersehen wollte. Ich denke, du solltest auf seine Einladung eingehen. Vielleicht ist es für dich an der Zeit für eine Affäre mit einem Lancaster.«

Ich wusste, dass Kylie mich neckte bezüglich einer Affäre mit Leo, weil ich sie vor nicht allzu langer Zeit aufgefordert hatte, mit Dylan eine zu beginnen. »Ich bin mir ziemlich sicher, dass er mich erst einmal attraktiv finden muss, bevor ich diese kleine Affäre haben kann«, gab ich zurück.

Kylie stieß einen genervten Seufzer aus. »Ich bin mir sicher, die Anziehung beruht auf Gegenseitigkeit.«

»Denk, was immer du willst«, erklärte ich freundlich. »Aber du weißt doch, wie unbeholfen ich in Gesellschaft bin, besonders bei Männern.«

»Fühlst du dich bei Leo unbeholfen?«, hakte Kylie nach.

»Nun, eigentlich nicht. Obwohl ich mir sicher bin, dass dies nur daran lag, dass ich mich wegen Karma andauernd an seiner Schulter ausgeweint habe. Ich habe an nichts anderes als an sie gedacht«, erklärte ich.

Seltsamerweise hatte ich mich mit Leo nicht unbehaglich gefühlt, obwohl es mir normalerweise schwerfiel, mich bei einem Rendezvous mit Männern zu unterhalten. Und aus diesem Grund hatte ich auch sehr lange keins mehr gehabt.

Aus irgendeinem Grund fühlte ich mich vollkommen wohl, mit Leo Lancaster über alles zu reden, was mir in den Sinn kam.

»Die Umstände hätten es eigentlich noch unbehaglicher machen müssen«, überlegte Kylie. »Stattdessen hast du dich wohl genug gefühlt, um an seiner Schulter zu weinen.«

»Ich bin mir sicher, wenn ich ihn unter anderen Umständen wiedersehe, werde ich mich wieder wie eine Vollidiotin fühlen. Er ist ein ziemlich einschüchternder Mann«, erklärte ich.

»Sein Lebenslauf und sein Geld mögen vielleicht einschüchternd wirken, aber er selbst nicht«, bemerkte Kylie. »Leo war immer nett zu mir.«

»Du hast recht«, gab ich zu. »Ich glaube nicht, dass er auch nur einen einzigen snobistischen Knochen in seinem Körper hat.«

Kylie zögerte für einen Moment, bevor sie fragte: »Ich nehme an, du hast dich nicht wohl genug gefühlt, um ihm von ... zu erzählen?«

»Nein«, erwiderte ich hastig, weil ich wusste, was sie wissen wollte. »Mein Gott, Kylie. Glaubst du wirklich, ich würde einem Fremden so etwas verraten?«

Sie seufzte. »Und was wirst du sagen, wenn er beginnt, dir Fragen über dein Leben zu stellen?«

»Dafür kennen wir einander nicht gut genug«, versicherte ich ihr unbehaglich.

Ich war nicht bereit, den dunkelsten Teil meines Lebens mit irgendjemand anderem zu diskutieren als mit meinen engsten Freundinnen.

In Wahrheit hatte ich überhaupt nicht viel darüber geredet, auch nicht mit Kylie und Nicole.

Sogar nach fünf Jahren war es so leichter zu überleben.

»Ich verstehe dich«, sagte Kylie sanft. »Aber ich glaube immer noch, du solltest dir freinehmen und versuchen, etwas anderes zu tun, als zu arbeiten oder deinen ehrenamtlichen Aufgaben nachzugehen. Palm Springs zu besuchen wäre ein guter Ortswechsel für dich, Macy. Leo würde dir gute Gesellschaft leisten. Du bist körperlich und emotional erschöpft. Ich denke, das bist du bereits seit geraumer Weile, und ich weiß verdammt gut, dass der Verlust von Karma dich bis an deine Grenze gebracht hat.«

Sie hatte recht.

Kylie und Nicole kannten mich beide zu gut.

Zuerst hatte ich meine mühsame und intensive Facharztausbildung benutzt, um mich zu erschöpfen.

Sobald das vorbei gewesen war, hatte ich mich in die Arbeit im Tierheim und meine ehrenamtlichen Projekte geflüchtet.

Nur dauerhafte Müdigkeit und ein abgelenkter Geist hatten mich während der letzten fünf Jahre zusammengehalten und ich hatte Angst herauszufinden, was geschehen würde, wenn ich nicht ständig arbeitete.

Da Karma von mir gegangen war und Kylie und Nicole jetzt so weit entfernt lebten, hatte ich keine Ahnung, was ich tun sollte.

Ich massierte mir die Schläfen, um meine Kopfschmerzen zu lindern. »Ich bin müde«, gab ich zu. »Ich fühle mich, als wäre ich seit langer Zeit in diesem chronischen Zustand.«

»Weil du niemals lange genug freigenommen hast, um dich auszuruhen«, schimpfte Kylie höflich.

Meine Augen füllten sich mit Tränen, aber ich blinzelte sie zurück und sagte mit bebender Stimme: »Du weißt warum.«

»Ja. Mein Gott, ich verstehe dich wirklich, Macy. Aber ich liebe dich auch wie eine Schwester und ich mache mir Sorgen um dich.«

Ich schluckte heftig. »Ich bin in Ordnung, Kylie. Es ist fünf Jahre her. Vielleicht brauche ich wirklich eine Pause, aber bitte, mach dir keine Sorgen um mich. Du und Nicole, ihr habt mir über die schlimmsten Jahre hinweggeholfen.«

»Du hast kaum darüber geredet«, wandte Kylie vorsichtig ein.

»Weil … ich es einfach nicht kann«, erklärte ich. »Aber es hat mir viel geholfen, euch als beste Freundinnen zu haben.«

Es hatte mir wirklich geholfen. Entscheidend. Die Liebe zwischen Nicole, Kylie und mir war schwesterlich und hatte mir stets das Gefühl gegeben, nicht vollkommen allein zu sein.

»Versprich mir, dir freizunehmen, einfach nur, um dich zu entspannen«, bat sie mich. »Keine langen Tage mit ehrenamtlichen

Tätigkeiten und keine Arbeit. Vielleicht kannst du etwas Zeit mit Hunter verbringen.«

Ich lächelte. »Er bringt mich definitiv zum Lachen«, erklärte ich. »Aber jetzt genug von mir. Erzähl mir von Dylan und der Hochzeit. Habt ihr schon Pläne?«

Ich wollte wirklich das Thema wechseln und hörte erleichtert, dass Kylie einen resignierten Seufzer ausstieß, bevor sie erwiderte: »Noch keine Pläne. Es fällt mir immer noch schwer zu glauben, dass er mich liebt, obwohl ich diesen riesigen, umwerfenden, auffälligen Ring am Finger trage.«

»Schick mir ein Foto«, bat ich. »Du hattest keine Ahnung, dass er dich bitten wollte, ihn zu heiraten?«

»Nein«, meinte sie knapp. »Tatsächlich hätte ich beinahe alles vermasselt. Der Mann hat mir sein Herz zu Füßen gelegt und ich habe es zerschmettert, bevor mir bewusst wurde, dass er nichts getan hatte, um mir wehzutun. Ich bin froh, dass er mir so leicht verziehen hat. Ich hätte beinahe das Beste weggeworfen, was mir jemals widerfahren ist.«

»Warum?«, fragte ich neugierig.

Sie schnaufte. »Pure Angst. Mein Mangel an Glauben, dass er tatsächlich so verrückt nach mir ist wie ich nach ihm. Ich habe großen Mist gebaut, Macy, und der Mann ist trotzdem hinter mir hergelaufen.«

»Nichts für ungut«, sagte ich, »aber ich weiß nicht, warum du das nicht sehen konntest. Wir alle haben es bemerkt. Dylan hat dich angesehen, als wäre er dir vollkommen verfallen.«

»Ich habe es nicht gesehen«, meinte sie in ehrfürchtigem Tonfall. »Ich glaube, ich war zu sehr mit meinem eigenen Kummer darüber beschäftigt, dass ich ihn so sehr liebte. Ich hatte schreckliche Angst, er könnte meine Liebe nicht erwidern.«

»Und all diese Ängste waren umsonst«, neckte ich sie. »Ich hätte Dylan gern gehasst nach allem, was er Damian und Nicole angetan hat, aber ich konnte es nicht. Er kann sehr charmant sein und er ist so offensichtlich verrückt nach dir.«

»Auch ich wollte ihn hassen«, stimmte sie zu. »Aber es gelang mir nicht. Er hat so sehr gelitten und sich selbst genug bestraft.«

Ich seufzte. »Ich bin so froh, dass du endlich einen Mann gefunden hast, der dich für den Rest deines Lebens wertschätzen und verwöhnen wird. Du hast es verdient.«

Kylie hatte kein leichtes Leben gehabt, insbesondere was Beziehungen anbelangte, daher war ich begeistert, dass sie endlich den richtigen Mann gefunden hatte.

Früher hatte ich meine Bedenken bezüglich Dylan Lancaster, aber sie hatten sich als unbegründet herausgestellt.

»Dir ist doch bewusst, dass Nicole und ich jetzt nach dem richtigen Mann für dich Ausschau halten«, warnte sie mich. »Wir sind viel zu glücklich, um uns nicht das Gleiche für dich zu wünschen.«

»Oh mein Gott, nein«, stöhnte ich. »Ich bin vollkommen zufrieden mit meinem Single-Status und meinem Vibrator, wenn ich Lust darauf habe. Der Stress einer ernsten Beziehung ist das Letzte, was ich brauche. Diese Geschichten auf lange Dauer sind noch niemals gut für mich gelaufen.«

»Weil du den richtigen Mann noch nicht gefunden hast«, beharrte Kylie. »Und um der Wahrheit ins Auge zu sehen, du hattest doch noch nie weder die Zeit noch die Energie, um sie in eine Langzeitbeziehung zu stecken.«

»Es war nicht nur das, und das weißt du. Ich habe immer die Kriecher oder die Versager angezogen. Sogar in der Highschool. Nur sehr wenige Männer sind an Wildtierfreaks interessiert.«

Seit dem ersten Semester auf dem College hatte ich keinen festen Freund mehr gehabt. Mit keinem der Jungs, mit denen ich mich danach getroffen hatte, war ich lange genug zusammen gewesen, um es als ernste Beziehung betrachten zu können.

Dann, vor fünf Jahren, hatte ich beschlossen, niemals wieder in meinem Leben eine ernsthafte Beziehung haben zu wollen, die eine tiefe emotionale Verbindung erforderte.

Ich konnte nicht damit umgehen.

Okay, ich hätte vielleicht nichts gegen gelegentliche Verabredungen oder so etwas wie eine Freundschaft mit gelegentlichem Sex gehabt, obwohl ich so etwas noch nie ausprobiert hatte.

Ich war es leid, einsam zu sein, aber ich war andererseits auch nicht fähig, mit einer Beziehung umzugehen, wie Nicole und Kylie sie mit Dylan und Damian hatten.

»Keiner dieser Männer war gut genug für dich«, meinte Kylie missbilligend. »Du brauchst niemanden, um den du dich kümmern musst, um Gottes willen. Von solchen Jungs hattest du genug während deiner Verabredungen in früheren Zeiten. Du brauchst jemanden, der so erfolgreich ist wie du und der deine Intelligenz bewundert. Daher wäre es nicht schlecht, wenn er auch klug wäre. Oh, und er muss Tiere lieben. Keine Narren, die deine Liebe für Wildtiere oder dein mitfühlendes Herz nicht verstehen.«

Ich grinste. »Gibt es noch mehr Eigenschaften, die dieses Prachtexemplar besitzen sollte?«

Ich hörte, wie Kylie die Luft einsog. »Ja, in der Tat, es gibt noch viel mehr. Er muss deine Bedürfnisse über seine stellen oder sie zumindest als ebenso wichtig behandeln. Es wäre auch schön, wenn er zärtlich und genügend attraktiv wäre, um dich deinen Vibrator vergessen zu lassen.«

Ich lachte laut auf. »Ich glaube nicht, dass ein solcher Mann existiert. Zumindest wandelt er nicht in meiner Welt.«

»Dann müssen wir deine Welt eben ein bisschen ausweiten«, schoss Kylie zurück. »Im Ernst, Macy, glaubst du wirklich, Nicole und ich können so glücklich sein, ohne zu versuchen, für dich den richtigen Mann zu finden?«

»Ich weiß, ihr wollt, dass ich glücklich bin«, erwiderte ich fröhlich. »Aber nicht jede Frau träumt davon, den perfekten Mann zu finden, um ihn zu heiraten. Ich bin der Typ Frau, der sein Haus lieber mit einem Hund oder einem anderen Vierbeiner teilen würde, erinnerst du dich?«

»Du hast dich mit viel zu vielen Idioten verabredet«, bemerkte Kylie. »Nicht dass es mir zuständе, dich zu kritisieren, denn die meisten meiner festen Freunde waren ebenfalls Trottel. Nun, das war vor Dylan. Aber irgendwo dort draußen gibt es einen Mann für dich, Macy. Ein Hund kann nicht für dich da sein, wenn du wirklich reden musst.«

Kylie realisierte dabei allerdings nicht, dass ich selten über mich selbst reden wollte.

»Nun lass das Thema doch mal ruhen«, bat ich Kylie, nur halb im Scherz. »Du hast dich gerade verlobt. Du kannst mich nicht jetzt schon so heftig bedrängen.«

Sie lachte und ließ das Thema endlich fallen.

Wir unterhielten uns noch weitere zehn Minuten, bevor wir schließlich das Gespräch beendeten.

Sobald ich die Aus-Taste betätigt hatte, starrte ich einen Moment auf den Bildschirm und rief Leos Kontakt auf.

Er hatte dafür gesorgt, dass wir beide die Nummer des jeweils anderen abgespeichert hatten, bevor wir am Abend zuvor die Kneipe verließen.

Ich ließ meinen Daumen einen Augenblick über seiner Nummer schweben, doch dann stieß ich den angehaltenen Atem aus und warf das Telefon auf den Beistelltisch.

»Er ist immerhin Leo Lancaster«, schimpfte ich mit mir. »Es ist ja nicht so, als würde er nur auf deinen Anruf warten.«

Höchstwahrscheinlich hoffte er sogar, ich würde nicht anrufen, da ich ihm bereits so viel Zeit gestohlen hatte.

Eine Träne tropfte auf meine Wange, als ich daran dachte, wie gut er während der letzten Tage zu mir gewesen war.

Er hatte darauf beharrt, ich solle ihn anrufen, aber was hätte er sonst sagen können, da ich seiner neuen Schwägerin und Dylans Verlobter so nahestand?

Es war nur logisch, dass er einfach höflich war. Er hatte eine großartige Mutter, die offensichtlich ihre Söhne zu Höflichkeit und Zuvorkommenheit erzogen hatte.

Leo hatte mich durch den harten Teil von Karmas Tod gebracht.

Doch nun konnte ich zumindest mit allem anderen allein zurechtkommen, anstatt ihn zu nerven.

KAPITEL 7

Leo

ICH WARF ZUM dritten Mal in zehn Minuten einen Blick auf die Uhr. Und dann verfluchte ich mich, diesem zwanghaften Trieb nachgegeben zu haben.

Ich benahm mich wie ein Vollidiot, nur weil ich jeden Augenblick Macys Ankunft erwartete.

Ich hatte ihr einen ganzen Tag Zeit gelassen, um mich anzurufen, nachdem ich ihre Wohnung verlassen hatte.

Als sie sich dann bis acht Uhr abends am folgenden Tag noch nicht gemeldet hatte, hatte ich zum Telefon gegriffen und ihre Nummer gewählt.

Zur Hölle! Ich hatte sie wiedersehen wollen und keinen Sinn darin gesehen, noch mehr Zeit mit dem Warten auf ihren Anruf zu verlieren.

Als ich sie dann endlich am Telefon hatte, brauchte ich volle fünfzehn Minuten, um sie davon zu überzeugen, dass es wirklich mein Wunsch war, dass sie mich in Palm Springs besuchte, und weitere dreißig Minuten, um sie zu überreden, einen Koffer zu packen, sodass sie übers Wochenende bleiben konnte.

Die Fahrt hierher und zurück nach Newport Beach war einfach zu viel.

Ich hatte sie davon überzeugt, dass uns nicht viel Zeit geblieben wäre, um die Gegend zu erkunden, wenn sie beide Fahrten an einem Tag gemacht hätte.

Schließlich hatte sie zugestimmt, am heutigen Freitag hier einzutreffen und bis Sonntag zu bleiben. Gott sei Dank!

Ich blickte mich im Wohnzimmer um, während ich eine Tasse Tee trank, und fragte mich, was Macy von meinem Haus halten würde.

Es war im neuen, zeitgenössischen Stil errichtet, mit ein paar Zugeständnissen an die Einflüsse der Jahrhundertmitte. Der Grundriss war extrem offen und alle Räume verteilten sich auf einer Ebene. Sobald man durch die Eingangstür getreten war, konnte man die ganze Küche und den riesigen Wohnbereich übersehen.

Am besten gefielen mir jedoch die raumhohen Fenster an zwei Wänden, die auf der einen Seite einen weiträumigen Ausblick auf die Wüste und auf der anderen Seite auf das Schwimmbecken und die Terrasse boten.

Zu meinem Besitz gehörten ein paar Hektar Land, was bedeutete, dass ich keine Nachbarn hatte, die mir zu sehr auf die Pelle rückten, was für mich der ausschlaggebende Punkt für den Kauf des Grundstücks gewesen war.

Macy sollte jetzt jeden Augenblick eintreffen.

Mit Hunter im Schlepptau.

Ich grinste, als ich mich daran erinnerte, wie Macy versucht hatte, mir zu erklären, dass sie nicht kommen könne, da sie Zeit mit Hunter verbringen müsse, nachdem sie weg gewesen sei.

Sie murmelte etwas über eine wilde Katze, die sie kürzlich adoptiert hatte.

Ich hatte ihr gesagt, sie solle Hunter mitbringen.

Ehrlich, ich war dankbar, dass sie nun eine neue Wildkatze hatte, denn ich wusste, dass Macy ansonsten darauf beharrt hätte, in einem Hotel zu übernachten.

Es war ja nicht so, als liebte ich Tiere nicht auch. Ich war nur viel zu viel unterwegs, um ein Haustier zu halten.

Als es klingelte, sprang ich auf die Füße und eilte zur Tür.

Du bist bemitleidenswert, Lancaster.

Obwohl ich mich selbst beschimpfte, so schnell aufgesprungen zu sein, verlangsamte ich mein Tempo nicht.

Ich riss die Tür auf und schnappte nach Luft, als ich Macy lässig auf meiner Fußmatte stehen sah.

Mist! Sie war sogar noch attraktiver als in meiner Erinnerung, mit Denim Shorts und einem pastellblauen T-Shirt, auf das vorn ein touristisches Hollywood-Logo aufgedruckt war.

Sie hatte fast kein Make-up aufgelegt und ihr Haar war mit einer Spange zurückgesteckt, aber trotzdem war sie die umwerfendste Frau, die ich jemals zu Gesicht bekommen hatte.

Als ich mich von ihrem Anblick losriss, erblickte ich eine ziemlich große Tiertransportkiste neben ihr.

»Hi«, sagte sie leise. Sie hatte sich die Sonnenbrille auf die Haare geschoben und blickte mit ihren großen, ernsten grauen Augen zu mir auf. »Du hast gesagt, ich könne Hunter mitbringen.«

Sie wirkte unbehaglich, also öffnete ich die Tür weit, um sie einzulassen, bevor sie sich entschließen konnte, einen Rückzieher zu machen.

Sie machte keine Anstalten einzutreten. »Bist du sicher, dass es okay ist, dass Hunter hier ist? Dies ist ein wirklich hübsches Haus. Ich will nicht behaupten, er wird es auf den Kopf stellen, aber er kann ein wenig … wild sein.«

»Das ist in Ordnung«, entgegnete ich schnell, während ich die Transportkiste aufnahm und ins Haus trug.

Es kümmerte mich wenig, was er mit meinem Haus anstellte. Ich war so froh, Macy zu sehen, dass die verdammte Katze sich vom Dach hätte schwingen und jedes einzelne Möbelstück zerstören können, ohne dass es mich gekümmert hätte.

Macy blieb keine Wahl, als mir ins Haus zu folgen und die Tür hinter sich zu schließen.

Sie schwieg eine Weile, bevor sie sagte: »Ich bin mir nicht sicher, ob ich dir erzählt habe, dass Hunter eine F2 Bengalkatze ist. Jemand hat ihn vor einem Jahr im Tierheim abgegeben, wahrscheinlich weil er steril ist wie die meisten männlichen Katzen in den ersten drei Generationen der Züchtung der Hybriden. Ich wechselte mich mit den anderen Tierärzten ab, um ihn zu sozialisieren und dafür zu sorgen, dass er trainiert wird. Am Ende nahm ich ihn dauerhaft zu mir, weil ich kein anderes Haustier habe und ich ihn anbete.«

Ich stellte die Transportkiste im Wohnzimmer ab und hockte mich davor, um sie zu öffnen.

Und dann verstand ich, dass Macy es wörtlich gemeint hatte, als sie gesagt hatte, sie hätte eine *wilde* Katze.

Hunter stolzierte aus seinem Gefängnis und wirkte leicht verwirrt.

Er war etwas größer als eine durchschnittliche Hauskatze und sein braun-schwarz-hellbraunes Fell mit den rosettenförmigen Mustern war unglaublich beeindruckend.

Ich blieb auf Hunters Augenhöhe hocken, damit er sich nicht bedroht fühlte, und wartete, um zu sehen, ob er sich mir nähern oder mich ignorieren würde.

»Er ist also zu einem Viertel eine asiatische Leopardenkatze?«, fragte ich Macy leise.

Eine Leopardenkatze war eine kleinere Wildkatze, die aus dem südlichen, südöstlichen und östlichen Kontinentalasien stammte.

Die asiatische Leopardenkatze war etwas größer als eine Hauskatze, was offensichtlich der Grund für Hunters Größe war.

»Ja«, bestätigte sie und klang beeindruckt, dass ich wusste, was die Bezeichnung F2 bedeutete. »Ich werde niemals verstehen, warum die Menschen Wildkatzen mit domestizierten kreuzen müssen, wo es doch so viele Katzen gibt, die ein neues Heim suchen. Aber Hunter ist ein gut aussehender Kerl.«

Ich grinste, als Hunter mich mit dem Kopf anstieß. Dann streckte ich die Hand aus und streichelte die zum Teil wilde Katze. »Er scheint keinen wilden Charakter zu haben.«

Ich wusste, dass es manchmal mehrere Generationen brauchte, um alle wilden Instinkte aus der Kreuzung herauszuzüchten.

Sie zuckte mit den Schultern. »Nein, den hat er nicht. Ich meine, er ist teuflisch klug und hat Macken, die domestizierte Katzen nicht haben, aber wir haben ihn seit seinem Eintreffen im Tierheim trainiert. Manchmal benimmt er sich mehr wie ein Hund als wie eine Katze. Er apportiert seine Spielzeuge und es gefällt ihm, an der Leine spazieren zu gehen. Gelegentlich ist er ein wenig seltsam, aber nicht wirklich wild.«

»Ich freue mich, ihn als Gast zu haben«, erklärte ich, als Hunter sich auf meine Füße flegelte, damit ich ihn weiter tätscheln konnte.

»Ich sollte sein Katzenklo und die Streu hereinholen«, sagte sie, wobei sie leicht ängstlich klang. »Er ist eine Stubenkatze.«

Ich erhob mich und schüttelte den Kopf. »Gib mir deinen Schlüssel, dann mache ich das. Ich werde auch deinen Koffer hereinholen. Brauchst du sonst noch etwas?«

»Auf dem Beifahrersitz liegt noch mehr für Hunter. Sein Spielzeug und eine Kühlbox mit seinem Futter.«

»Muss er eine Rohfutter-Diät einhalten?«, erkundigte ich mich neugierig.

»Nein, nicht wirklich«, erwiderte sie. »Er bekommt besonderes Futter und normalerweise füge ich etwas gekochtes Huhn hinzu. Und Vitamine.«

Als ich zu ihrem Kleinwagen hinausging, musste ich zugeben, dass ich die Tatsache bewunderte, dass sie eine sterile Katze bei sich aufgenommen hatte, die niemand hatte haben wollen.

Die erste Generation von Wildkatzenhybriden konnte einem den letzten Nerv rauben und erforderte normalerweise viel Arbeit, wenn man gut für sie sorgen wollte.

Da die Katze noch so viel vom Wildkatzenblut in sich hatte, hatte sie andere Nahrungsbedürfnisse.

Als ich mit den Sachen, die ich hatte holen sollen, durch die Eingangstür wieder das Haus betrat, hörte ich Macy zu Hunter sprechen.

»Mist! Komm dort herunter, Hunter. Gott, ich habe Leo doch gerade erst erzählt, dass du keine verrückte Katze bist«, sagte sie in nervösem Tonfall. »Das ist nicht dein Baum. Wir sind hier Gäste. Du kannst nicht dort oben bleiben. Bitte.«

Ich grinste, als ich sah, dass Hunter es sich in meinem drei Meter hohen Ficus-Baum in der Ecke gemütlich gemacht hatte. »Ist in Ordnung«, erklärte ich, während ich die Sachen abstellte. »In der Wildnis verbringen sie einen Teil ihres Lebens in Bäumen. Er wird herunterkommen, wenn er sich wohler fühlt.«

Macy drehte sich mit nachdenklicher Miene zu mir herum. »Das ist ein Baum aus Seide. Ich bin mir sicher, dass er handgefertigt ist, Leo. Er wird ihn wahrscheinlich mit seinen Krallen in Stücke reißen.«

Ich zuckte mit den Schultern. »Er ist ersetzbar. Er fühlt sich dort oben offensichtlich vorerst wohler. Lass ihn, Macy. Das ist keine große Sache. Kann ich dir etwas zu trinken anbieten?«

Sie blickte von mir zu dem Baum, dann seufzte sie tief. »Sag mir nicht, ich hätte dich nicht gewarnt. Ich hätte gern etwas Wasser. Draußen ist es schon ziemlich heiß und es ist noch nicht einmal Mittag.«

»Heute wird die Temperatur auf weit über dreißig Grad steigen«, informierte ich sie. »Aber morgen und Sonntag soll es kühler werden.«

Ich begab mich in die Küche, während sie zu den Fenstern ging. »Die Aussicht aus den Fenstern ist großartig, Leo. Die Wüste hat etwas unglaublich Kraftvolles an sich.«

»Seltsam, dass du das auch so empfindest«, erwiderte ich, als ich ihr das Glas mit Eiswasser reichte. »Ich empfinde das auch so, aber manche Leute glauben, die Wüste sei kahl und leblos.«

Sie schüttelte den Kopf. »Nein, sie ist ganz und gar nicht ohne Leben und ich denke, sie ist so faszinierend, weil sie so gefährlich sein kann. Etwa so, als beobachte man einen Wirbelsturm. Man möchte am liebsten wegschauen, aber man betrachtet ihn wie hypnotisiert.«

Ich bedeutete ihr, auf dem Sofa Platz zu nehmen. Sobald sie sich gesetzt hatte, machte ich es mir am anderen Ende bequem. »Ist alles in Ordnung? Du wirkst ein wenig nervös.«

Wir mochten zwar nur zwei Tage miteinander verbracht haben, aber sie waren intensiv und sehr persönlich gewesen.

Ich war der Mann gewesen, der sie in den Armen gehalten hatte, während sie an meiner Schulter geweint hatte.

Ich war der Mann gewesen, der sie betrunken gemacht und ihr dann geholfen hatte, nach Hause zu kommen.

Ich war der Mann gewesen, dem sie ihren Schmerz über Karmas Tod anvertraut hatte.

Ich war also nicht der Mann, bei dem sie sich nun unbehaglich fühlen sollte.

Sie trank einen Schluck Wasser, bevor sie antwortete: »Vielleicht bin ich noch nicht ganz davon überzeugt, dass du von meinem Besuch begeistert bist. Ich frage mich immer wieder, ob dein Angebot nicht nur der reinen Höflichkeit entsprang.«

Ich zog eine Braue in die Höhe. Wie zur Hölle konnte sie das immer noch denken? »*Ich* habe dich angerufen, erinnerst du dich?«

Sie warf mir diesen ernsten Blick aus ihren grauen Augen zu, der in mir stets den Wunsch erweckte, sie zum Lächeln zu bringen. »Ich weiß. Aber ich denke immer noch über den Grund nach.«

»Fällt es dir wirklich so schwer zu glauben, dass ich einfach gern Zeit mit dir verbringen will, Macy? Dass ich dich mag und dich wiedersehen wollte?«

Sie nickte bedächtig. »Ja, das fällt mir wirklich schwer. Ich war dir bis jetzt nicht gerade eine gute Gesellschaft und welche Frau würde ihre Wildkatze zu einem Rendezvous mitbringen? Okay, warte, eigentlich ist dies kein Rendezvous –«

»Ich betrachte deinen Besuch aber als eins«, erklärte ich ihr offen und rutschte näher an sie heran. »Und du hättest einen ganzen Zoo mitbringen können, falls ich dir das hätte gestatten müssen, um dich wiederzusehen. Ich mag dich, Macy. Ich möchte mehr Zeit mit dir verbringen und dich besser kennenlernen. Ich denke, du weißt bereits, dass ich mich zu dir hingezogen fühle.«

Ihre Augen weiteten sich. »Warum? Ich bin doch gar nicht dein Typ. Nicht im Geringsten.«

»Und wie genau sieht mein Typ aus?«, fragte ich heiser, während ich die Hand ausstreckte, um ihr eine widerspenstige Locke hinters Ohr zu streichen.

Sie stellte ihr Glas auf dem Kaffeetisch ab. »Ich weiß es nicht. Irgendein Supermodel oder eine Frau, die in deinen aristokratischen Kreisen aufgewachsen ist. Nicht irgendeine Frau, die ihre ganze Zeit mit Tieren verbringt und kaum weiß, wie man mit einem attraktiven Mann wie dir eine gepflegte Unterhaltung führt.«

»Das scheint dir aber ganz gut zu gelingen«, versicherte ich ihr. »Willst du ehrlich behaupten, dass du nicht auch die Chemie zwischen uns spürst?«

Unmöglich.

Die magnetische Anziehungskraft zwischen uns war da und es konnte nicht sein, dass sie nicht das Gleiche empfand.

Zuvor mochte ich vielleicht gedacht haben, sie wäre nicht interessiert, aber die seltsame Energie war heute sogar noch machtvoller.

Sie schüttelte den Kopf. »Ich dachte, es wäre nur ich.«

Weil ich sie nicht verschrecken wollte, indem ich zu schnell vorging, legte ich ihr nur einen Arm um die Schultern und legte meine Stirn an ihre. »Du lässt meinen Schwanz hart werden, seitdem ich dich zum ersten Mal gesehen habe. Offensichtlich machen mich Supermodels und aristokratische Damen nicht an.«

Ich konnte ihren warmen Atem auf meinem Gesicht spüren, als sie erwiderte: »Beweise es. Wenn du dich so zu mir hingezogen fühlst, dann küss mich, Leo. Mal sehen, welche Art von Chemie zwischen uns herrscht.«

Verflucht! Falls sie glaubte, ich bräuchte eine zweite Aufforderung, dann hatte sie sich geirrt.

Auf keinen Fall konnte ich diese Herausforderung ignorieren.

Ich umfasste ihr Gesicht und senkte meinen Mund auf ihren hinab, bevor sie die Chance hatte, ihre Meinung zu ändern.

KAPITEL 8

Macy

ICH STÖHNTE LEISE auf, als Leo meinen Mund mit seinem bedeckte, während ich mich immer noch fragte, warum zur Hölle ich ihn gebeten hatte, mich zu küssen.

Vielleicht war ich einfach nur so neugierig wie er gewesen herauszufinden, warum ich mich so sehr zu ihm hingezogen fühlte.

Vielleicht wollte ich wissen, ob er wirklich das Gleiche empfand wie ich.

Vielleicht hatte ich mich einfach verzweifelt nach einem Kuss von ihm gesehnt.

So etwas sagte ich nämlich definitiv normalerweise nicht zu einem Mann. Aber andererseits war Leo Lancaster kein normaler Mann.

Er hat recht. Heute brodelt definitiv eine verrückte Chemie zwischen uns beiden. Das bilde ich mir nicht nur ein.

Leo Lancaster begehrte mich und er sorgte dafür, dass ich es wusste, obwohl er nichts anderes außer meinem Gesicht berührte.

Jedes Nervenende in meinem Körper kribbelte, als er an meiner Unterlippe knabberte und darauf beharrte, dass ich meine Lippen für ihn öffnete, was ich beinahe sofort tat.

Sein männlicher Duft überflutete meine Sinne und ein wildes Verlangen, das ich noch niemals zuvor verspürt hatte, ergriff Besitz von meinem ganzen Sein.

Okay. Ja. Ich mochte vielleicht wie wahnsinnig von ihm geschwärmt haben, als er einfach nur ein attraktiver, brillanter Mann auf meinem Fernsehbildschirm gewesen war.

Aber so wie jetzt hatte sich das nicht angefühlt.

Nichts hatte sich je so angefühlt.

Ich schlang ihm die Arme um den Hals und vergrub die Finger in seinen Haaren im Nacken.

Er fühlte sich so verdammt gut an und roch so gut, dass ich nicht anders konnte, als ihn zu berühren.

Es war so lange her, dass ich mich wie eine attraktive Frau gefühlt hatte, dass ich in dem Wissen schwelgte, dass Leo mich wirklich begehrte.

Ich ertrank in seinem Verlangen, das sich mit meinem eigenen vermischte.

»Leo«, stieß ich atemlos hervor, als er schließlich meine Lippen freigab.

»Mein Gott! Es tut mir leid, Macy«, sagte er in frustriertem Tonfall, als er sich von mir zurückzog. »Ich wollte dich vom ersten Tag an küssen und ich habe mich hinreißen lassen.« Er fuhr sich mit der Hand durchs Haar, als er hinzufügte: »Ich hoffe, jetzt bist du überzeugt. Falls nicht, werde ich es noch einmal versuchen.«

Ich sagte lächelnd: »Dann sollte ich vielleicht so tun, als wäre ich noch nicht überzeugt.«

Er grinste mich an und wirkte erleichtert, als er antwortete: »Ich habe kein Problem damit, noch härter daran zu arbeiten, dich zur Wahrheit zu bekehren.« Mit ernsterer Stimme fügte er dann hinzu: »Ich weiß nicht, warum du überhaupt geglaubt hast, da wäre nichts, obwohl die Anziehungskraft zwischen uns so augenscheinlich ist.«

»Es ist lange her für mich, Leo«, erklärte ich ehrlich, da ich keinen Grund sah, nicht offen zu sein, nach allem, was er für mich getan hatte. »Und ich bin mir nicht sicher, ob ich mich jemals so zu jemandem hingezogen gefühlt habe. Aber, um Gottes willen, du bist Leo Lancaster. Es gibt wahrscheinlich Millionen Frauen, die gern mit dir schlafen würden.«

Er zog mich näher an sich, als er erwiderte: »Auch für mich ist es eine Weile her und ich garantiere dir, dass auch ich mich noch niemals so zu jemandem hingezogen gefühlt habe. Ich schlafe nicht mit jeder Frau, die mir über den Weg läuft, Macy. Außerdem bin ich die meiste Zeit draußen in der Natur, wo ich zuallerletzt daran denke, Sex zu haben. Glaub es oder nicht, ich bin noch niemals so charmant mit Frauen umgegangen wie Dylan und Damian. Ich bin normalerweise der Mann, den man eher als Freund betrachtet, weil ich es schon immer vorgezogen habe, draußen zu sein und mich schmutzig zu machen, anstatt meine Zeit so zu verbringen wie andere wohlhabende Männer.«

Du meine Güte! Was zur Hölle stimmte mit den Frauen nicht, mit denen er sich verabredet hatte oder an denen er interessiert gewesen war? »Sie müssen verrückt sein«, erwiderte ich. »Ich habe deine Dokumentarfilme gesehen. Du hast etwas unglaublich Heißes an dir, wenn du dich entschließt, dich schmutzig zu machen. Und du schienst dich bei all den gesellschaftlichen Veranstaltungen bezüglich der Hochzeit wohlzufühlen.«

Er grinste. »Es gibt einen Unterscheid, ob man die Gefühle selbst erfährt oder sie nur von außen genießt. Zugegeben, ich habe meine Begeisterung, an der Hochzeit meines Bruders teilzunehmen, nicht nur vorgetäuscht, aber meist hasse ich diese langweiligen Veranstaltungen. Ich bin zwar dazu erzogen worden, zu jener Welt zu gehören, aber meist zähle ich die Stunden, bis ich vor diesen Kreisen flüchten kann.«

Ich lehnte mich zurück und schmiegte mich an seine kompakte Gestalt. Jetzt fühlte ich mich nicht mehr unbehaglich, ihn zu berühren. »War es denn schwierig für dich, nicht das Gleiche zu wollen wie deine älteren Brüder, als du jünger warst?«

Leo begann, mit einer Locke meines Haares zu spielen, als er nachdenklich antwortete: »Ehrlich, eigentlich nicht. Ich hatte wunderbare Eltern und keiner von beiden hat mir je das Gefühl gegeben, anders zu sein, nur weil ich nicht die gleichen Interessen wie Dylan und Damian hatte. Als mein Vater ihr Interesse an Lancaster International bemerkte, erzog er sie dazu, den Konzern eines Tages zu übernehmen. Aber er hat sich ebenso sehr dafür eingesetzt, meine Ausbildung bezüglich des Wildtierlebens voranzutreiben, als er mein Interesse an diesem Gebiet erkannte. Er hat mir niemals das Gefühl gegeben, anders zu sein, nur weil ich Lancaster International nicht zusammen mit meinen Brüdern übernehmen wollte. Beide, er und Mom, waren stolz auf mich, gleichgültig welchen Beruf ich wählte.«

»Ich konnte Bella nicht allzu gut kennenlernen, weil sie so mit der Hochzeit beschäftigt war, aber ich konnte die Freundlichkeit in deiner Mutter sehen und ich weiß, wie gut sie zu Nicole war«, erklärte ich. »Sie ist eine wunderbare Frau.«

»Das ist sie«, stimmte ich zu. »Und mein Vater war ebenso großartig.«

Instinktiv legte ich meine Hand auf seine. Ich wusste, dass Leo seinen Vater vor einigen Jahren verloren hatte. »Du musst ihn vermissen.«

»Jeden Tag«, meinte er heiser. »Man sagt, es wird leichter mit der Zeit, und vielleicht ist es auch so, aber ich vermisse ihn immer noch fast so sehr wie an dem Tag, an dem er gestorben ist. Der Schmerz des Verlustes ist nach einiger Zeit lediglich weniger allesbeherrschend.«

»Da hast du recht. Es wird leichter, aber dieser seelentiefe Schmerz, jemanden zu vermissen, verschwindet niemals wirklich ganz«, erwiderte ich, ohne über meine Antwort nachgedacht zu haben.

Er zog seinen Arm beschützend etwas fester um meine Schultern. »Also hast du deinen Vater auch schon verloren?«, fragte er.

Mir blieb beinahe das Herz stehen.

Natürlich hatte ich gewusst, dass dieses Thema irgendwann aufkommen würde.

Ich hatte nur gehofft, nicht so bald.

Aus irgendeinem Grund konnte ich Leos Frage nicht einfach abtun.

Er hatte zu viel für mich getan, zu viel von meinen Emotionen mitbekommen, um ihm nicht die Wahrheit zu sagen.

Ich nickte. »Ja.«

Zugegeben, über dieses Thema redete ich nicht gern, aber wenn Leo und ich mehr Zeit miteinander verbrächten, so bekäme er es ohnehin bald heraus.

»Wo ist deine Mutter?«, erkundigte er sich sanft.

»Auch tot«, erwiderte ich knapp.

»Geschwister?«, fragte er weiter.

»Einen Bruder«, antwortete ich, während mir die Tränen in die Augen stiegen. »Auch er ist von mir gegangen. Vor fünf Jahren verlor ich alle drei gleichzeitig, während ich in San Diego meine Facharztausbildung absolvierte. Mein jüngerer Bruder Brandon war während der Semesterferien zu Hause. Er stand gerade vor seinem Abschluss als Luftfahrtingenieur und meine Eltern wollten das feiern, indem sie ihn zu einem Helikopterflug nach Catalina Island mitnahmen. Die Leute tun das jeden Tag und nie ist etwas geschehen. Es ist nur ein kleiner Hüpfer mit dem Hubschrauber und normalerweise äußerst sicher, aber an jenem Tag geschah etwas Unnormales. Wegen eines Motorschadens stürzte der Helikopter über dem Pazifik ab. Mein Vater, meine Mutter, mein Bruder und der Pilot, sie starben alle. Ihre Leichen wurden am nächsten Tag geborgen.«

Leo schweig eine Weile, bevor er zu fluchen begann. »Verdammt! Du hast deine ganze Familie bei einem einzigen Unfall verloren?«

»Ja. An dem einen Tag waren sie noch alle da und wir waren eine glückliche Familie und am nächsten Tag war ich vollkommen allein und versuchte herauszufinden, wie ich sie alle begraben sollte«, erzählte ich mit bebender Stimme.

Es war so lange her, dass ich über meine Familie geredet hatte, dass etwas in mir weit aufbrach, jetzt, da ich die Tragödie mit jemand anderem teilte.

»Mein Gott, Macy«, sagte er heiser und schlang den anderen Arm auch noch um mich, als könnte er mich irgendwie beschützen. »Das tut mir echt verdammt leid. Wie hast du das überstanden? Ich habe nur meinen Vater verloren und doch wusste ich nicht, wie ich den Schmerz überleben sollte. Aber das war nichts im Vergleich dazu, mit einem Schlag die ganze Familie zu verlieren.«

Jetzt strömten mir die Tränen ungezügelt über die Wangen. Nun, da ich einmal angefangen hatte, würde ich nicht mehr aufhören, bis alles heraus war. »Es gab Tage, an denen ich nicht wusste, ob ich weiterleben konnte. Und dann gab es Tage, an denen ich vollkommen gefühllos war, weil ich den Schmerz nicht mehr aushalten konnte. Es war hart, Leo. Und es ist immer noch hart. Wir standen uns wirklich nahe. Nachdem ich alles in Newport Beach erledigt hatte, war ich mir nicht mehr sicher, ob ich meine Ausbildung in San Diego wieder aufnehmen konnte, aber ich wusste, es musste sein. Mom und Dad hatten mich bei meiner Ausbildung unterstützt und sie hätten gewollt, dass ich weitermache. Sie hatten hart gearbeitet, um Brandon und mir das College zu ermöglichen, daher haben wir beide dort den Abschluss gemacht, ohne uns mit einem Studentendarlehen verschulden zu müssen. Dad hatte seinen eigenen kleinen Klempnerbetrieb und Mom war Bibliothekarin, daher waren sie finanziell nicht gerade gut gestellt. Ich zwang mich, Newport Beach zu verlassen und nach San Diego zurückzukehren. Ich wusste, meine Eltern wären enttäuscht gewesen, wenn ich es nicht getan hätte, aber ich stand immer noch so unter Schock, dass ich das Gefühl hatte, noch eine Weile von meinen Gefühlen überwältigt zu werden. Das Einzige, was mich aufrechterhielt, war die Zeit, die ich mit Karma, Nicole und Kylie verbrachte. Leider lebte Nic nicht hier in Kalifornien, als es geschah, und Kylie hatte damals ihre eigenen Probleme, also war Karma meine Hauptvertraute.«

»Also hat dich der Verlust von Karma an all den Schmerz erinnert?«, erkundigte Leo sich sanft.

Ich nickte. »Ich schüttete ihr mein Herz aus, wenn ich Trost brauchte. Es mag verrückt sein, aber manchmal glaubte ich, dass sie mich verstand, weil sie selbst so viel Schmerz durchgemacht hatte.«

»Das ist nicht verrückt. Sie hat dir geholfen, darüber hinwegzukommen. Wie hast du es geschafft, den Stress einer anspruchsvollen Facharztausbildung auszuhalten und gleichzeitig mit dem Schmerz über deinen Verlust klarzukommen?«, fragte Leo heiser.

Ich schloss die Augen und zitterte am ganzen Körper, als ich mich daran erinnerte, wie schwierig es damals gewesen war. »Ich bin mir nicht sicher, ob ich mich vollkommen dem Schmerz gestellt habe. Den größten Teil musste ich unterdrücken«, erklärte ich. »Ich flüchtete mich in meine schwierige Ausbildung und versuchte, jeden einzigen Augenblick meines Tages auszufüllen, um in meiner Ignoranz zu verharren. Das hat eine Weile funktioniert, aber von Tag zu Tag litt ich mehr darunter, nicht mehr mit meiner Familie reden zu können. Meine Eltern und ich waren ständig in Kontakt gewesen und Brandon und ich waren beste Freunde. Er war mein kleiner Bruder. Wenn wir nicht jeden Tag telefonierten, kommunizierten wir per SMS. Es ist jetzt fünf Jahre her, aber ich habe immer noch Momente der Panik, wenn mir plötzlich bewusst wird, dass ich früher Teil einer glücklichen Familie war und jetzt vollkommen allein bin.«

Er streichelte beruhigend meine Arme. »Ich weiß nicht, wie zum Teufel du das geschafft hast«, ächzte er nahe an meinem Ohr. »Der Verlust eines Elternteils erschüttert einen bis in die tiefste Seele. Ich weiß nicht, wie du es durchstehst, alle verloren zu haben.«

Ich zuckte mit den Schultern. »Manchmal lässt uns das Leben keine Wahl bei dem, was wir zu bewältigen haben. Dieser Verlust hat seine Spuren hinterlassen und seitdem bin ich nicht mehr gut in Beziehungen. Nicht dass ich vorher großartig in romantischen Beziehungen gewesen wäre, aber jetzt bin ich eine Niete, was Verabredungen anbelangt, Leo. Vielleicht will ich mich nicht mehr verlieben, weil ich weiß, dass nichts ewig währt. Glück ist flüchtig. An einem Tag fliegst du in den Himmel und am nächsten Tag nimmt dir das Schicksal alles und jeden, den du liebst.«

»Das ist nicht ganz richtig, Macy. Glück kann von Dauer sein und man kann lange in den Wolken fliegen, ohne abzustürzen«, sagte Leo leise und geduldig. »Aber ich weiß, warum du so empfindest.«

Emotionen, die ich seit Jahren nicht mehr verarbeitet hatte, stiegen in mir auf und ich unterdrückte ein Schluchzen.

Leo hob mich auf seinen Schoß und stützte meinen Körper, während ich meinen Kopf an seine Schulter lehnte und der Trauer freien Lauf ließ, die die Seele eines Menschen auffressen kann.

Er sagte kein Wort.

Er versuchte nicht, irgendetwas in Ordnung zu bringen.

Leo hielt mich einfach nur fest, als würde er mich nie wieder loslassen, während ich heulte und sein T-Shirt mit meinen Tränen durchnässte.

»Gott, es t-tut mir s-so leid«, stotterte ich, als das Schluchzen nachließ. »Ich habe aufgehört zu zählen, wie oft ich mich bei dir in den letzten Tagen ausgeheult habe.«

Leo strich mir sanft mit der Hand über den Hinterkopf, während er seinen Mund dicht an mein Ohr legte und sagte: »Ich bin immer für dich da, wenn du weinen musst. Du warst so unglaublich stark, Macy, aber du musst nicht mehr allein sein.«

Ich wich zurück und begann, mir die Tränen aus den Augen zu wischen.

Ich war mir nicht sicher, wie es dazu gekommen war, aber Leo Lancaster war für mich ein sicherer Ort geworden, an dem ich mich fallen lassen konnte. Wahrscheinlich weil er nicht der Typ war, der jemanden verurteilte oder versuchte, den Kummer eines anderen von der Hand zu weisen.

»Ich spreche nicht oft über meine Familie«, sagte ich. »Es ist zu schwierig, darüber zu sprechen, aber ich wollte, dass du es weißt, weil du dich während der letzten Tage so großartig verhalten hast. Gott, ich bin normalerweise nicht so gefühlsduselig. Ich weiß, es ist wahrscheinlich schwierig für dich, die Verbindung zwischen Karma und meiner Familie zu verstehen –«

»Nein«, widersprach er bestimmt. »Sie war deine Vertraute und hat dich getröstet, als du allein und völlig verwirrt warst.«

Ich nickte. »Die meisten Leute würden mich für verrückt halten.«

»Die meisten Leute vergessen, dass Menschen auch Tiere sind. Wir sollten die intelligentesten von allen sein. Ich habe da manchmal meine Zweifel«, brummte er trocken.

Ich lachte, aber dann spannte ich mich an, als ich hörte, wie etwas, das sich wie eine Toilettenspülung anhörte, im Hauptflur von Leos wunderschönem Haus erklang.

»Was zum Teufel?«, rief Leo, während er mich fester in den Arm nahm. »Ich könnte schwören, dass das meine Toilette war, aber es ist doch niemand hier außer uns.«

Mein Blick schoss zu dem Baum, in dem Hunter gesessen hatte, und dann den Hauptflur hinunter, als das Geräusch noch einmal zu hören war … und noch einmal.

Ja. Das dachte ich mir doch.

»Ähm … erinnerst du dich, als ich dir erzählt habe, dass Hunter ein paar seltsame Macken hat?«, fragte ich Leo ahnungsvoll. »Das Erste, wovor ich dich hätte warnen sollen, ist seine Vorliebe für Wasser. Jegliches Wasser. Ich meine, er liebt Wasser jeglicher Art wirklich sehr. Er liebt es sogar so sehr, dass er die Toilettenspülung immer und immer wieder bedient, nur um zu sehen und zu spüren, wie es aufgewirbelt wird, wenn man den Toilettendeckel nicht schließt.«

Ich drehte den Kopf, um in sein Gesicht zu sehen, während er realisierte, was ich gerade gesagt hatte.

Zuerst schaute er ungläubig.

Als die Toilettenspülung noch einmal erklang, schien er etwas überrascht zu sein.

Als es dann ein weiteres Mal passierte, konnte ich sehen, dass er mir endlich glaubte.

Leo Lancaster grinste, warf den Kopf zurück und stieß das herrlichste Lachen aus, das ich je gehört hatte.

KAPITEL 9

Leo

»DAS IST GROSSARTIG, Leo. Alles. Es ist der perfekte Ort für ein Artenschutzzentrum und der Rehabilitationsbereich ist riesig«, sagte Macy und seufzte tief, als sie sich am Samstag im Inneren des Rehabilitationszentrums umschaute.

Ich beobachtete sie, wie sie die großen Innenräume bewunderte.

Sie war lässig in Jeans, Sandalen und ein weißes T-Shirt gekleidet, das auf der Vorderseite ein Logo vom Zoo in San Diego aufwies, mit Bildern von Vögeln und einem großen Koala.

Ich grinste, weil sie offensichtlich T-Shirts von Einrichtungen sammelte, an denen sie gearbeitet oder die sie besucht hatte, so wie ich es auch tat.

Heute Morgen hatte ich mich für ein abgetragenes T-Shirt vom Zoo in Chester entschieden. Dazu Jeans, meine Standardkleidung, wann immer ich mich ins Zentrum begab. Ich ließ den Blick über die wohlgerundeten Kurven von Macys Hintern gleiten, als sie sich vornüberbeugte, um unsere Installationen zu betrachten.

Mein Gott! Die Versuchung war da, vor meinen Augen, und es fiel mir schwer, einen Anblick wie diesen zu ignorieren, der meinen Schwanz reizte.

»Miau! Miau! Miau!«

Ich blickte finster auf Hunter hinab, der in seiner Katzensprache zu mir sprach. Er versuchte offenbar, mir zu erklären, wie pervers ich wäre. Und er hatte recht.

»Was erwartest du von mir, Kumpel?«, fragte ich ihn, als ich die Katze aufnahm und sie hinter den Ohren kraulte. »Soll ich ignorieren, was ich buchstäblich vor den Augen habe?«

Ich hatte beinahe ein schlechtes Gewissen, als Hunter mir einen eindringlichen Blick aus seinen grauen Augen zuwarf, als versuchte er mir zu sagen, ich sollte Macy nicht so begaffen.

»Unmöglich«, knurrte ich. »Sie ist einfach zu schön, um sie zu ignorieren.«

Der Kater warf mir weiterhin einen Blick zu, den ich als Mahnung verstand, dann stieß er mit dem Kopf gegen meine Schulter, bevor er mir über die Wange leckte.

Während der letzten vierundzwanzig Stunden hatte ich gelernt, irgendwie mit dem wasserliebenden Kater zu leben.

Zuerst hatte ich seine Besessenheit für Wasser eher amüsant gefunden, aber ich hatte schnell gemerkt, dass es notwendig war, mein Haus ernsthaft gegen Hunter abzusichern, gleich nachdem er gestern Abend ins Badezimmer gelangt war, während ich duschte. Er hatte leicht einen Weg gefunden, zu mir in die Dusche zu kommen, indem er oben über die Duschwand geklettert war.

Er hatte mich nicht nur zu Tode erschreckt, sondern ich hatte ihn auch unter Kontrolle bringen müssen, bevor ihm in den Sinn gekommen wäre, meine Eier als Kauspielzeug zu benutzen und im warmen Wasser zu schwelgen, als wäre es nur zu seinem Vergnügen da.

Verflucht! Der Kater war gefährlich klug. Viel schlauer als jede Hauskatze, der ich je begegnet war.

Zurzeit ging er mit Macy an einem Brustgeschirr durch die Einrichtung und er war nicht nur an der Katzenleine gut erzogen, sondern befolgte auch ihre Befehle.

Nur wenn er von Wasser angelockt wurde, tanzte er aus der Reihe.

Aber sogar dann gelang es Hunter, ein wenig beschämt dreinzuschauen, wenn er beim Spielen mit Wasser erwischt worden war, doch das schien ihn nicht völlig davon abzuhalten, es wieder zu tun.

Das Problem war, dass er auch unglaublich anhänglich war, sodass es sehr schwierig war, sich allzu sehr über das Ungeheuer aufzuregen.

War es wirklich so schlimm, dass ich den Toilettensitz geschlossen halten musste, wenn er in der Nähe war, weil Hunter mit seiner Besessenheit für Toilettenspülungen nichts zur Verhinderung der Dürre in Kalifornien beitragen würde?

Nein. Es war wirklich nicht so schlimm. Und es war auch keine große Zumutung, darauf zu achten, dass die Badezimmertür geschlossen und verriegelt war, wenn ich duschen wollte.

Mit Hunter konnte ich umgehen.

Wie dem auch sei, mehr Sorgen machte ich mir, weil ich mir immer noch nicht ganz sicher war, was ich von Macys Enthüllungen vom gestrigen Tag halten sollte.

Was sie erlebt hatte, war unvorstellbar für mich.

Ich hatte zwar meinen Vater verloren, aber meine Mutter und meine Brüder waren mir geblieben, an die ich mich anlehnen konnte, während wir alle trauerten.

Aber wen hatte Macy gehabt?

Ich wusste, dass Nicole und Kylie für Macy da gewesen waren, aber zu der Zeit hatten sie nicht in der Nähe gelebt.

Sie hatte bei einem einzigen Unfall ihre ganze Familie verloren.

Wie fühlte es sich an, wenn man in dem einen Moment noch Teil einer liebevollen Familie und im nächsten vollkommen allein war?

Ich strich mit der Hand über Hunters weiches Fell, während ich beobachtete, wie Macy in die Behandlungsräume zurückkehrte.

Es musste verflucht unerträglich sein, das durchzumachen, was sie erlebt hatte, und doch war sie hier, hatte überlebt und war unglaublich erfolgreich in ihrem Beruf.

Es konnte nicht sein, dass die erschütternde Erfahrung keine Spuren bei ihr hinterlassen hatte, aber allein die Tatsache, dass sie sich aufrecht gehalten und funktioniert hatte, erschien mir wie ein Wunder.

Sie hatte es geschafft, damit umzugehen, indem sie sich in die Rettung von Tieren gestürzt und die Tragödie teilweise verdrängt hatte.

Vielleicht war das der einzige Weg gewesen, mit ihrem gebrochenen Herzen umzugehen, denn wenn sie alles auf einmal verarbeitet hätte, hätte es sie wahrscheinlich zerbrochen, und das bis zu einem Punkt, an dem sie nicht mehr funktioniert hätte.

Ich wünschte, ich wäre da gewesen, um sie zu beschützen.

Hätte ihr meine Nähe denn geholfen, sich aufgrund des Verlustes ihrer Familie nicht verzweifelt und ängstlich zu fühlen?

Nein, sie hätte sich trotzdem in einem quälenden Zustand der Trauer befunden, aber zumindest wäre jemand da gewesen, um sie zu halten und sie daran zu erinnern, dass nicht jeder sie verlassen hatte, den sie gernhatte.

»Miau!«

»Entschuldige, Kumpel«, sagte ich zu Hunter, als mir bewusst wurde, dass ich ihn ein bisschen zu hart gedrückt hatte, weil ich über Macys furchtbare Erfahrung nachgedacht hatte.

Ich setzte Hunter auf dem Boden ab und ließ ihn die Leine hinter sich her schleppen, während er sich auf Erkundungstour begab. Wir befanden uns im Inneren der Einrichtung und da die

Rehabilitationsstation leer war, konnte der Kater im Augenblick kaum in Schwierigkeiten geraten.

»Ohne Zweifel wirst du eine große Auswahl an Arten zur Rehabilitation hier haben«, bemerkte Macy, die jetzt auf mich zukam. »Dieses Gebiet und Palm Springs befinden sich in der Nähe vieler Wildtier-Korridore und es ist umgeben von Bergen. Bären, Luchse, Berglöwen und andere größere Raubtiere sind nur ein Teil der möglichen Arten.«

Ich nickte. »Auch im Coachella Valley gibt es viele bedrohte Arten, angefangen bei Kröten und Fröschen bis hin zu Halbinsel-Bockschafen. Es wird unser Ziel sein, so viele Arten wie möglich zu rehabilitieren und auszuwildern.«

Macy lächelte mich an. »Dies ist ein sehr ambitioniertes Projekt.«

Ich schüttelte den Kopf. »Bei Weitem nicht so wie meine Einrichtung in England. Die größten Herausforderungen werden im ersten Jahr auftauchen, wenn wir Habitate einrichten, um in Gefangenschaft Jungtiere zu züchten. Es ist chaotisch, wenn du Programme für mehrere Arten gleichzeitig aufstellst.«

»Ich bin wirklich begeistert darüber, dass du dich dafür einsetzen wirst, die Zahl der Individuen der stark bedrohten Wolfsarten zu erhöhen«, meinte Macy aufgeregt. »Werdet ihr nur Säugetiere in Gefangenschaft züchten?«

»Hier ja«, bestätigte ich. »Für etwas anderes werden wir nicht eingerichtet sein. Die Einrichtung ist zu klein und wird sich zudem auch auf die Rehabilitation konzentrieren. Ich werde nicht mehr Arten aufnehmen, als wir extrem gut versorgen können.«

»Sehr weise«, erwiderte sie und warf mir einen bewundernden Blick zu, der mir das Gefühl gab, ein Gott zu sein.

Unsere ersten gemeinsam verbrachten Tage mochten vielleicht schwierig gewesen sein, aber ich hatte schnell entdeckt, dass es in mir das beste Gefühl der Welt auslöste, wenn ich mit Macy unter normalen Umständen zusammen war.

»Es tut mir leid für dich, dass es sich heute nicht allzu viel abgekühlt hat«, bemerkte ich, während ich Hunters Leine aufnahm.

Sie warf mir einen schelmischen Blick zu und straffte sich. »Ich kenne einen Ort, an dem es viel kühler ist«, sagte sie neckend.

Ich hob eine Braue in die Höhe. »Nun sag schon.«

»Es ist normalerweise viel kühler, wenn man sich auf über zweitausendfünfhundert Metern befindet. Hast du schon einmal die Seilbahn ausprobiert?«, wollte sie wissen.

Brillant! Daran hätte ich selbst denken können.

»Ich habe lediglich davon gehört«, gestand ich. »Aber bis jetzt hat sich noch keine Möglichkeit für mich ergeben, selbst hochzufahren.«

Sie kräuselte anbetungswürdig die Nase. »Es ist furchtbar touristisch, aber du solltest es zumindest ein einziges Mal machen.«

»Hast du es schon getan?«, fragte ich neugierig.

Sie nickte. »Mehrmals, aber mittlerweile seit Jahren nicht mehr. Als ich die Bahn das letzte Mal benutzt habe, war ich mit meiner Familie hier.«

Mist! Ich hasste sogar den leichten Hauch von Melancholie, der sich in ihren Blick stahl. »Bist du dir sicher, dass du das gern machen möchtest? Ich möchte auf keinen Fall schmerzhafte Erinnerungen in dir wecken, Macy.«

Sie schüttelte den Kopf. »Es sind keine traurigen Erinnerungen und vielleicht ist es an der Zeit, darüber zu reden. Es waren glückliche Zeiten und ich bin auch schon mit Freundinnen hochgefahren. Meinem Vater gefiel all dieser Touristenkram und wir bewunderten ihn dafür. Wir hatten so viel Spaß, diese Touristenfallen aufzusuchen. Ich denke, während unserer Kindheit hielten Brandon und ich den Rekord darin, Disneyland und all die anderen Themenparks zu besuchen.«

Ich schlang ihr die Arme um die Taille, als wir aus dem Rehazentrum traten, denn ich konnte mich nicht zurückhalten. Ich wollte ihr nahe sein, für den Fall, dass ich die Leere füllen konnte, die sie gelegentlich verspüren musste.

Es brachte mich beinahe um, mir Macy allein und verletzt vorzustellen, aber ich wusste, dass sie sich während der letzten fünf Jahre oft genau so gefühlt hatte.

Sie hatte gesagt, sie hätte sich bis zu einem gewissen Punkt der Wahrheit verweigern müssen.

Sie hatte offensichtlich während einer langen Zeitspanne nur jeweils einen Teil ihres Kummers und nicht alles gleichzeitig freisetzen können, denn das wäre unerträglich gewesen.

»Wie oft warst du schon oben?«, erkundigte ich mich, da sie beinahe glücklich zu sein schien, jetzt über die besseren Zeiten mit ihrer Familie zu reden.

Sie zuckte mit den Schultern. »Nach dem fünfundzwanzigsten Mal konnte ich es nicht mehr nachhalten, aber es war oft. Also, wenn du Lust hast, mit der Seilbahn zu fahren, werde ich uns ein Mittagessen vorbereiten und wir können die Gegend erkunden, wenn wir oben angekommen sind. Wir werden an deinem Haus vorbeifahren und du wirst mir ein Sweatshirt leihen müssen. Ich hatte nicht damit gerechnet, etwas Warmes zu brauchen.«

Ich betrachtete grinsend ihr Gesicht. Ich konnte beinahe hören, wie die Räder in ihrem Kopf sich drehten, als sie schnell den spontanen Ausflug plante.

»Ich nehme an, wir können Hunter nicht mitnehmen«, vermutete ich.

»Es ist nicht erlaubt, ihn in der Bahn zu transportieren. Er wird zu Hause bleiben müssen. Sei vorsichtig«, warnte sie mich neckend. »Ich beginne langsam zu glauben, dass du ihn magst, obwohl er dich beinahe bei den Eiern gepackt hätte.«

Ich zog eine Braue hoch. »Oh, du hältst das für lustig?«

Sie gab ein Geräusch von sich, das verdächtig nach einem Kichern klang. »In der Tat. Ich kann nicht anders. Darüber musste *ich* mir keine Sorgen machen, als er sich zum ersten Mal in meine Dusche geschlichen hat.«

Verflucht! Mir jetzt diese Dusche vorzustellen war das Letzte, was ich tun sollte, aber ich sehnte mich so verzweifelt danach, ihren nackten Körper um mich geschlungen zu haben, dass ich meine Gedanken nicht von diesem Bild ablenken konnte.

Als wir in den Schatten eines Baumes gelangten, zwang ich sie, stehen zu bleiben, schlang meinen anderen Arm auch noch um sie und zog sie zu mir, sodass sie mich ansah. »Zufällig mag ich die Familienjuwelen extrem gern, Frau«, sagte ich mit gespieltem Knurren.

Sie blickte mit unschuldiger Miene zu mir auf. »Da bin ich mir sicher. Leider klang es so, als hätte auch Hunter sie extrem faszinierend gefunden.«

»Er ist gefährlich«, sagte ich scherzend.

»Du magst ihn«, stellte sie fest.

»Ich bekenne mich schuldig«, gab ich zu, dann zog ich sie enger an mich und hielt sie zwischen mir und dem Baumstamm gefangen. »Wie kann ich nicht von einem Kater fasziniert sein, der Fangen spielen, an der Leine gehen und eine Toilettenspülung bedienen kann? Du hast übrigens fantastische Arbeit geleistet bei seinem Training.«

Sie zuckte mit den Schultern. »Für den Toilettentrick bin ich nicht verantwortlich. Er hat das selbst herausgefunden. Und ich habe ihn nicht allein trainiert. Ich hatte Unterstützung.«

Mir wurde bewusst, dass diese Antwort typisch für Macy war. Sie nahm niemals für sich in Anspruch, etwas getan oder geleistet zu haben.

Ich legte eine Handfläche über ihrem Kopf an den Baum und blickte in ihre wunderschönen Augen hinab. Es gab immer noch Schatten darin, aber sie hatten jetzt den Ton eines helleren Graus angenommen als während der Tage, in denen sie Karmas Tod erwartet hatte.

Sie sah glücklicher aus.

Sie sah aus, als wäre sie lockerer.

Sie sah aus wie die heißeste Frau, die ich je gesehen hatte.

»Ich werde dich küssen, wenn du mich nicht aufhältst«, drohte ich heiser.

Sie legte mir eine Hand auf die Brust, aber sie schob mich nicht weg. »Leo, du weißt doch, dass ich nicht gut in Beziehungen bin. Auch bevor ich meine ganze Familie verlor, habe ich mich bei Rendezvous lächerlich unbeholfen benommen. Ich hatte keinen festen Freund mehr seit den ersten Jahren auf dem College und es ist beinahe genauso lange her, dass ich Sex hatte. Aber trotzdem möchte ich, dass du mich küsst, und ich weiß nicht, was ich dagegen tun kann.«

Mein Herz begann, wild zu klopfen, als ich sah, wie sie mich mit Blicken verschlang.

Sie wollte mich.

Sie begehrte mich.

Und verflucht sollte ich sein! Ich wollte Macy alles geben, was sie wollte, und mehr.

»Hast du mich um etwas gebeten?«, fragte ich sie.

Sie schüttelte den Kopf. »Nein.«

»Glaubst du wirklich, dass ich irgendetwas von dir fordere, nach allem, was du mir erzählt hast?«

Sie schluckte heftig. »Wahrscheinlich nicht.«

»Warum zur Hölle machst du dir dann solche Sorgen? Ich möchte mir nur einen Kuss stehlen. Vorerst«, sagte ich mit heiserer Stimme.

Also gut, vielleicht wollte ich viel mehr von ihr, aber ich war kein Arschloch. Ich würde nicht um mehr bitten, als sie mir im Augenblick geben konnte.

Hastig schlang sie mir die Arme um den Hals und zog meinen Kopf zu sich herunter. »Okay«, stieß sie atemlos hervor, »dann stiehl dir alle Küsse, die du haben willst.«

Ich grinste angesichts ihrer Begeisterung und nahm ihre Lippen, so schnell ich konnte. Und dann plünderte ich ihren Mund viel länger, als ich es hätte tun sollen.

Sie war so verdammt süß und je mehr ich von ihr kostete, desto mehr wollte ich.

Macy Palmer erweckte in mir Gefühle, die ich seit meiner Teenagerzeit nicht mehr gekannt hatte. Und ich war mir nicht sicher, ob mir das gefiel.

Ich verlor beinahe alle Kontrolle, jedes Mal wenn ich sie berührte.

Als sie leise gegen meine Lippen stöhnte, war mein Schwanz sofort steinhart und bereit, sie zu befriedigen.

Mist!

Ich musste mich zwingen, ihre Lippen freizugeben, sodass sie Atem schöpfen und ich meine Beherrschung wiederfinden konnte.

Es war die reine Hölle, ihre Lippen loszulassen, weil ich wusste, sie begehrte mich ebenso sehr wie ich sie.

Ich hielt sie im Arm, bis sie aufhörte, an meiner Schulter keuchend nach Luft zu schnappen. Dann gab ich sie frei und trat zurück.

Ich lehnte meine Stirn an ihre Schulter und brummte: »Jetzt solltest du mich besser an einen kühleren Ort bringen, Frau.«

Sie lachte fröhlich, wie eine erfahrene Verführerin, woraufhin ich umgehend beschloss, dass jeder Moment meiner Folter es absolut wert war.

KAPITEL 10

Macy

»DU WIRST MICH noch total verwöhnen«, bemerkte Leo, während er sich noch etwas Feta-Dip auf den Pita-Chip gab. »Dies ist das beste Mittagessen, das ich seit Langem hatte.«

Mit vollem Magen streckte ich mich auf der großen Decke aus, die wir neben dem Wanderpfad in der Nähe des Gipfels der San Jacinto Mountains ausgebreitet hatten.

Wir hatten die Seilbahn genommen und waren eine Weile gewandert, bevor wir einen Platz gefunden hatten, um das Mittagessen zu verzehren, das ich in Eile bei Leo zu Hause zubereitet hatte.

»Dann bist du offensichtlich nichts Gutes gewohnt«, erwiderte ich kichernd. »Ich hatte ja nicht gerade Zeit, Feinschmeckerkost zuzubereiten.«

Ich wusste aus Erfahrung, dass der Imbiss auf dem Gipfel nicht gerade appetitanregende Gerichte anbot. Ich hatte einfach schnell etwas in Leos Haus zusammengebastelt, nachdem wir kurz am Lebensmittelladen angehalten hatten.

»Das macht nichts«, erklärte er. »Niemand bereitet mir je ein Mittagessen zu und dieses ist fantastisch.«

Niemand hatte ihm je ein Mittagessen zubereitet? Wie war das möglich? Hatten nicht alle Milliardäre einen Koch?

Ich wusste, dass Leos Mutter auf ihrem Anwesen in England Personal beschäftigte, aber offenbar verbrachte Leo nicht viel Zeit dort.

»Hast du niemanden, der für dich kocht?«, fragte ich.

Er schluckte und trank einen Schluck Wasser, bevor er antwortete: »Nein, niemals. Meine Termine sind unvorhersehbar. Ich werfe entweder etwas in die Mikrowelle oder ich hole mir etwas.«

»Ich habe Fertigteig für Kekse in den Ofen geschoben, ein paar Sandwichrollen mit Eiersalat gefüllt und etwas Feta-Dip angerührt, wozu ich fünf Minuten gebraucht habe. Beim nochmaligen Nachdenken habe ich noch etwas Obst mitgenommen, um die eigentlich nicht so gesunden Kekse aufzuwiegen. Das ist nicht gerade Feinschmeckerkost, Leo.«

Er zuckte mit den Schultern. »Für mich ist es etwas Besonderes. Danke dafür und dass dir etwas eingefallen ist, wie wir uns abkühlen konnten. Es ist wunderbar hier oben.«

Ich seufzte. Mein Gott, er war so leicht zufriedenzustellen und so verdammt aufmerksam. Ich erinnerte mich an keinen Mann in meiner Vergangenheit, der sich dafür bedankt hätte, dass ich einen Imbiss zusammengebastelt hatte.

»Meine Mutter hat gern gekocht und gebacken«, sagte ich. Es überraschte mich, dass ich mich mit Leo so wohlfühlte, dass ich ihm etwas über meine Familie erzählte. »Aber sie war sehr mit ihrem Job beschäftigt, daher hatte sie nicht viel Zeit, sich in der Küche aufzuhalten. Ich habe von ihr gelernt, wie man eine schnelle Mahlzeit zubereitet.«

»Und dein Vater?«, wollte Leo wissen.

Ich lächelte. »Er aß sehr gern, also half er beim Spülen. Wie wir alle.«

Leo begann, die leeren Lebensmittelbehälter in seinen Rucksack zu packen. »Ich bin definitiv eher fürs Spülen«, gab er zu. »Ich bin nicht gut in der Küche. Ich schaffe es lediglich, ein paar englische Pfannkuchen zuzubereiten. Und nur deshalb, weil meine Brüder und ich sie mit unseren Eltern gemacht haben. Das war etwas, das wir als Familie zusammen getan haben, aber ansonsten hatten wir einen Koch, der täglich für uns sorgte. Wir waren definitiv privilegiert.«

Er klang so schuldbewusst, dass ich erwiderte: »Es ist doch nicht falsch, wenn man das Geld hat, um jemanden einzustellen. Dein Vater war schließlich ein Aristokrat mit Milliarden, der einen riesigen Konzern führen musste, und deine Mutter scheint immer noch jeden Tag tausend Dinge für verschiedene Wohltätigkeitsorganisationen zu tun zu haben. Ich bin mir sicher, in eurem Haushalt war Zeit Geld und so war es einfacher, jemanden zu haben, der die kleinen zeitraubenden Pflichten erledigte. Es überrascht mich lediglich, dass du niemanden hast, der jetzt für dich kocht.«

Er zog den Reißverschluss seines Rucksacks zu und sammelte seine Wasserflasche ein. »Ich hatte in der Tat noch nie ein eigenes Zuhause. Das in Palm Springs ist mein erstes. Mein Artenschutzzentrum in England hat einen Bereich mit Schlafräumen, da das Personal gelegentlich bleiben muss, für den Fall, dass etwas geschieht. Ich übernachte dort, wenn ich im Zentrum arbeite. Wenn ich mich in der Nähe der Stadt aufhalte, dann nur, um meine Mutter zu besuchen, und dann übernachte ich bei ihr. Wenn ich irgendwo eine Weile bleiben muss, dann ist Mieten auch eine Möglichkeit. Ich bin die meiste Zeit unterwegs. Bis jetzt habe ich niemals einen Sinn darin gesehen, ein eigenes Haus zu besitzen.«

Meine Augen weiteten sich. »Und warum jetzt?«

Er grinste und mein Herz machte einen Sprung, als ich sein schelmisches Lächeln sah. »Jetzt bin ich erwachsen«, erwiderte er. »Ich weiß, dass mein Hauptaufenthaltsort für eine Weile hier sein wird, und ich beginne, meine Reisen etwas einzuschränken. Ich fände es schön, öfter in einem echten Bett zu schlafen. Natürlich schicke ich mein Team immer noch auf Expeditionen, aber ich muss es nicht immer begleiten. Das Zentrum hier ist mir wichtig und auch in dem in England möchte ich mehr Zeit verbringen. Ich habe gutes Personal, aber es gibt eine Grenze für deren Befugnisse, wenn ich abwesend bin. Ich habe einige Gelegenheiten verpasst, in denen ich hätte helfen können, weil ich so oft außer Reichweite gewesen bin.«

Ich hatte nie wirklich darüber nachgedacht, wie unbequem es für Leo gewesen sein musste, draußen im Wald zu schlafen … oder im Dschungel … oder in den Bergen … oder an irgendeinem abgelegenen Ort, an dem er eventuell noch scheinbar ausgestorbene Arten finden konnte. Ja, ein Teil seiner Arbeit mochte aufregend sein, aber er hatte bereits eingestanden, dass er einsam war.

»Ich habe gern gecampt, als ich noch jünger war«, gab ich zu. »Aber ich glaube nicht, dass ich das gern dauerhaft tun würde.«

Er zuckte mit den Schultern. »Ich nehme mal an, ich habe mich einfach daran gewöhnt, denn das bringt der Job nun einmal mit sich, wenn man dorthin gehen will, wo die gefährdeten Wildtiere sich aufhalten.«

Ich blickte ihn kopfschüttelnd an. »Du bist bewundernswert, Leo.«

Und mein Gott, er war wirklich unglaublich.

Wie viele reiche Männer würden ihr allzu behagliches Leben aufgeben, um ihrer Leidenschaft für Wildtiere nachzugehen?

Ich hatte zahlreiche männliche Zoologen, Wildtierbiologen und Tierärzte für exotische Tiere kennengelernt. Ich hätte wetten können, dass nur sehr wenige von ihnen gewillt waren, sich in die unbequemen Umstände zu begeben, mit denen man gezwungenermaßen konfrontiert wurde, wenn man das tat, womit Leo sich seit Jahren beschäftigte.

Er grinste. »Ich glaube, du bist die Einzige, die so denkt. Alle anderen halten mich für vollkommen verrückt.«

Ich führte Zeigefinger und Daumen zusammen. »Na ja, so ein kleines bisschen Verrücktheit mag auch dabei sein.«

Er schüttelte den Kopf. »Zu spät. Du hast bereits behauptet, ich sei bewundernswert. Ich lasse nur diese Feststellung gelten.«

Ich lachte. Ich konnte nicht anders. Leo war so amüsant wie hinreißend.

»Wirst du es nicht vermissen, die ganze Zeit im Feld draußen zu sein?«, erkundigte ich mich.

»Nein, meist nicht«, erwiderte er. »Das Einzige, was ich vermissen werde, ist die Hoffnung, dass wir es noch nicht geschafft haben, eine Art komplett auszurotten. Ich bin mir sicher, dass es gewisse Fälle geben wird, in denen ich selbst nachforschen möchte, aber die Arbeit, die ich hier und im Zentrum in England tue, ist auch wichtig. Die Arbeit endet nicht im Feld, wenn wir Beweise gefunden haben, dass eine bestimmte Art noch existiert. Das ist nur der Anfang. Dann geht es weiter mit der harten Arbeit, die täglich ansteht, um diese Art zu retten.«

Er hatte recht. Sobald eine bedrohte Art entdeckt worden war, gab es noch viel mehr zu tun.

»Ich kann es kaum erwarten, dass im Zentrum hier der Betrieb aufgenommen wird«, sagte ich begeistert. »Es muss auch befriedigend sein, an den Aufzuchtprogrammen in Gefangenschaft zu arbeiten.«

Er zuckte mit den Schultern. »Wenn sie funktionieren. Wir wissen beide, dass es eher zu Misserfolgen als Erfolgen kommt, wenn man in Gefangenschaft züchten will. Besonders wenn man die Tiere dann auswildern will. Manchmal ist es berauschend und manchmal tötet es einem die Seele.«

Ich nickte. »Das kann ich mir vorstellen. Ich nehme an, es ist der Erfolg, der dich weitermachen lässt.«

»Ja, tatsächlich«, sagte er bestimmt. »Ein einziger Erfolg kann mehrere Misserfolge aufwiegen.«

»Ich verstehe«, stimmte ich zu. »Wenn ich das Leben eines einzigen Tieres gerettet habe, kann mich das wiederaufbauen, nachdem ich ein anderes verloren habe. Wir tun, was wir können, richtig? Und wir bewegen etwas.«

Er trank einen Schluck Wasser, bevor er erwiderte: »Wir würden nicht in unseren Jobs arbeiten, wenn wir nicht glauben würden, dass wir etwas zum Guten verändern.«

»Ich freue mich, dass ich in der Nähe lebe und beobachten kann, wie dein Zentrum wächst«, sagte ich ehrlich.

Leo furchte die Brauen und holte tief Luft. »Macy, ich würde wirklich gern mit dir über das Zentrum reden.«

»Gibt es Probleme?«, erkundigte ich mich besorgt.

»Nein, ich will nicht mit dir über Probleme reden. Ich habe bereits, wenn auch nicht sehr erfolgreich, versucht, dich auszuhorchen, wie du auf ein Jobangebot reagieren würdest. Ich werde einen tierärztlichen Direktor benötigen. Du hast gesagt, du würdest dich nach einer Herausforderung umsehen. Ich frage mich, ob der besagte Job deine Kriterien erfüllt.«

Ich schnappte nach Luft. Es verschlug mir die Sprache.

Es gab nur zwei Lancaster Artenschutzzentren auf der ganzen Welt und Leo Lancaster hatte mich gerade gefragt, ob ich daran interessiert wäre, die medizinische Direktorin des einen zu werden.

Vollkommen.

Sprachlos.

Das war die Art von Job, von dem man hoffte, sich eines Tages im Laufe seiner Karriere dafür qualifizieren zu können – nach ein paar Jahrzehnten der Erfahrungssammlung.

Ja, ich war Tierärztin für exotische Tiere. Ich besaß die Qualifikationen.

Ja, ich hatte eine wirklich beeindruckende dreijährige Facharztausbildung hinter mir, die mir eine Menge Erfahrung mit allen möglichen Wildtierarten eingebracht hatte.

Allerdings war meine Arbeit in den Züchtungsprogrammen ständig von einem älteren Tierarzt überwacht worden, weil ich keine Erfahrung mit dem Züchten in Gefangenschaft hatte.

Ja, ich hatte auch einige Jahre in einem äußerst anerkannten Tierheim für Großkatzen gearbeitet.

Aber, oh, um Himmels willen, nichts hätte mich auf dieses Jobangebot vorbereiten können.

In Leos angesehenem, hochmodernem Zentrum zu arbeiten wäre der Traum eines jeden zoologischen Tierarztes und ich wusste, es gab Tierärzte für Exoten, die weitaus qualifizierter als ich waren.

»L-Leo«, stammelte ich. »Ich weiß nicht einmal, was ich sagen soll. Mein Gott, ich kann mir keinen Tierarzt vorstellen, der dein Angebot ablehnen würde. Alles, was du tust, ist auf dem allerhöchsten Stand der Technologie und Veterinärmedizin. Aber ich verfüge nicht über die Erfahrung, die du brauchst. Ich war niemals maßgeblich an Züchtungsprogrammen in Gefangenschaft beteiligt.«

»Genau das hat Jaya, meine medizinische Direktorin, auch gesagt, als ich ihr damals den gleichen Job in England angeboten habe. Sie war in deinem Alter, Macy, mit einem ähnlichen beruflichen Hintergrund. Es war eine der besten Entscheidungen, die ich je getroffen habe. Ja, es gibt Wissen über das Züchten in Gefangenschaft, das für alle Arten gilt, aber zum größten Teil musst du wieder von vorn zu lernen beginnen, jedes Mal wenn es eine neue Art zu züchten gilt. Jede Art unterscheidet sich von den anderen. Die Aufzuchthabitate sind unterschiedlich. Wenn ich eine neue Art für das Züchten in Gefangenschaft aufnehme, so treffen stets Experten ein, die meine Leute für diese spezielle Züchtung trainieren, bis mein Personal ohne die Experten zurechtkommt. Ich kann dir Jaya herschicken, um dich zu unterstützen, bis du dich wohler fühlst, wenn du glaubst, dass dir das hilft. Ich denke, sie würde sich freuen. Außer den Fähigkeiten ist die Leidenschaft für den Job von ausschlaggebender Bedeutung. Und die hast du. Du wärst eine unglaubliche Bereicherung für das Team hier und du würdest an jedem Eignungsgespräch für dein Team mit mir zusammen teilnehmen. Aber ich bezweifle, dass du meine Unterstützung noch brauchen wirst, sobald du dich eingearbeitet hast.«

»Und was ist mit dem Rehabilitationszentrum?«, fragte ich, immer noch überwältigt.

»Du wirst es überwachen, da du die medizinische Direktorin des ganzen Zentrums sein wirst, aber wir werden für die täglich anfallenden Arbeiten im Rehabilitationsbereich eigenes Personal einstellen. Der größte Teil deiner Zeit und Verantwortlichkeiten würde auf die Tiere in den Züchtungsprogrammen entfallen. Und du musst wissen, dass du nicht allein sein wirst. Für jede Art braucht man ein komplettes Team.«

Mir drehte sich der Kopf, als er zu reden aufhörte.

Ich hätte am liebsten vor Begeisterung laut aufgeschrien und ihm gesagt, dass ich den Job natürlich annehmen würde.

Aber … ich zögerte.

Ich wollte sicher sein, ihn nicht zu enttäuschen.

»Kannst du mir etwas Zeit lassen, um darüber nachzudenken? Und würde es dir etwas ausmachen, wenn ich mich mit Jaya unterhalten würde, nur um einen Eindruck von ihrem Verantwortungsbereich zu bekommen?«

Er nickte. »Sicher. Ich bin kein Tierarzt, also kann ich dir nicht beschreiben, wie der Job aus der Sicht eines solchen aussieht.«

Ich warf ihm einen sehnsüchtigen Blick zu. »Versteh mich nicht falsch, ich würde ihn gern annehmen, Leo. Zur Hölle, jeder

Tierarzt würde das wollen. Ich möchte nur sicher sein, die Richtige für diese Position zu sein.«

»Wenn ich das nicht glauben würde, hätte ich dir das Angebot nicht gemacht«, meinte Leo ernst. »Ich werde dich nicht anlügen und sagen, dass ich mich nicht zu dir hingezogen fühle, aber das hat nichts mit dem Jobangebot zu tun. Nimm dir Zeit und finde heraus, ob es das Richtige für dich ist. Wir haben noch ein oder zwei Monate Zeit, bis du dich tatsächlich jeden Tag im Zentrum melden musst, aber ich brauche vorher eine Antwort, damit wir anfangen können, mehr Personal einzustellen. Ich weiß, dass du deine Kündigung im Tierheim einreichen musst.«

»Das habe ich bereits getan«, sagte ich leise. »Ich habe den Direktor angerufen und ihn wissen lassen, dass ich Ende nächster Woche gehen werde. Er hat vor ein paar Monaten meinen Nachfolger eingestellt, nachdem ich ihm gesagt hatte, dass ich gehen würde, sobald Karma weg ist. Er hat kein Problem damit. Er ist vorbereitet. Er weiß schon seit Monaten, dass ich gehen werde, und er versteht, wie schwer es für mich wäre, dort zu bleiben, jetzt, da Karma weg ist. Er weiß, dass ich vorwärtskommen und meine Fähigkeiten woanders einsetzen möchte.«

»Du gehst am Montag ins Tierheim zurück?«, fragte Leo mit besorgter Stimme. »Wirst du zurechtkommen?«

»Ja. Ich werde einige wichtige Entscheidungen treffen müssen, die mich ablenken werden«, erklärte ich ihm mit einem kleinen Lächeln. »Ich dachte, ich wäre auf Jobsuche, aber vielleicht auch nicht …«

»Du kannst auch früher anfangen, wenn du einen Gehaltsscheck brauchst, aber deine körperliche Anwesenheit wird nicht sofort vonnöten sein«, bot er an.

»Ist schon in Ordnung«, erwiderte ich und war gerührt, dass er meine finanzielle Situation berücksichtigte. Die meisten Menschen mit seinem Reichtum hätten das wahrscheinlich nicht getan. »Meine

Eltern waren zwar nicht reich, aber ich habe etwas Geld auf der Bank, seitdem ich mein Elternhaus verkauft habe, und ich konnte sparen, während ich im Tierheim gearbeitet habe. Außerdem hatte ich Glück, dass ich meine Ausbildung ohne Schulden abgeschlossen habe. Mir geht es gut genug, das Tierheim verlassen zu können, ohne einen neuen Job zu haben. Ich muss arbeiten, aber ich habe Zeit. Ehrlich gesagt glaube ich, dass es mir guttun würde, eine kleine Auszeit zu nehmen. Der heutige Tag hat mich daran erinnert, wie viel Spaß es macht, sich hin und wieder Zeit zum Entspannen zu gönnen.«

Ich hatte so lange versucht, meinen Schmerz und meine Traurigkeit zu verdrängen, dass ich eigentlich vergessen hatte, wie man es langsam angehen ließ.

Zum ersten Mal erkannte ich auch die Tatsache, dass ich über die guten Zeiten sprechen konnte, die ich mit meiner Familie gehabt hatte, ohne den überwältigenden Schmerz über ihren Verlust zu spüren.

»Ich wäre begeistert, wenn du dich entschließen könntest, ein wenig dieser freien Zeit mit mir zu verbringen«, sagte er hoffnungsvoll.

Ich wurde langsam süchtig danach, mit Leo Lancaster Zeit zu verbringen, und ich wollte die neue Angewohnheit wirklich nicht ablegen, daher antwortete ich: »Falls du etwas Freizeit erübrigen kannst, wüsste ich nicht, wo ich lieber wäre.«

KAPITEL 11

Leo

MACY: *ICH DENKE, Hunter vermisst dich. Er schmollt schon die ganze Woche. Ich hasse dich dafür, dass du ihn mit Steak gefüttert und ihn mit dem Wasser aus dem Hahn hast spielen lassen.*

Ich grinste, als ich Macys Text las, denn ich wusste, sie scherzte.

Leo: *Bring ihn am Wochenende her und ich werde ihn zurechtbiegen. Wie läuft es im Tierheim?*

Verflucht! Ich vermisste ihr wunderschönes Gesicht, und dabei war sie erst vor ein paar Tagen, nämlich am Sonntag von hier weggefahren.

Jetzt war es Mittwochabend und ich hatte im Bett gelegen und mir verzweifelt gewünscht, sie wäre hier, als sie mir die SMS schickte.

Wir hatten jeden Tag Kontakt, entweder per Telefon oder per SMS.

Bis jetzt hatte sie gesagt, es ginge ihr gut in ihrer letzten Woche im Tierheim, aber ich machte mir trotzdem Sorgen um sie.

Ich bezweifelte, dass es ihr leichtfiel, Karmas leeres Gehege zu sehen und keine Melancholie zu spüren.

Wie konnte es anders sein?

Macy: *Es war ein langer Tag. Einer der Leoparden war krank, aber es geht ihm schon besser.*

Leo: *Und wie geht es dir?*

Macy: *Ich halte durch.*

Leo: *Ich werde mir etwas ausdenken, damit du dich besser fühlst, wenn du am Wochenende herkommst.*

Macy: *Leo, ich habe darüber nachgedacht und ich bin mir nicht sicher, ob es eine gute Idee ist, jedes Wochenende bei dir zu sein.*

Oh, zur Hölle, nein. Sie konnte mich jetzt nicht hängen lassen.

Offensichtlich hatte sie viel zu viel nachgedacht und sich selbst ausgeredet, einen Teil ihrer Freizeit mit mir zu verbringen.

Auf keinen Fall, meine Schöne.

Ich tippte auf ihre Nummer und rief sie an.

»Was meinst du damit, dass es keine gute Idee ist, jedes Wochenende mit mir zusammen zu verbringen? Ich finde, das ist eine ausgezeichnete Idee. In der Tat wäre es noch besser, auch die Wochentage miteinander zu verbringen«, sagte ich zu ihr, sobald sie sich meldete.

Macy seufzte. »Ich muss einfach über vieles nachdenken und ich will nicht, dass du das Gefühl hast, mich ständig unterhalten zu müssen.«

»Das habe ich nicht«, entgegnete ich offen. »Ich bin derjenige, der dich gebeten hat, etwas Zeit mit mir zu verbringen, erinnerst du dich? Ich will dich hier haben, aber wenn du die lange Fahrt leid bist, komme ich zu dir. Es ist wirklich nicht wichtig.«

Ich wollte mit ihr zusammen sein. Punkt. Es war mir vollkommen egal, wie wir das hinbekamen.

»Das ist es nicht«, meinte sie.

»Was ist es dann, denn *ich* bin es definitiv nicht, der *dich* nicht sehen will«, brummte ich.

Verdammt, nach den wahnsinnigen Küssen, die wir beide geteilt hatten, sollte sie mittlerweile wissen, dass ich so viel Zeit wie möglich mit ihr verbringen wollte.

Und es ging nicht nur um die Tatsache, dass ich ihren kurvenreichen Körper begehrte. Ja, ich wollte sie nackt sehen, aber unsere wachsende Beziehung bestand aus mehr als nur Sex.

»Wir haben doch darüber geredet«, erwiderte sie. »Ich bin schlecht in Beziehungen, und jetzt, da ich vielleicht deine Angestellte werde, wird die Situation wirklich verwirrend. Ich habe mit Jaya gesprochen. Sie lobt dich in den höchsten Tönen als Boss und du hast recht. Sie hatte einen ähnlichen beruflichen Hintergrund wie ich, als sie in dem Zentrum in England anfing. Sie sagte, dass du sie bei jedem Schritt unterstützt hast, bis sie das Gefühl hatte, ihrer Rolle gerecht zu werden.«

»Du neigst also dazu, den Job anzunehmen?«

Gott wusste, dass ich genau das wollte, aber mir war nicht bewusst gewesen, dass mein Jobangebot dazu führte, dass sie zögerte, die verrückte Verbindung und Chemie zwischen uns zu erforschen.

Nicht dass ich ihr die Position auch unabhängig von meinen Gefühlen angeboten hätte, aber vielleicht war mein Timing etwas unglücklich.

Sie stieß laut den Atem aus. »Ich werde lange und gründlich über den Job nachdenken, sobald ich diese Woche meine Arbeit im Tierheim beendet habe.«

Ich wusste, sie hatte viel um die Ohren, und ich wollte sie nicht unter Druck setzen, obwohl ich hoffte, dass sie mein Angebot annehmen würde.

»Das steht dir zu«, erwiderte ich. »Aber was hat der Job mit uns zu tun?«

»Wenn wir uns privat miteinander verabreden, bringt das Konflikte bei unserer Arbeit, Leo«, sagte sie sanft.

»Nein, das stimmt nicht«, widersprach ich bestimmt.

Es war ja nicht so, als wäre ich dann ihr direkter Vorgesetzter, der ihre Fähigkeiten kritisieren konnte. Das war unmöglich, da ich kein Tierarzt für exotische Tiere war. Ihr Beruf lag auf einer vollkommen anderen Ebene.

»Doch«, beharrte sie.

»Wer sagt, dass wir uns tatsächlich miteinander verabreden werden?«, fragte ich.

Natürlich würden wir uns verabreden und hoffentlich mehr als das, aber an diesem Punkt war ich bereit, beinahe alles zu versuchen.

Solange wir am Ende zusammenkämen, konnte sie es nennen, wie sie wollte.

Sie schnaufte. »Wie würdest du es nennen? Du hattest deine Zunge in meiner Kehle.«

Verflucht! Als hätte ich mich nicht daran erinnert!

Mein Zunge war nicht das Einzige, das ich unbedingt in ihr haben wollte. Eigentlich waren unsere Küsse verdammt unschuldig verglichen mit meinen Fantasien über Macy.

In Wahrheit war es nicht nur die sexuelle Chemie zwischen uns, die ich erforschen wollte.

Da war noch etwas anderes mit Macy, eine Verbindung, die ich noch niemals zuvor gespürt hatte …

»Wir genießen die Gesellschaft des anderen«, argumentierte ich. »Wir sind gern zusammen.«

»Da hast du recht«, stimmte sie bereitwillig zu. »Wir haben eine gewisse Beziehung zueinander. Wie könnte ich dich so begehren, wie ich es tue, und keine Beziehung mit dir haben? Dies ist nicht so, als würde man mit einem Freund zusammen sein. Nicht für mich.«

Ich lehnte mich gegen das Kopfende meines Bettes. »Für mich auch nicht, Süße. Warte! Du begehrst mich? Warum habe ich dich das nicht schon vorher sagen hören?«

»Weil eine Frau das nicht zu einem Mann sagt, den sie kaum kennt«, erwiderte sie und klang genervt. »Aber ich werde nicht lügen, du bist inzwischen die Nummer eins in meinen Fantasien.«

»Ich wäre gern die einzige«, sagte ich mit rasselnder Stimme. »Würde es dir etwas ausmachen, mir diese Fantasien zu verraten?«

»Ja, das würde es!«, stieß sie hastig hervor.

»Möchtest du gern meine hören?«, fragte ich heiser.

»Über mich?«, schrie sie schrill auf.

»Ja.«

»Auf keinen Fall«, schnaufte sie. »Das würde mich vollkommen wahnsinnig machen, Leo. Und deshalb sollten wir uns wahrscheinlich nicht jedes Wochenende sehen.«

Ich grinste, weil sie so klang, als hätte ich sie aus der Fassung gebracht. »Weil du deine Finger nicht von mir lassen könntest? Glaubst du wirklich, das würde mir etwas ausmachen?«

»Dürfte ich dich auf jede Art berühren, die mir gefiele?«, keuchte sie atemlos.

Mist! Der hoffnungsvolle Ton in ihrer Stimme brachte mich beinahe um.

Ein paar Sekunden später fügte sie hinzu: »Vergiss, dass ich das gefragt habe.«

»Das kannst du nicht einfach so zurücknehmen«, erklärte ich. »Das ist das heißeste Angebot, das ich seit Jahren bekommen habe.«

Sie schnaufte. »Ich bin wirklich die am wenigsten sexy Frau auf dem Planeten«, informierte sie mich. »Ich war noch niemals ein besonders weibliches Mädchen, Leo. Ich bin schon ein Wildfang, seitdem ich laufen und sprechen konnte. Ich bin ziemlich allergisch gegen Kleider, außer es ist unbedingt nötig, eins zu tragen, und ich stinke meist wie die Tiere, die ich behandle. Außer meiner Unterwäsche, die niemand jemals zu Gesicht bekommt, bin ich vollkommen unsexy.«

Ich schluckte heftig. »Deine Unterwäsche?«

»Ich habe einen Tick für wirklich hübsche, weibliche Unterwäsche«, bekannte sie in einem Tonfall, der so klang wie ein widerwilliges Eingeständnis. »Gott, ich kann nicht glauben, dass ich dir das erzählt habe. Ich trage sie nicht jeden Tag, weil ich nicht so viele Sets von diesem teuren Zeug kaufen kann. Ich trage sie, wenn ich mich nicht wohl in meiner Haut fühle oder wenn ich eine Aufheiterung brauche. Ich trage keine Kleider. Ich arbeite nicht in einem Beruf, in dem ich jeden Tag ein nettes Outfit tragen kann, und ich stinke jeden Abend nach getaner Arbeit meist wirklich wie meine Patienten. Also trage ich hübsche Unterwäsche, wenn ich weiß, es wird ein harter Tag werden. Verurteile mich bitte nicht dafür. Es ist einfach nur eine Macke von mir.«

Ich schwieg eine Weile, um diese Information auf mich einwirken zu lassen. »Verdammt, nein, ich verurteile dich nicht. Alles, was dir hilft, dich gut zu fühlen, ist okay für mich. Ich möchte dich nur bitten, mich vorzuwarnen, wenn du das nächste Mal diese Unterwäsche trägst, um deine Laune aufzubessern. Mein Verstand ist gerade durchgedreht und mein Schwanz ist unerträglich hart.«

»Meine einzigen sexy Tage sind die, an denen ich hübsche Unterwäsche trage, und das geschieht nicht oft«, informierte sie mich, als wären ihre Worte eine Warnung.

Als hätte ich nicht jedes Mal, wenn ich sie sah, einen Ständer, sexy Unterhöschen hin oder her!

»Nein, das sind nicht deine einzigen sexy Tage«, widersprach ich mit heiserer Stimme. »Du bist jeden einzelnen Tag umwerfend, Macy. Verdammt! Blickst du nie in den Spiegel? Es spielt keine Rolle, was du trägst. Du bist absolut umwerfend.«

Sie war einen Augenblick still, bevor sie sagte: »Du bist vollkommen verrückt.«

»Falls ich das bin, hast du mich dazu gemacht«, gab ich zurück. »Und jetzt sag mir, wann wir uns am Wochenende sehen. Ich vermisse dich wahnsinnig.«

»Ich vermisse dich auch«, sagte sie sehnsüchtig. »Aber ich habe nicht gescherzt, als ich gesagt habe, dass ich keine festen Beziehungen eingehe, Leo. Bevor meine Eltern starben, war ich nicht gut darin, aber als sie und mein Bruder nicht mehr da waren, habe ich einfach den Versuch aufgegeben. Was machen sie für einen Sinn? Nichts hält für immer an und es ist schmerzhaft, jemanden so zu lieben, und irgendwann wird er einem ohnehin entrissen.«

Mist!

Was Macy versucht hatte, mir zu sagen, traf mich wie ein Schlag mit dem Vorschlaghammer, als ich es endlich erfasst hatte.

Es war nicht so, als ginge sie aus freien Stücken keine ernsten Beziehungen ein.

Nein. Sie konnte keine intimen Beziehungen eingehen, weil sie ihr eine Todesangst einjagten.

Ihre Familie zu verlieren hatte so verdammt wehgetan, dass sie schreckliche Angst hatte, jemals wieder so stark zu lieben.

Ich bezweifelte, dass sie ihre Gründe überhaupt selbst erkannte, aber ich konnte sie sehen.

»Ich verstehe dich«, sagte ich. »Wir können es langsam angehen lassen, Macy. Also gut, vielleicht haben wir eine Art Beziehung, aber es gibt keinen Grund, warum wir es überstürzen müssen. Können wir nicht einfach Zeit miteinander verbringen und abwarten, wohin es führt?«

Ich wollte viel mehr als das, aber ich gab mich mit dem zufrieden, womit sie im Augenblick umgehen konnte.

Macy Palmer hatte ihre ganze Familie bei einem einzigen Helikopterabsturz verloren. Eine Katastrophe, an der die meisten Menschen zerbrochen wären. Und doch hatte sie sich zusammengerissen und weitergemacht, weil sie wusste, ihre Familie hätte es so gewollt.

Zugegeben, sie hatte jahrelang versucht, dem Schmerz davonzulaufen, indem sie sich endlos beschäftigte und keine neue Beziehung einging, aber mithilfe dieses Verdrängungsmechanismus hatte sie überlebt, also konnte ich ihre Methode wohl kaum kritisieren.

Ich bezweifelte, dass die meisten Menschen noch so gut funktioniert hätten und so warmherzig hätten sein können, nachdem sie einen solchen seelenzermürbenden Verlust hatten hinnehmen müssen.

Obwohl ich verstand, warum sie niemand und nichts Neues in ihrem Leben mehr lieb gewinnen wollte, so gab mir die Tatsache, dass sie vor Kurzem Hunter adoptiert hatte, doch die Hoffnung, dass auch ich vielleicht eine Chance hatte.

Ich musste einfach nur geduldig und hartnäckig sein.

Es spielte keine Rolle, wie lange sie brauchen würde, um die alten Ängste loszuwerden. Ich war wild entschlossen, zur Stelle zu sein, wenn sie so weit wäre.

»Wir haben immer noch das kleine Problem, dass du mein zukünftiger Boss werden könntest«, erinnerte sie mich.

Ich grinste, weil ich merkte, dass sie ernsthaft in Betracht zu ziehen begann, mich wieder zu besuchen.

»Du hast den Job noch nicht angenommen und ich wette, das wird auch in den nächsten Tagen nicht geschehen«, erklärte ich. »Also wirst du an diesem Wochenende noch nicht in Konflikt geraten.«

Erst wenn sie das Angebot annehmen würde, würde ich mich gegen ihr Argument wehren, sich privat mit dem Boss zu verabreden.

Das war wirklich kein großes Problem.

Sie stieß einen lauten Seufzer aus. »Okay, ich werde kommen. Aber vergiss nicht, dass ich dich bereits gewarnt habe, dass ich schlecht in Beziehungen bin.«

Ich grinste breiter, als ich ihren missbilligenden Tonfall hörte. »Du hast mich bereits mehrmals gewarnt. Ich nehme das Risiko frohen Herzens auf mich.«

Sie mochte zwar meine Einladung nicht mit der Begeisterung angenommen haben, die ich gern gesehen hätte, aber es zählte einzig und allein die Tatsache, dass sie am Freitagabend endlich bei mir sein würde.

KAPITEL 12

Macy

OBWOHL ICH WUSSTE, dass ich das wahrscheinlich nicht tun sollte, verbrachte ich die nächsten zwei Wochen mit Leo.

Und nicht nur die Wochenenden.

Da ich derzeit nicht arbeitete, hatte er mich davon überzeugt, die Umgebung von Palm Springs zu erkunden, solange wir die Gelegenheit dazu hatten.

Tatsächlich war die Zeit wie im Flug vergangen, während ich als Leos Reiseführerin fungierte und ihm Orte in und um Palm Springs zeigte, an denen ich schon gewesen war.

Im Gegenzug hatte er darauf bestanden, mich abends in einige der wirklich guten Restaurants auszuführen. Denn die hatte Palm Springs im Überfluss zu bieten.

Wir waren sogar für ein paar Tage nach Newport Beach zurückgefahren, um einen Tauchausflug zu machen. Ich war zwar kein solcher Experte wie Leo, aber ich hatte es geschafft, mit ihm mitzuhalten.

Ich hatte Leo gestattet, mich von ihm zu noch viel mehr dieser gestohlenen Küsse hinreißen zu lassen, aber Leo hatte mich zu nichts anderem gedrängt als zu den leidenschaftlichen Knutschereien.

In gewisser Hinsicht fiel es mir so leichter, mehr Zeit mit ihm zu verbringen, als ich geplant hatte, aber es machte die Sache auch schwieriger.

Ich begehrte Leo Lancaster so sehr, wie ich noch nie einen anderen Mann in meinem ganzen Leben begehrt hatte.

Er war einfach atemberaubend. Mir fielen keine anderen Worte ein, um ihn zu beschreiben. Er war wunderschön und perfekt, was eigentlich einschüchternd hätte wirken müssen, aber das war nicht der Fall, denn Leo schien zu denken, dass er weit entfernt davon war, fehlerlos zu sein.

Er war sich all dessen nicht bewusst, was ihn so verdammt attraktiv machte.

Es schien ihn nicht zu stören, dass er mit dem Blick aus seinen strahlend blauen Augen jedes Mal, wenn er mich ansah, bis in meine Seele vordrang.

Es schien ihn nicht zu stören, dass sein verrücktes, gewelltes blondes Haar einen eigenen Willen hatte, was ihn wie einen Sexgott aussehen ließ, der gerade aus dem Bett gestiegen war.

Es schien ihn nicht zu stören, dass er einen Körper hatte, der die Frauen überall, wo wir hinkamen, ausrasten ließ.

Er. Bemerkt. Es. Einfach. Nicht.

Es mochte Männer geben, die nur vorgaben, bescheiden zu sein, aber Leo war wirklich vollkommen ahnungslos.

Wahrscheinlich weil er sich normalerweise auf etwas konzentrierte, das nichts mit seinem Äußeren zu tun hatte.

Ich stieß einen leisen Seufzer aus, als ich ihn dabei beobachtete, wie er in seinem Haus in Palm Springs am anderen Ende der Couch an seinem Laptop arbeitete.

Es war interessant, wie wohl wir uns fühlten, wenn wir beide im selben Raum mit unseren eigenen Sachen beschäftigt waren.

Die Verbindung zwischen uns beiden war nur noch stärker geworden, aber ich hatte das Gefühl, dass wir lernten, damit umzugehen.

Ich achtete nur noch selten darauf, was ich sagte, wenn ich mit Leo sprach, und ich wusste, dass auch er das Gefühl hatte, mit mir über fast alles reden zu können.

Leo hatte einige Papiere über seine Arbeit zusammengestellt und ich hatte unabhängig davon selbst recherchiert. Wir beide konnten stundenlang in seinem Wohnzimmer arbeiten und einfach nur zufrieden sein, dass wir uns im selben Raum befanden. Gelegentlich erzählte ich etwas Interessantes oder er teilte mir mit, wenn er etwas Interessantes entdeckt hatte. Wir sprachen kurz darüber, tauschten unsere Ideen aus, und dann kehrte jeder wieder an seine Arbeit zurück.

Wir beide fühlten uns einfach wohl, dass wir auf demselben Gebiet tätig waren, was für mich wirklich ungewöhnlich war.

Und irgendwie beunruhigend.

Ich hatte die letzten fünf Jahre in leeren Wohnzimmern und leeren Wohnungen verbracht, weil es so viel sicherer gewesen war.

Es war fast beängstigend, wie einfach es jetzt war, meinen Raum mit Leo zu teilen.

Bald würde ich eine Entscheidung über meinen Job treffen müssen. Ich konnte nicht mehr lange arbeitslos sein und irgendwann würde ich mich zu Tode langweilen, aber diese Zeit, die ich mit Leo verbracht hatte, war fast magisch gewesen.

Das Problem war nur – Glück war vergänglich und niemand wusste das besser als ich.

Ich wollte mich nicht zu sehr an das Wohlgefühl gewöhnen, das ich immer empfand, wenn ich mit ihm zusammen war. Oder das Hochgefühl, das ich manchmal verspürte, wenn er einen Raum betrat.

Ich wollte nicht so empfinden.

»Verflucht!«, stieß Leo in seinem tiefen Bariton hervor, was mich erschreckte.

»Was ist los?«, fragte ich ihn und blickte von meinem Laptop auf.

Leo rutschte zu mir hinüber und hielt seinen Computer hoch. »Sieh dir das an. Was siehst du?«

Ich blinzelte, während meine Augen sich an das helle Licht seines Computers anpassten, und betrachtete das Foto auf dem Bildschirm.

»Katzenspuren«, sagte ich selbstbewusst. »Vier Zehen und der Fußballen.«

»Genau«, sagte Leo mit triumphierender Stimme. »Diese Bilder wurden am Fuße der lanianischen Berge von einem einheimischen Biologen aufgenommen. Es sieht nach einem weiteren Beweis dafür aus, dass der lanianische Luchs wahrscheinlich noch existiert, Macy.«

Ich starrte ihn mit geweiteten Augen an. »Glaubst du das wirklich?«

Er nickte. »Ich weiß es. Das ist definitiv eine Luchsspur und es gibt keine anderen Wildkatzenarten in diesem Land. Prinz Nick hat es mir geschickt. Ich habe ihm gesagt, er solle vorerst Stillschweigen darüber bewahren, damit nicht die ganze Welt in Nordlania auftaucht, um Fotos zu machen oder eine Trophäe von einem Tier zu bekommen, das als ausgestorben galt.«

»Könnte das wirklich passieren?«, fragte ich, von dem Gedanken angewidert.

Leo warf mir einen zweifelnden Blick zu. »Du wärst überrascht. Wenn eine neue Spezies entdeckt oder eine alte Spezies wiederentdeckt wird, wird sich wahrscheinlich nicht nur die Tierwelt dafür interessieren.«

Ich nickte. »Das nehme ich an. Das sind wahre Neuigkeiten. Es ist wunderbar zu denken, dass der lanianische Luchs vielleicht gar nicht ausgestorben ist. Will der Prinz, dass du nach Lania fliegst?«

»Ja, das will er«, bestätigte Leo. »Was hältst du von einer Reise ans Mittelmeer? Das Wetter soll schön sein.«

»Ich?«, stieß ich mit schriller Stimme hervor.

Er nickte. »Mein Team ist auf einer anderen Expedition, aber ich brauche mein Team nicht, und ich würde das gern in aller Stille machen. Wenn wir nur Video- oder Fotobeweise bekommen, können wir Nick helfen herauszufinden, wie man die Tiere schützen kann. Oberste Priorität hat der unwiderlegbare Beweis, dass diese Spuren vom lanianischen Luchs stammen. Die einzige Möglichkeit, hundertprozentig sicher zu sein, besteht darin, das Tier mit eigenen Augen zu sehen.«

Mein Herz begann, wie wild zu schlagen.

Wie lange hatte ich davon geträumt, so etwas zu tun?

Wie aufregend würde diese Expedition sein?

Wie oft hatte ich mir in der Vergangenheit gewünscht, Leo Lancaster auf einem seiner Abenteuer begleiten zu können?

Ich schüttelte den Kopf. »Nein. Nein, Leo. Ich habe absolut keine Erfahrung in der Feldarbeit. Ich bin kein Wildtierbiologe.«

Er grinste mich an und zwinkerte mir zu. »Ich habe genügend Erfahrung für uns beide, und es ist ja nicht so, als begäben wir uns in unerforschtes Gebiet. Es ist gut kartiert. Es ist nur abgelegen, weil nur wenige Menschen dort leben und die Gegend durch die jahrelange Besetzung durch die Rebellen abgeschnitten wurde. Stell dir vor, du machst einen Campingausflug in die Ferne.«

Er stellte seinen Computer auf dem Couchtisch ab und schlang die Arme um mich.

Leo sah mich erwartungsvoll an, während ich versuchte, mir einen Grund auszudenken, warum ich etwas nicht tun konnte, was ich schon fast mein ganzes Leben lang tun wollte.

Ich sollte es nicht tun.

Aber mein Gott, ich wollte unbedingt dorthin.

Ich mochte zwar keine Wildtierbiologin sein, die viel im Freien gearbeitet hatte, aber ich war Tierärztin für exotische Tiere, also war ich nicht völlig nutzlos.

Ich war gut darin, verschiedene Tierspuren zu identifizieren, und ich konnte definitiv einen Luchs erkennen, sogar aus der Ferne.

Wann würde ich jemals wieder die Chance bekommen, etwas so Großartiges zu tun?

»Denk nicht darüber nach, Macy. Komm einfach mit mir. Nick sagte, er würde ein Basislager für uns einrichten und die Informationen geheim halten, während wir nach Beweisen suchen«, meinte Leo und lehnte seine Stirn an meine. »Hör auf zu grübeln.«

»I-Ich bin nur … vorsichtig«, stotterte ich.

»Das ist nicht unbedingt immer gut«, sagte Leo trocken, als er sich zurückzog, um mir ins Gesicht zu sehen.

»Solange es mir hilft, mich zusammenzureißen«, erwiderte ich nervös. »Versteh mich nicht falsch. Ich bin in Versuchung. Wie könnte ich das nicht sein? Gelegenheiten wie diese fallen mir nicht einfach in den Schoß. Mit so etwas habe ich kein Glück.«

»Die Gelegenheit ist schon da«, antwortete Leo heiser. »Du musst nur sagen, dass du sie ergreifen willst. Ich werde dort für deine Sicherheit sorgen, Macy. Wenn ich es nicht für sicher halten würde, hätte ich dich nicht gebeten, mich zu begleiten. Die meiste Zeit müssen wir nur Bewegungskameras aufstellen und ein bisschen die Gegend erkunden, um zu sehen, ob wir eine Katze entdecken können … oder zwei.«

Ich starrte ihn an und atmete tief ein und aus. »Dir ist doch bewusst, dass du mir etwas anbietest, das ich unmöglich ablehnen kann, oder?«

Ich würde ihn begleiten.

Auf keinen Fall durfte ich die Gelegenheit verpassen, einen lanianischen Luchs zu sehen, den es eigentlich auf dem Planeten überhaupt nicht mehr geben sollte.

Er grinste. »Vielleicht sollte ich beleidigt sein, dass du mich nur benutzt, um einen lanianischen Luchs zu sehen, aber das ist mir wirklich egal, solange du mit mir dort sein wirst.«

Ich blickte ihm kopfschüttelnd in die Augen. »Dass du da bist, ist Teil der Versuchung, Leo.«

Der Mann schien immer noch nicht zu begreifen, dass er eine Legende im Entdecken ausgestorbener Wildtiere war.

Er musterte mein Gesicht. »Eigentlich hatte ich in naher Zukunft keine Reise geplant, aber ich bin froh, dass sich dies jetzt so ergeben hat. Ich möchte das Erlebnis gern mit dir teilen, Macy.«

Plötzlich stiegen mir die Tränen in die Augen.

»Ich bin es nicht gewohnt, irgendetwas mit irgendjemandem zu teilen, Leo. Ich bin es nicht gewohnt, dass es jemandem wichtig ist, ob ich da bin oder nicht«, gestand ich mit bebender Stimme.

Er wischte mir eine Träne vom Gesicht. »Gewöhne dich daran, Süße, denn mir wird es immer wichtig sein.«

Mein Herz schmerzte vor Sehnsucht, eine Sehnsucht, die ich seit Jahren nicht mehr erlebt hatte.

Ich wollte, dass ich Leo wichtig war, aber gleichzeitig machte es mir auch Angst.

»Ich bin mir nicht sicher, ob ich das will«, gestand ich.

»Du kannst es nicht verhindern und ich auch nicht«, wandte er ein, während er seinen Mund auf meinen senkte.

Wie immer reagierte mein Körper sofort auf seine Berührung.

Ich öffnete mich ihm und er plünderte und verschlang mich, bis ich vollkommen ausgelaugt war.

Dann fuhr er mit den Händen in mein Haar und positionierte meinen Kopf genau so, wie er ihn haben wollte.

Die Panik, die anfangs in mir aufgestiegen war, verschwand.

Es gab immer diesen kurzen Moment, in dem ich mich vor den Gefühlen fürchtete, die Leo in mir auslöste, aber der wurde stets von der Leidenschaft hinweggefegt, die unweigerlich folgte.

Ich legte meine Hände auf seinen kräftigen Bizeps und genoss das Gefühl, ihn zu berühren.

Es war so lange her, dass ich diese Art von Bedürfnis verspürt hatte. Diese Art von Verlangen.

Ehrlich gesagt war ich mir nicht sicher, ob ich jemals etwas Vergleichbares gespürt hatte. Es war ein Wahnsinn, den nur er hervorrufen konnte.

»Leo«, stöhnte ich atemlos, als er endlich meine Lippen freigab. »Mein Gott, du machst mich wahnsinnig.«

»Willkommen im Klub, Süße«, sagte er direkt an meinem Ohr. »Meine Eier haben mir schon in dem Moment wehgetan, in dem wir uns kennengelernt haben.«

»Das kann nicht sein«, erwiderte ich amüsiert.

Er wich zurück, hielt aber seinen Arm fest um meine Taille gelegt. »Doch, das ist so«, antwortete er und klang dabei leicht missmutig.

»Du hast mich in England nicht einmal richtig wahrgenommen«, forderte ich ihn heraus.

Er hob eine Braue in die Höhe. »Das glaubst du? Ich war immer auf der Suche nach dir, Macy. Wohin du auch gingst. Gleich nachdem wir uns das erste Mal begegnet waren. Was glaubst du, warum ich auf Moms Anwesen in die Bibliothek gekommen bin, wo ich dich über Karma weinend vorgefunden habe?« Er gab mir keine Gelegenheit zu antworten, sondern fuhr fort: »Du wurdest vermisst, also bin ich losgegangen, um dich zu suchen. Ich bin mir nicht sicher, ob mir damals überhaupt bewusst war, was ich tat, aber jetzt verstehe ich den Drang, dir überall hin folgen zu wollen.«

Ich strich ihm eine verirrte blonde Haarsträhne aus der Stirn. »Ich wurde nicht wirklich vermisst.«

Er zuckte mit den Schultern. »Dann habe ich vielleicht nur gespürt, dass etwas nicht stimmt, als ich dich eine Zeit lang nicht gesehen habe. Vielleicht warst du nicht lange genug weg, als dass es jemand anderem aufgefallen wäre, aber ich habe es bemerkt.«

»Und du hast mich gefunden«, flüsterte ich.

»Ich war ziemlich entschlossen«, sagte er grinsend. »Du solltest bei dieser Hochzeitsveranstaltung nicht einfach verschwinden.«

Ich hätte ihn gern gefragt, warum er sich gesorgt hatte, wohin ich gegangen war, oder warum er das Bedürfnis gehabt hatte, sich zu vergewissern, dass es mir gut ging.

Wir hatten uns kaum gekannt.

Wir hatten kaum miteinander gesprochen.

Ich seufzte, denn ich brauchte wirklich keine Antwort.

Er hatte sich gesorgt, weil er eben Leo war … und ich war wirklich froh, dass er mich gefunden hatte.

KAPITEL 13

Leo

»Es TUT MIR leid, Leo. Ich hatte keine Ahnung, was Macy erlebt hat, als wir letztes Mal miteinander geredet haben, denn sonst hätte ich es dir erzählt. Kylie hat mich aufgeklärt. Eine ganz üble Geschichte«, sagte Dylan, als wir später am Abend miteinander telefonierten.

Macy und ich hatten den Grill angeworfen und draußen gegessen, weil es immer noch warm genug war.

Während sie ins Haus ging, um Hunter sein Abendessen zu geben, hatte ich beschlossen, Dylan anzurufen und ihn darüber zu informieren, dass ich eine Expedition unternehmen würde, bei der ich unvermeidlich einen seiner alten Freunde treffen würde.

Ich trank einen Schluck von meinem Bier und stellte es wieder auf den Beistelltisch. »Was zur Hölle macht man, wenn die ganze Familie ausgelöscht wird?«, fragte ich ihn.

»Ich habe keine Ahnung«, erwiderte er. »Ich habe damals den Verstand verloren, als ich glaubte, eine Frau zu verlieren, die mich liebte, und ein ungeborenes Kind. Ich kann mir überhaupt nicht vorstellen, wie es sich anfühlt, jeden zu verlieren, den man liebt.«

»Ich glaube, ein Teil von ihr hat einfach zugemacht«, überlegte ich.

»Ich denke, ich würde das Gleiche tun«, meinte Dylan. »Leo, du musst vorsichtig sein. Dies ist vielleicht nicht der Pfad, dem du folgen willst. Dir und ihr zuliebe.«

»Dafür ist es bereits viel zu spät«, erklärte ich. »Sie ist nicht verbittert, Dylan. Sie hat Angst, und das verstehe ich, aber ich kann sie nicht einfach so aufgeben, nur weil sie übervorsichtig ist. Mir würde es genauso gehen. Sie ist die einzige Frau, die jemals solche Empfindungen in mir ausgelöst hat. Damian hat mir mal verraten, dass er sich in Nicole verliebt hat, weil sie Damian Lancaster mochte und nicht die Milliardärsfassade, die die meisten anderen sehen.«

»Das Gleiche kann ich von Kylie auch sagen«, gab Dylan zu. »Denkt Macy so über dich?«

»Zumindest mag sie mein wahres Ich«, erklärte ich. »Ich glaube, dass ihr mein Geld vollkommen gleichgültig ist.«

»Dann bist du wahrscheinlich verloren«, meinte Dylan trocken. »So eine Frau findet man selten in unserer Welt. Ehrlich, Leo, ich kann mich nicht daran erinnern, dass du jemals eine feste Freundin gehabt hättest. Wie du sagtest, es ist lange her. Aber ich hatte das Gefühl, wenn du dich einmal verlieben würdest, dann heftig. Es überrascht mich nicht wirklich, dass du verrückt nach Macy bist. Sie ist attraktiv, teuflisch intelligent und teilt deine Leidenschaft für wilde Tiere. Und ich glaube auch, dass dein Geld sie nicht interessiert. Sie ist wahrscheinlich mehr beeindruckt von deiner Arbeit.«

»Ja, so ist es«, stimmte ich zu. »Wir reden zwar nicht die ganze Zeit nur über die Arbeit, aber es ist schön, jemanden zu haben, der die gleichen Interessen hat. Ich habe ihr die Position der medizinischen

Direktorin hier in dem neuen Zentrum angeboten. Ich denke, sie wäre perfekt dafür geeignet. Sie war bereit, die Arbeit im Tierheim aufzugeben und sich einer neuen Herausforderung zu stellen.«

»Und was hat sie gesagt?«, wollte Dylan wissen.

»Sie denkt noch darüber nach. Ich glaube, sie wird die Stelle annehmen. Sie sucht eine Herausforderung und ich denke, diese Position wird ihr das geben, was sie sich für ihre Karriere wünscht.«

»Und außerdem wird sie so praktischerweise in deiner Nähe bleiben«, bemerkte Dylan.

»Aber ich habe ihr das Angebot nicht aus diesem Grund gemacht«, protestierte ich gereizt.

Verflucht! Dylan hätte mich doch besser kennen sollen.

»Das weiß ich doch«, beschwichtigte er mich. »Leo, ich weiß, du würdest nichts tun, was dein Zentrum gefährdet. Ich wollte doch nur sagen, dass es gut für dich wäre, wenn ihr beide zusammenkämt.«

»Oh, das werden wir«, sagte ich bestimmt. »Da ist etwas zwischen uns, Dylan, eine Verbindung, die mich nicht loslässt. So war es schon an dem Tag, an dem wir uns kennengelernt haben.«

»Ich kenne eine solche Verbindung, glaub mir. Sei geduldig mit ihr, Leo. Sie hat die Hölle durchgemacht. Ich weiß, es ist fünf Jahre her, aber vielleicht öffnet sie gerade erst diesen Teil von ihr, den sie verschlossen hatte. Kylie sagt, sie habe sich noch kein einziges Mal mit jemandem verabredet, seitdem sie ihre Familie verloren hat.«

»Du magst recht haben«, gab ich zu. »Sie begleitet mich nach Lania. Ich brauche nicht das ganze Team und ich glaube, es ist gut für sie, einmal etwas anderes zu sehen.«

Ich hatte inzwischen begonnen zu bemerken, wie die dunklen Ringe unter Macys wunderschönen grauen Augen und die Trostlosigkeit in ihrem Blick langsam verschwanden.

Ich hegte die Hoffnung, dass es ihr noch mehr helfen würde, nach Lania zu reisen und neue Erfahrungen zu machen.

»Das hört sich nach einer guten Idee an. Kylie sagt, sie mache sich Sorgen um Macy. Sie hat gemerkt, dass die Geschichte mit Karma Macy zerrissen hat. Sie sagte auch, dass Macy niemals über ihre Familie nach deren Tod geredet hat und dass sie und Nicole Macy niemals dazu gedrängt haben, weil sie wussten, wie sehr es sie schmerzt«, sagte Dylan.

»Der Verlust von Karma hat sie zerrissen«, bestätigte ich. »Und daher bin ich froh, dass sie mich nach Lania begleitet. Sie kann eine Pause gebrauchen. Mit mir redet sie über ihre Familie, nicht über deren Tod, sondern über all die guten Erinnerungen, die sie an sie hat.«

»Das ist doch immerhin etwas«, erwiderte er. »Weißt du noch, wie schwer es in den ersten ein, zwei Jahren war, uns an unseren Vater zu erinnern? Dann wurde es besser. Irgendwann konnten wir über die glücklicheren Zeiten reden. Ich hoffe, dass Macy jetzt an diesem Punkt angelangt ist. Danach wird es ein wenig leichter. Nicht dass ich ihre Situation mit der vergleichen kann, nur einen Elternteil zu verlieren, aber der Trauerprozess muss doch irgendwie der gleiche sein.«

Ich nahm an, dass er recht hatte, aber Macy hatte mit einem dreifachen Verlust klarkommen müssen, ohne dass jemand übrig geblieben wäre, mit dem sie hätte reden können. »Wann werdet ihr beide, Kylie und du, denn in die Staaten zurückkehren?«

»Wenn es nach mir geht, werden wir euch beide in Kürze hier sehen, um eine weitere Lancaster Hochzeit zu feiern«, verriet Dylan mir.

»Ihr beide habt einen Termin festgelegt?«, erkundigte ich mich.

»Wir suchen einen Veranstaltungsort und bemühen uns, einige Details auszuarbeiten.«

»Ich freue mich für dich, Dylan. Du verdienst es, glücklich zu sein nach all dem Mist, den du durchgemacht hast«, erklärte ich ernst. »Hast du etwas von Damian gehört? Ist er aus den Flitterwochen zurück?«

»Er hat mich vor ein paar Tagen angerufen und gefragt, ob er noch eine Woche länger bleiben könne«, erwiderte Dylan mit gespielter Gereiztheit. »Ich denke, das schulde ich ihm, also habe ich ihm versprochen, ihn zu vertreten.«

»Wie geht es Mom?«, fragte ich. »Ich habe diese Woche noch nicht mit ihr telefoniert.«

»Sie ist so beschäftigt wie immer und außerdem bedrängt sie Kylie bereits wegen eines Enkelkindes«, meinte Dylan trocken.

Ich lachte leise vor mich hin. »Sie lässt euch nicht einmal vorher heiraten?«

Ich war nicht überrascht. Seitdem wir alle unser Studium abgeschlossen hatten, nervte Mom uns mit Hinweisen auf ihren Wunsch nach Enkelkindern. Und bis vor Kurzem hatte keiner von ihren Söhnen positiv darauf reagiert.

»Du weißt, wie sie ist«, erinnerte Dylan mich. »Man mag ihr noch nicht einmal erzählen, dass man eine feste Freundin hat.«

»Glücklicherweise seid du und Damian näher daran, ihr dieses Enkelkind zu schenken, das sie sich so sehr wünscht«, scherzte ich. »Ich verspreche, dass ich sie anrufen werde, bevor die Reise nach Lania losgeht.«

»Sag Nick, er muss öfter nach England zurückkehren. Hast du ihn auf der Hochzeit gesehen?«, erkundigte Dylan sich.

»Ich habe ihn zuerst nicht erkannt, weil er inkognito war, aber ja, wir sind uns über den Weg gelaufen«, erzählte ich.

Prinz Nick hatte versucht, auf Damians Hochzeit kein Aufsehen zu erregen, und es war ihm gelungen, während der Zeremonie und seines kurzen Besuches auf der Party unerkannt zu bleiben.

»Grüß ihn von mir«, bat Damian. »Ich beneide ihn nicht um den Job, ein ehemals vom Bürgerkrieg gebeuteltes Land ins einundzwanzigste Jahrhundert zu befördern.«

Ich schüttelte den Kopf. »Es muss merkwürdig für ihn gewesen sein, als ein Brite erzogen worden zu sein und dann als praktisch Fremder für sein eigenes Volk in sein eigenes Land zurückzukehren.«

»Er wird sich anpassen«, meinte Dylan. »Nick ist einer der loyalsten, intelligentesten Männer, die ich kenne. Er will Lania modernisieren, und das wird ihm gelingen. Er mag vielleicht einige Zeit brauchen, aber bis jetzt leistet er bewundernswerte Arbeit.«

»Er ist mir wirklich eine große Hilfe bei meinem Anliegen«, erklärte ich.

»Ich bin mir sicher, dass er begeistert sein wird, ein Tier zu finden, das in seinem Land als ausgestorben galt.«

»Er ist ziemlich aufgeregt«, bestätigte ich. »Offensichtlich war der lanianische Luchs ein Nationalsymbol, den man auf zeremonieller Kleidung und Fahnen finden konnte. Nick meinte, wenn der Luchs wiederentdeckt würde, so wäre das gut für den Stolz der Bürger in seinem Land und würde sie einander näherbringen.«

»Ich hoffe, du kannst ein paar Katzen finden, die überlebt haben«, meinte Dylan. »Die Spuren sahen vielversprechend aus?«

»In der Tat«, entgegnete ich. »Aber wir müssen zur genauen Identifikation die Zehenballen erkennen können.«

»Seid vorsichtig«, riet Dylan mir. »Ich weiß, das Land ist zu einem Mekka für Touristen geworden, aber ich habe keine Ahnung, wie es im Norden aussieht. Wenn man bedenkt, wie lange der Bürgerkrieg dort angedauert hat, könnte es dort chaotisch sein.«

»Uns wird schon nichts passieren«, versicherte ich ihm. »Ich würde Kylie nicht mitnehmen, wenn ich glauben würde, es wäre dort gefährlich. Es gibt dort keine Raubtiere, die an der Spitze der Nahrungskette stehen, und es sollte warm sein. Die Spuren wurden im Wald auf Meereshöhe entdeckt, daher glaube ich nicht, dass wir weit in die Berge vordringen müssen. Nick sagte, er würde das Basislager so komfortabel wie möglich einrichten.«

»Wie lange werdet ihr dortbleiben?«

»Nicht länger als ein oder zwei Wochen«, informierte ich ihn. »Ich habe hier viel zu viel zu tun, um länger wegbleiben zu können. Es sieht so aus, als bekäme ich in zwei Monaten ein Paar bedrohter Wölfe zur Zucht. Ich muss dafür sorgen, dass bei ihrer Ankunft alles bereit ist.«

Ich nahm mein Bier zur Hand und kippte es hinunter.

»Wirst du das Zentrum für die Öffentlichkeit öffnen, wie das andere in England?«

Ich schluckte den Rest Bier hinunter, bevor ich antwortete: »Nicht in absehbarer Zeit. Es wird eine Weile dauern, bevor wir eine gewisse Routine erlangt haben, und für die Aufzucht ist eine ruhige Umgebung sehr wichtig, damit die Tiere sich sicher fühlen. Irgendwann werde ich wahrscheinlich ebenso operieren wie in dem Zentrum in England, aber das wird nicht sofort geschehen.«

Sobald ich das Zentrum in England etabliert hatte, hatte ich es für eine begrenzte Anzahl von Besuchern und Studenten geöffnet, und die Eintrittsgelder hatten dazu beigetragen, das Artenschutzzentrum für die kommenden Generationen finanziell zu unterstützen. Irgendwann würde ich das Gleiche hier in den USA tun. Außerdem unterstützte der Staat das Rehabilitationszentrum und die Notaufnahme. Es war mir wichtig, ein Gleichgewicht zwischen Bildungsansprüchen und dem Erhalt der Zentren sowie dem Wohlergehen der dort lebenden Tiere zu finden.

»Habe ich jemals erwähnt, wie stolz ich auf dich bin, Leo?«, fragte Dylan im Tonfall eines älteren Bruders. »Es kann nicht leicht für dich gewesen sein, deine eigene Berufswahl zu verfolgen, weil sie so anders war als das, was in unserer Welt erwartet wurde.«

»Es war niemals wirklich schwierig, weil ich von meiner ganzen Familie in meiner Entscheidung unterstützt wurde, Dylan«, erwiderte ich mit heiserer Stimme »Keiner von euch hat mir jemals das Gefühl gegeben, weniger wert zu sein, weil ich nicht zusammen mit euch Geschäftsführer von Lancaster International werden wollte.«

Nach dem Tod meines Vaters hatte ich mein Erbe erhalten, das gut angelegt war, um sich weiter zu vermehren, und ich besaß immer noch eine kleine, stille Teilhaberschaft an Lancaster. Ich persönlich hätte nicht glücklicher sein können, wie sich die Dinge entwickelt hatten. Nicht jeder Lancaster musste an der Leitung des Megakonzerns beteiligt sein.

»Aber alle anderen außerhalb der Familie erwarteten es«, überlegte Dylan.

Ich grinste. »Ich habe mich einen Dreck um die Leute außerhalb meiner Familie geschert. Glaub nur nicht, dass ich nie gehört hätte, wie die Leute über den jüngsten, barbarischen Lancaster-Bruder geredet haben, der nichts anderes tat, als im Wald herumzukriechen und sich die Hände mit dreckigen Tieren zu beschmutzen. Wenn du dich erinnerst, unser Vater hat früher immer gesagt, dass es schwer ist, sich darum zu scheren, was die Leute sagen, wenn man sie nicht respektiert. Ich wusste, wie die Leute unserer elitären Kreise über mich redeten. Es hat mich nur nicht interessiert.«

Dylan lachte leise vor sich hin. »Diese Leute haben viel zu viel Zeit. Ich bin froh, dass du nicht auf sie gehört hast.«

»Wir wurden von Eltern erzogen, die uns beigebracht haben, solchen Dingen keine Beachtung zu schenken«, erinnerte ich ihn. »Ich stelle mein Glück über den Zwang, mich ihnen anpassen zu müssen.«

»Ich auch«, stimmte er zu. »Ich glaube, wir würden dich alle gern öfter sehen, aber dass du glücklich bist, ist das Einzige, was wirklich zählt.«

»Das ständige Reisen ist das Schlimmste an diesem Job«, versicherte ich ihm. »Ich vermisse euch auch, aber ich werde nicht ewig um die Welt reisen. Außer dieser Reise nach Lania habe ich in nächster Zeit keine weiteren Expeditionen geplant. Dieses zweite Zentrum wird mich auf Trab halten. Aber ich kann mein Team losschicken und eine Expedition finanzieren, ohne selbst vor Ort zu sein.«

»Aber wirst du dir nicht wünschen, du wärst dabei?«, fragte Dylan zögerlich.

Ich dachte einen Moment über die Frage nach, bevor ich ehrlich antwortete: »Vielleicht ja, ab und zu, aber eigentlich glaube ich, dass ich zufrieden damit sein werde, mich auf all die anderen wichtigen Faktoren des Artenschutzes zu konzentrieren, um die man sich auch kümmern muss. Ich werde in beiden Zentren Zeit verbringen und vielleicht werde ich mich entschließen, auch in England ein Haus zu kaufen. Ich beginne, es zu genießen, in einem richtigen Bett zu schlafen.«

»Du wirst ein Weichei«, scherzte er.

»Nein, eigentlich nicht«, widersprach ich. »Ich sagte nur, dass es mir nichts ausmachen würde, gelegentlich auf etwas Weicherem als dem Boden zu schlafen.«

»Ich kann nicht behaupten, dir das zu verübeln«, meinte Dylan mitfühlend. »Gute Reise, Leo. Und sei vorsichtig.«

Nach unseren üblichen Sprüchen beendeten wir das Gespräch.

Später fragte ich mich, ob Dylan mich ermahnt hatte, vorsichtig zu sein wegen der möglichen Gefahren im Wald von Lania, oder ob er versucht hatte, mich zu ermahnen, auf mein Herz achtzugeben.

KAPITEL 14

Macy

»ICH DENKE, ICH habe alles gelesen, was ich über den lanianischen Luchs finden konnte, und außerdem bin ich jetzt bestens über die Politik in Lania informiert«, bemerkte ich zwei Tage später Leo gegenüber. »Bist du sicher, dass es nichts gibt, womit ich dir helfen kann?«

Ich hatte bereits gepackt und war bereit für unsere Abreise am folgenden Morgen.

Ich war so aufgeregt, dass ich bezweifelte, ob ich schlafen konnte.

Wir wollten in aller Frühe zum Mittelmeer aufbrechen und ich war so unruhig und nervös, dass ich kaum still sitzen konnte.

Er blickte grinsend zu mir auf. Er saß auf dem Boden und hatte seine komplette Ausrüstung vor sich ausgebreitet. Er vergewisserte sich, dass alles funktionierte und bereit war. »Du hast mir bereits viel geholfen. Es gibt nicht mehr viel zu tun. Erzähl mir, was du gelernt hast.«

Ich verdrehte die Augen. Ich hatte eigentlich überhaupt nicht viel geholfen. Außerdem war ich fertig und Leo arbeitete immer noch an den Reisevorbereitungen.

Ja, ich hatte heute Abend den Kühlschrank aussortiert und mich um die Wäsche gekümmert, damit er nicht bei seiner Rückkehr stinkende, halb gewaschene Kleidung vorfinden würde, aber das betrachtete ich nicht gerade als große Hilfe. Am Tag zuvor hatte ich das Gleiche in meiner Wohnung getan und dann Hunter zu einer Einrichtung gebracht, der ich vertraute.

Ich legte meinen Laptop beiseite und machte es mir auf der Couch bequem. »Du hast also deine Hausaufgaben nicht gemacht?«, scherzte ich.

»Erzähl es mir trotzdem«, beharrte er, während er an einer seiner kleineren Bewegungskameras herumbastelte.

»Es sind wunderschöne Tiere«, sagte ich seufzend. »Die letzte registrierte Sichtung mit Fotobeweis liegt länger als dreißig Jahre zurück. Es hat mich überrascht zu lesen, dass es sich um die größte Luchsart handelte. Die männlichen Tiere können knapp vierzig Kilogramm schwer werden. Sie haben sich von selbst weiterentwickelt, abgesondert von den anderen vier bekannten Luchsarten, aber niemand kennt ihre Ursprünge oder wie sie sich auf einer Insel überhaupt entwickeln konnten. Einst waren sie zahlreich und verteilten sich über den größten Teil der Nation. Mit wachsender Bevölkerungsdichte jedoch wanderten sie in die weniger besiedelten Gebiete im Norden. Ich denke, wir wissen, was geschah, sobald der Bürgerkrieg in dem Land begann. Mein Gott, ich hoffe, es gibt sie noch.«

Ich hoffte wirklich, diese Reise würde erfolgreich sein, nicht nur weil ich einen lanianischen Luchs sehen wollte, sondern weil es für unser Arbeitsgebiet wirklich von unglaublicher Bedeutung wäre.

Leo blickte zu mir auf. »Ich glaube wirklich, dass es eine gute Chance gibt, dass noch etwas von der Luchspopulation dort übrig ist. Ich hoffe nur, dass die genetische Vielfalt unter ihnen noch groß genug ist, um ihr Überleben zu sichern. Es kann ziemlich übel werden, wenn nur noch einige wenige Individuen übrig und die zudem noch sehr nahe miteinander verwandt sind.«

Ich nickte. »Das hoffe ich auch. Es ist wirklich traurig, dass einige der Tierarten, die es geschafft haben, Millionen Jahre zu überleben, die menschliche Rasse nicht überdauern konnten.«

»Eines Tages«, meinte Leo missfällig, »werden die Menschen verstehen, dass unser Schicksal und das der Tiere miteinander verknüpft ist. Wenn sie beginnen, zu viele Arten vom Planeten zu löschen, bricht das Ökosystem zusammen und die Welt beginnt zu verfallen.«

»Es gibt einen gewissen Fortschritt bei dem Versuch, aussterbende Arten zu klonen«, überlegte ich. »Obwohl ich glaube, dass es eine Weile dauert, bis das richtig läuft.«

»Und es wird niemals wieder genau das gleiche Tier sein«, fügte Leo hinzu. »Das ist ein faszinierendes Gebiet, aber ich ziehe es vor, das Problem zu beheben, bevor die Tiere verschwunden sind.«

»Ich auch«, stimmte ich mit ganzem Herzen zu, während ich ihn dabei beobachtete, wie er an einer anderen Bewegungskamera herumfummelte. »Reagieren die Kameras auf Bewegung?«

»Ja«, erwiderte er. »Ich werde ein paar aufstellen und sehen, was wir einfangen können.«

»Du wirst mir beibringen, wie man sie aufstellt«, bat ich. »Ich würde gern ein bisschen von der Arbeit übernehmen, während wir dort sind. Du wirst niemanden von deinem Team dabeihaben und also etwas Hilfe gebrauchen können.«

»Ich habe ziemliches Glück, dass Nick für die Unterkunft sorgt. Er wird noch dafür sorgen, dass ich faul werde. Er richtet das vollständige Basislager ein, inklusive Generator, Propangas und allem anderen, was wir für die Dauer unseres Aufenthaltes für unsere Bequemlichkeit brauchen«, berichtete Leo.

»Ich habe ein paar Fotos von Prinz Nick gesehen. Er ist jung«, bemerkte ich.

Leo nickte. »Er ist in Dylans und Damians Alter.«

»Offenbar wird er als einer der beliebtesten Junggesellen der Welt angesehen. Ich frage mich, ob es daran liegt, dass er jung und unglaublich attraktiv ist, dass er ein Kronprinz ist oder dass er unverschämt reich ist. Wahrscheinlich eine Kombination all dieser Vorzüge«, scherzte ich.

»Was hältst du von ihm? Hältst du ihn für attraktiv?«, fragte Leo in angestrengt beiläufigem Tonfall.

Ich wusste es besser.

Er wollte wissen, ob ich Prinz Nick für heiß hielt.

»Er sieht gut aus, nehme ich an«, erwiderte ich.

»Der Hurensohn kann auch sehr charmant sein, wenn er es will«, knurrte Leo.

»Versuchst du, mich zu warnen?«, fragte ich lächelnd. »Und ich dachte, du magst ihn.«

»Ja, ich warne dich«, stieß er hervor. »Und da du ihn für attraktiv hältst, bin ich mir nicht mehr so sicher, ob ich den Hurensohn mag.«

Ich fing an zu lachen. Es begann mit einem kurzen Kichern, das lauter und lauter wurde, je länger ich sein Gesicht betrachtete. »Oh, Leo. Weißt du nicht, dass es keinen attraktiveren Mann als dich gibt?«

Er verhielt sich, als wäre ihm nicht klar, dass er in derselben Liga spielte wie Nick. Höchstwahrscheinlich hatte er noch nicht darüber nachgedacht.

Er grinste. »Dann mag ich Nick vielleicht doch noch ein wenig.«

Im Ernst. Der Mann hatte absolut keine Ahnung, wie atemberaubend er war.

Ich schnaufte. »Ich könnte dir die gleiche Frage stellen, die du mir vor nicht allzu langer Zeit gestellt hast. Hast du in letzter Zeit mal in den Spiegel geblickt? Falls nicht, dann solltest du das tun.

Du hast mit deinen Genen definitiv die Lotterie gewonnen. Du bist der bestaussehende Mann, dem ich je begegnet bin.«

Er grinste breiter. »Okay. Ich glaube, Nick und ich können wieder Freunde sein. Deine Meinung ist die einzige, die zählt.«

»Du bist unmöglich«, erklärte ich und strahlte übers ganze Gesicht.

»Du bist wunderschön«, schoss er zurück.

Obwohl ich wusste, dass seine Worte weit von der Wahrheit entfernt waren, tat es gut, das zu hören, besonders von einem Mann, den zu begehren ich nicht aufhören konnte.

»Du bist ein Verrückter«, erwiderte ich. »Wenn es nichts mehr für mich zu tun gibt, sollte ich zu Bett gehen, obwohl ich mir nicht sicher bin, ob ich jetzt schon schlafen kann. Ich bin immer noch viel zu aufgeregt wegen der Reise und es ist noch früh.«

»Dann leiste mir Gesellschaft«, schlug ich vor. »Ich bin fast fertig. Wir können nach draußen gehen und eine Runde schwimmen, damit du müde wirst.«

Das hörte sich nach einer guten Idee an. »Okay, das machen wir«, stimmte ich zu. »Ich wollte dir auch noch sagen, dass ich mich entschieden habe, dein Jobangebot anzunehmen. Es gibt keinen Grund, warum ich mich zurückhalten sollte, dir offiziell eine Antwort zu geben. Ich weiß nicht, was ich dazu sagen soll, dass du mir diese Gelegenheit bietest, Leo. Ich kann nur sagen, dass ich mein Bestes geben werde, um dafür zu sorgen, dass du es nicht bereust.«

»Ich werde nicht so tun, als wäre ich nicht hocherfreut«, antwortete Leo, während er begann, seine Ausrüstung auf zwei Rucksäcke zu verteilen. »Und ich werde es niemals bereuen, dir die Stelle angeboten zu haben, Macy.«

»Jaya hat versprochen herzukommen«, informierte ich Leo. »Aber ich glaube, für mich wäre es in Ordnung, wenn wir über FaceTime und Videokonferenz miteinander kommunizieren. Der medizinische Teil des Jobs macht mir keine Sorgen. Ich habe lediglich Bedenken bezüglich der Zuchtprogramme in Gefangenschaft, und wenn du wirklich Experten für die verschiedenen Arten hinzuziehst, denke ich, dass ich zurechtkomme.«

»Jaya wird vielleicht enttäuscht sein«, meinte Leo amüsiert.

Ich runzelte die Stirn. »Warum?«

»Sie möchte die Staaten schon so lange besuchen, wie ich mich erinnern kann. Sie hat es bisher noch nicht hierhergeschafft.«

»Ehrlich?«, rief ich aus. »Vielleicht sollte ich meine Meinung ändern und doch sagen, dass ich sie hier persönlich brauche.«

»Das ist vielleicht die einzige Möglichkeit für sie, die USA zu besuchen«, erklärte er. »Ich schaffe es scheinbar nicht, sie dazu zu bewegen, öfter Urlaub vom Zentrum zu machen.«

»Dann solltest du vielleicht ihr die Entscheidung überlassen«, schlug ich vor. »Ich habe lediglich versucht, ihr den Umstand zu ersparen, hierherzukommen. Ehrlich, ich bin nervös, aber es ist auch eine aufregende neue Herausforderung.«

»Ich denke, du wirst die Arbeit lieben«, meinte Leo zuversichtlich. »Wir haben bis jetzt noch nicht über dein Gehalt geredet.«

»Ich habe das Gefühl, dass du vielleicht ein bisschen mehr zahlst als das Tierheim«, sagte ich vorsichtig.

Die Bezahlung für meinen alten Job war für eine nicht kommerzielle Einrichtung angemessen, die mit einem straffen Budget auskommen musste, aber für eine zoologische Tierärztin war ich ziemlich unterbezahlt gewesen.

Obwohl Leo auch eine nicht kommerzielle Einrichtung betrieb, handelte es sich immerhin um ein Lancaster Artenschutzzentrum, in dem mit den modernsten Technologien gearbeitet wurde und in dem Gehälter gezahlt wurden, die den hochkarätigen Fachkräften angemessen waren, die hier hoch spezialisierte Arbeit verrichteten.

Leo nannte eine Summe, die mir den Atem verschlug. Ich starrte ihn an.

Es war beinahe das Doppelte von dem, was ich vorher verdient hatte.

»Das ist … wirklich gut«, erwiderte ich, während ich versuchte, nicht wie ein Trottel zu klingen.

»Du willst nicht verhandeln?«, fragte Leo neckend.

»Nein. Das ist so viel mehr, als ich im Tierheim verdient habe, Leo, und Jaya hat mir bereits von den erstaunlichen Sozialleistungen erzählt.«

»Es ist eine Menge Verantwortung«, erinnerte Leo mich. »Du wirst immerhin die medizinische Leiterin des ganzen Zentrums sein, Macy. Das Gehalt ist angemessen.«

Ich hatte gewusst, dass die Bezahlung gut sein würde, aber ich bekam definitiv mehr, als ich erwartet hatte. »Vielleicht kann ich mir irgendwann ein Haus leisten und muss nicht mehr zur Miete wohnen«, überlegte ich.

Wahrscheinlich musste ich jedoch zuerst beim Mieten bleiben. Häuser in dieser Gegend waren überdurchschnittlich teuer. Ich wollte lieber nicht wissen, was Leos Haus gekostet hatte. Definitiv Millionen. Ich war mir nur nicht sicher, wie viele.

Leo nickte. »Du wirst deine Wohnung aufgeben und hierherziehen müssen. Macht es dir nichts aus, den Strand gegen die Wüste einzutauschen?«

Er klang, als sorgte er sich über meine Antwort.

»Für einen Job wie diesen habe ich sicher nichts dagegen«, erklärte ich lachend. »Ich kann doch zum Strand fahren, wenn ich will.«

In gewisser Hinsicht mochte es gut für mich sein, an einem Ort von vorn zu beginnen, an dem mich nicht so viele Erinnerungen heimsuchten.

Leo zog endlich den Reißverschluss seiner beiden Rucksäcke zu und erhob sich vom Fußboden. »Ich bin erleichtert, dass du dich endlich entschieden hast, aber glaube auch nicht eine Sekunde, dass wir uns nicht weiterhin privat verabreden.«

Ich gab mich geschlagen und hielt beide Hände hoch. »Ich gebe auf. Ich denke, wir werden sehen, wie es läuft, weil ich nicht willens bin, dich aufzugeben.«

Er ließ den Blick besitzergreifend über mich schweifen, bevor er heiser sagte: »Super. Weil ich dich auch unmöglich aufgeben kann. Bist du bereit für eine Runde schwimmen?«

Er streckte die Hände aus und ich legte meine eigenen hinein, ohne nachzudenken.

Ein paar Sekunden später zog er mich auf die Füße.

»Wie konnte ich nur das Glück haben, jemanden wie dich kennenzulernen?«, fragte ich leise, als ich in seine meerblauen Augen blickte.

Leo Lancaster war das komplette Paket.

Klug.

Gebildet.

Nett.

Fürsorglich.

Ganz zu schweigen davon, dass er außerdem wahnsinnig heiß war und einen umwerfenden Körper besaß, nach dem die meisten Frauen schmachteten.

Und dann diese verrückte Verbindung und Chemie zwischen uns, die in mir eine Sehnsucht nach Leo Lancaster weckte, die ich noch bei keinem anderen Mann empfunden hatte.

Jedes Mal wenn er mich berührte, machte er mich vollkommen wahnsinnig, aber seltsamerweise gab er mir gleichzeitig ein Gefühl der Sicherheit.

Ja. Nun, das war ziemlich lächerlich, wenn man bedachte, dass niemand besser wusste als ich, dass es so etwas wie absolute Sicherheit nicht gab.

Es gab für nichts eine Garantie, es war also besser, sich nicht zu sehr zu binden.

Mein Problem bezüglich dieser Strategie war nun Leo.

Es war schwer, ihn nicht zu begehren, mich nicht in gewisser Weise an ihn binden zu wollen.

Ich fragte mich wohl tausendmal, ob ich mit ihm schlafen und trotzdem ungebunden bleiben konnte.

Traurigerweise war die Antwort auf diese Frage wahrscheinlich nein.

Bei einem anderen Mann hätte ich vielleicht meinen Schutzwall aufrechterhalten können, aber nicht bei Leo. Niemals.

»Du hast mich kennengelernt, weil deine beste Freundin beschlossen hat, meinen Bruder zum glücklichsten Mann auf der Welt zu machen, indem sie ihn heiratet«, erwiderte Leo auf meine Frage, wie ich das Glück hatte haben können, ihn kennenzulernen. »Es mag eine zufällige Begegnung gewesen sein, die sonst vielleicht nicht stattgefunden hätte, also bin ich verdammt dankbar, dass Nicole sich entschieden hat, Damian zu verzeihen, dass er ein Idiot ist.«

Ich seufzte, als Leo sich zu mir hinabbeugte und meinen Mund in Besitz nahm, in einem Kuss, der mir erzählte, wie froh er war, dass wir uns kennengelernt hatten.

Derselbe begierige Kuss offenbarte mir auch, dass er mich niemals mehr gehen lassen würde.

KAPITEL 15

Leo

SPÄTER IN DER Nacht, als ich im Bett lag, spannte sich plötzlich mein Körper an. Mein Verstand war irgendwo zwischen Schlaf und Wachsein.

Ich öffnete ein Auge und schielte auf die Uhr auf meinem Nachttisch.

Zwei Uhr nachts?

Ich war gegen Mitternacht zu Bett gegangen. Gleich nachdem ich mich in der Dusche selbst befriedigt hatte, weil es mich vollkommen wahnsinnig machte, Macy so nahe zu sein.

Mist!

Ich sehnte mich so sehr danach, sie nackt auszuziehen, wie nach meinem nächsten Atemzug, aber da ich mehr als nur sexuelle Befriedigung wollte, wusste ich, dass ich sie nicht zu heftig bedrängen durfte.

Ich hätte die Augenblicke gegen nichts in der Welt eintauschen mögen, in denen sie sich in meine Arme schmiegte, aber das Gefühl, wenn sich ihr wohlgerundeter Körper an mich presste, machte mich fertig, obwohl ich mir immer wieder sagte, ich müsse Geduld haben.

Ich öffnete das andere Auge und fragte mich, was zur Hölle mich aufgeweckt hatte.

Aufgrund der jahrelangen Erfahrung des Übernachtens im Feld besaß ich einen leichten Schlaf, aber ich wachte nicht auf, bis ich aufstehen musste, außer ich hörte oder fühlte etwas Ungewöhnliches.

Ich hörte etwas …

Meine Muskeln spannten sich fester an, als ich hörte, wie meine Schlafzimmertür sich langsam schloss.

Hatte mich das aufgeweckt? Das Öffnen der Tür zu meinem Schlafzimmer?

Das Licht war gedämpft, mein Zimmer wurde nur vom Mondlicht erhellt, das durch die Fenster fiel. Als ich den Kopf drehte, bemerkte ich, dass das Licht gerade ausreichte, um Macys kleine Gestalt schnurstracks auf mein großes Doppelbett zustreben zu sehen.

Ich erkannte nicht nur ihre kleine Gestalt, sondern auch die kurze Hose und das übergroße Oberteil, die sie im Bett zu tragen pflegte. Ich hatte beides mehrmals in der Wäsche gesehen.

Ich wandte das Gesicht von der betroffenen Seite des Bettes ab, aber ich konnte spüren, wie sie hineinstieg, ein bisschen mit der Decke kämpfte und dann so nahe an mich heranrutschte, wie es möglich war, ohne mich zu berühren.

Zuerst hatte ich gehofft, sie hätte keine weitere Nacht in meinem Haus ertragen können, ohne bei mir im Bett zu sein und mit mir die Funken sprühen zu lassen, aber ich brauchte nicht lange, um zu erkennen, dass das definitiv nicht der Fall war.

Ich konnte hören, wie sie direkt hinter mir abgehackt und schnell atmete, und spürte, dass sie am ganzen Körper bebte.

Sofort rollte ich mich zu ihr herum, um sie anzublicken. »Macy? Was ist los?«, fragte ich so ruhig wie möglich, was nicht leicht war, da ich am liebsten sofort alles zum Verschwinden gebracht hätte, was auch immer sie aufgeregt oder verängstigt hatte.

»E-es tut mir leid«, erwiderte sie, immer noch zitternd. »Ich wollte dich nicht aufwecken.«

Ich zog sie an mich und schlang die Arme um sie. »Was ist geschehen, Süße?«

Macy und ich teilten uns jetzt bereits seit Wochen das Haus und kein einziges Mal hatte sie das Bedürfnis verspürt, irgendwo anders als in ihrem Gästezimmer am anderen Ende des Flurs zu schlafen.

Sie schmiegte sich an mich, als versuchte sie, warm zu werden. »Sch-schlechter Traum. Ich hatte seit geraumer Zeit keinen mehr und da habe ich so reagiert. Ich wollte nicht allein sein.«

Das Wissen, dass ihre erste Reaktion gewesen war, zu mir zu kommen, und dass sie mir so sehr vertraute, erschütterte mich bis ins Mark.

Ich rief mir unseren gemeinsamen Abend ins Gedächtnis und fragte mich, was der Auslöser für ihren Albtraum gewesen sein könnte, aber mir fiel nichts ein. »Möchtest du darüber reden?«

Ich beugte mich zu ihr hinab und gab ihr einen Kuss auf den Scheitel, während sie immer noch versuchte, sich praktisch in mir zu vergraben, um mir noch näher zu sein.

Ihr süßer Duft war vertraut und berauschend, aber ich bemühte mich, meine Gedanken nicht schweifen zu lassen.

»Eigentlich nicht«, erwiderte sie. »Aber vielleicht sollte ich doch darüber reden. Ich habe immer und immer wieder den gleichen Traum, seitdem meine ganze Familie den Tod gefunden hat. In diesem Traum bin ich an jenem Tag mit meiner Familie zusammen. Wir steigen zusammen mit dem Helikopter in die Luft auf und haben ungeheuer viel Spaß. Dad reißt immer noch blöde Witze, als der Hubschrauber Probleme mit dem Motor bekommt. Wir halten uns alle bei den Händen, als wir dem Wasser entgegentaumeln. Im Traum weiß ich, dass wir es nicht überleben werden, aber es ist in

Ordnung für mich, weil ich das Gefühl habe, ich bin genau dort, wo ich sein sollte. Ich wache stets auf, kurz bevor wir auf dem Wasser aufprallen und sterben.«

Ich schloss Macy fester in die Arme. »Verdammt!«, fluchte ich. »Und diesen Traum hattest du heute Nacht?«

Kein Wunder, dass sie voller Panik und Entsetzen aufgewacht war.

»Heute war es etwas anders«, erklärte sie mit tränenerstickter Stimme. »Ich war bei meiner Familie, aber aus irgendeinem Grund stießen die anderen mich in letzter Minute aus unserem Familienkreis hinaus. Plötzlich hielten sich nur noch die drei an den Händen und ich war eher ein Beobachter. Ich war allein und sah, wie der Hubschrauber von Himmel fiel. Wie gewöhnlich wachte ich kurz vor dem Aufprall auf.«

»Und diese Variante hast du niemals zuvor geträumt?«, erkundigte ich mich leise mit dem Mund an ihrem Ohr.

»Nein. Ich bin mir nicht sicher, was und ob es überhaupt etwas bedeutet«, erwiderte sie. »Dieser Traum macht mir mehr Angst als der andere, bei dem ich zumindest noch Teil meiner Familie bin und unsere Schicksale miteinander verknüpft sind. Und so hätte es sein sollen, Leo. Ich hätte eigentlich an dem Tag an dem Ausflug teilnehmen sollen. Ich hätte mit dem Rest meiner Familie sterben sollen.«

»Nein, Macy«, ächzte ich in ihr Ohr, während mein Herz wie wild hämmerte.

Ich mochte nicht einmal daran denken, Macy wäre an jenem Tag bei ihrer Familie gewesen.

»Doch«, beharrte sie flüsternd. »Es war ein Freitag und ich wollte mit meiner Familie eigentlich in diesem Hubschrauber sitzen. Doch dann sagte ich in letzter Minute ab, weil die Geburt eines neuen Babys der Westlichen Flachlandgorillas bevorstand und ich sie nicht verpassen wollte, denn es war ein wichtiges Ereignis, da sie vom Aussterben bedroht sind. Mein Dad hatte volles Verständnis, dass ich in San Diego bleiben wollte, bis das Baby geboren war. Sogar Brandon wollte, dass ich blieb und erst nach der Geburt nach Newport Beach käme. Er sagte, wir hätten in der Zukunft noch genügend Gelegenheiten, zusammen zu feiern, und diese Gelegenheit sei es nicht wert, ein solch besonderes Ereignis wie die Geburt zu verpassen. Aber er hatte sich geirrt. Wir waren niemals wieder zusammen. Ich hätte bei ihnen sein sollen, Leo. Nach dem Unfall habe ich mir so oft gewünscht, ich wäre bei ihnen gewesen.«

»Tu das nicht«, erwiderte ich mit rasselnder Stimme.

Jeder Muskel in meinem Körper spannte sich an, als ich daran dachte, wie verdammt nahe ich daran gewesen war, Macy niemals kennenzulernen.

Nur die Geburt eines einzigen Flachlandgorillas hatte sie davon abgehalten, in jenem Hubschrauber zu sitzen.

Ihr Überleben war ein Zufallstreffer gewesen, ein Glücksfall, der sie an jenem Tag vor dem Tod bewahrt hatte.

Ich holte tief Luft und stieß sie wieder aus, während ich versuchte, mich nicht in dem Gedanken zu verlieren, was hätte geschehen können.

Macy brauchte mich jetzt, damit ich ihr zuhörte. Sie musste reden und ich war verdammt noch mal da, um ihr zuzuhören.

»Ich bin froh, dass du nicht in dem Hubschrauber gesessen hast«, sagte ich mit heiserer Stimme. »Es tut mir sehr leid, dass du deine Familie verloren hast, Süße. Aber ich bin froh, dass du jetzt hier bei mir bist.«

Sie seufzte tief. »Es war so hart, Leo. Ich war zwar erwachsen, aber ich hatte keine Ahnung, wie ich allein mit allem zurechtkommen sollte. Es kamen zwar einige Verwandte zur Beerdigung, aber alle von außerhalb des Staates und niemand hatte meinen Eltern nahe genug gestanden, um die Bestattungen zu planen. Meine Eltern hatten sich schon an der Highschool in Wisconsin ineinander verliebt und kamen allein nach Kalifornien, ohne Familie in ihrer Umgebung. Meine Großeltern waren verstorben, also gab es nur noch mich. Sie hatten ein Testament gemacht, aber keine Anweisungen gegeben, was zu tun wäre, wenn sie alle gemeinsam getötet würden. Am Schluss habe ich sie alle nebeneinander auf einem Friedhof zur letzten Ruhe betten lassen, der einen Ausblick auf einen hübschen Gedächtnispark bietet. Ich wusste nicht, was ich sonst hätte tun sollen.«

Mir schmerzte die Brust bei dem Gedanken an eine verlorene, einsame Macy, die versuchte herauszufinden, wie sie ihre ganze Familie begraben sollte.

Ja, sie war erwachsen gewesen, aber trotzdem noch so verdammt jung.

Ich wünschte, ich wäre da gewesen, um sie zu beschützen und irgendwie zu unterstützen.

»Du hast genau das Richtige getan, Süße«, versicherte ich ihr tröstend. »Das ist eine Situation, auf die niemand vorbereitet sein kann.«

Ich spürte, wie sie mit dem Kopf nickte. »Ich ging herum wie in Nebel gehüllt und war so verdammt verwirrt. Ein großer Teil von mir hatte das Gefühl, ich hätte bei ihnen sein sollen, und ich wusste nicht einmal, wie ich mich dazu zwingen sollte, nach der Beerdigung den Friedhof zu verlassen.«

Ich wiegte sie langsam hin und her und versuchte, sie zu trösten. »Ich glaube, ich hätte das Gleiche empfunden. Wie hast du es geschafft, dich zu überreden, den Friedhof zu verlassen?«

Ich spürte, dass sie reden musste und dass sie begann, einige der echt brutalen Erinnerungen loszulassen.

»Karma«, erwiderte sie kurz angebunden. »Ich erinnerte mich daran, dass ich eigentlich ehrenamtlich im Tierheim zu arbeiten hatte. Ich ging zu ihr und sie hielt mich bei Verstand.«

Gott sei Dank hatte sie damals ihren Tiger gehabt. Sich um Karma zu kümmern hatte Macy offenbar genügend stabilisiert, um die schwierigste Zeit zu überstehen.

Macy fuhr fort: »Ich hatte auch Nicole und Kylie. Wir kommunizierten zum größten Teil auf die Entfernung miteinander, aber es war ausreichend.« Sie machte eine Pause, bevor sie hinzufügte: »Ich frage mich, warum mein Traum sich plötzlich verändert hat.«

Ich schüttelte den Kopf. »Ich bin mir nicht sicher, Baby. Vielleicht beginnst du zu glauben, dass du wirklich nicht in dem Hubschrauber hast sein sollen.«

»Ich sagte mir, dass es einen Grund geben musste, warum ich nicht darin saß«, verriet sie mir. »Ich muss das glauben, Leo. Und darum habe ich mich auf meine restliche Facharztausbildung konzentriert und darauf, so viel wie möglich für Karma und meine Freundinnen da zu sein.«

Aus meiner Sicht gab es viele Gründe, warum sie an jenem Tag nicht gestorben war. Der Hauptgrund bestand für mich darin, dass die Welt einfach nicht bereit gewesen war, ohne sie zurechtzukommen.

»Vergiss nicht, wie viele Leben du gerettet hast«, redete ich auf sie ein. »Denk an all das Wichtige, das du getan hast und in der Zukunft noch tun wirst. Mist! Überleg mal, was für ein trauriger Kerl ich ohne dich wäre. Ich brauche dich, Macy, und nichts auf der Welt wird mich von meinem Glauben abbringen, dass es uns bestimmt war, uns zu begegnen.«

Wahrscheinlich hatte ich in meinem ganzen Leben noch nie eine Aussage so ernst gemeint wie diese.

Macy Palmer war für mich bestimmt, und niemand würde mich jemals vom Gegenteil überzeugen.

Vielleicht war es viel zu früh, ihr das zu sagen.

Vielleicht war es noch nicht an der Zeit, dass ich versuchte, die tiefe Verbindung, die ich zu ihr empfand, zu ergründen.

Vielleicht verstand ich nicht ganz, warum es uns bestimmt war, zusammen zu sein.

Ich wusste nur, dass es wahr war.

»Es tut mir leid, dass ich dich geweckt habe, Leo«, sagte sie in zerknirschtem Tonfall. »Aber nach diesem Traum wollte ich dir einfach nur nahe sein.«

Ich fuhr mit der Hand sanft durch ihr Haar und zog ihren Kopf an meine Brust. »Dachtest du wirklich, ich würde mich darüber beschweren, dass du in mein Bett geschlüpft bist?«

Sie hatte begonnen, sich die traurigen Dinge von der Seele zu reden.

Sie sprach mit mir über das Schwierige, das Traurige.

Irgendwann musste sie die traurigen Gefühle und Ereignisse verarbeiten, die sie so lange unterdrückt hatte.

Ich wollte, dass sie wusste, dass sie immer zu mir kommen konnte, wenn sie mich brauchte, und daher zerstreute ich jeden Zweifel, den sie vielleicht hegte, dass es unangebracht war, in mein Bett zu steigen.

Denn das war es nicht.

Überhaupt nicht.

Auch wenn sie nicht in meinem Bett lag und meinen Namen schrie, während ich sie fickte.

Sie gab mir einen schwachen Klaps auf die Schulter. »Du bist pervers, also hast du dir diese Situation sicher ganz anders vorgestellt«, neckte sie mich.

»Solange du nur in meinem Bett liegst, nehme ich alles, was ich bekommen kann«, gab ich zurück.

»Leo?«, fragte sie leise.

»Ja?«

»Danke, dass du immer für mich da bist. Karmas Tod hat so viele Emotionen hochgebracht, von denen ich dachte, sie wären vorbei und abgeschlossen. Wie dieser verrückte Traum.«

Ich hatte das Gefühl, dass Macy noch viele alte Wunden zu heilen hatte, aber ich würde immer für sie da sein, wenn etwas Neues an die Oberfläche käme.

Sie hatte das alles lange genug allein durchgestanden.

»Ich werde immer da sein, wenn du mich brauchst, Macy«, antwortete ich mit heiserer Stimme.

»Das hoffe ich«, erwiderte sie immer noch etwas ängstlich.

Immer und *für immer* mochten zwar keine Worte sein, an die sie noch glaubte, aber sie würde mit der Zeit realisieren, dass ich sie nicht verlassen würde.

»Ich fühle mich besser«, informierte sie mich. »Vielleicht sollte ich jetzt in mein eigenes Bett zurückkehren.«

»Schlaf. Bleib hier und ich beschütze dich, falls du noch einmal schlecht träumst«, sagte ich eindringlich. »Wir fliegen früh am Morgen los. Jetzt, da du einmal hier bist, glaubst du wirklich, dass ich dich gehen lasse?«

»Als wollte ich wirklich von dir fort«, murmelte sie verschlafen. »Gott, du riechst so verdammt gut, Leo.«

Beinahe hätte ich laut gestöhnt, als sie ihr Gesicht an meinem Nacken vergrub und einen weiteren tiefen Atemzug nahm.

»Schlaf, Frau«, knurrte ich, denn ich wusste, dass meine Geduld langsam zu Ende ging.

Ich war nur eine Haaresbreite davon entfernt, ihren herrlichen Hintern zu betatschen und jeden Zentimeter ihres köstlichen Körpers zu erforschen.

Das Einzige, was mich davon abhielt, war die Tatsache, dass sie mir noch kein Zeichen gegeben hatte, dass sie dazu bereit war, und ich wünschte mir mehr, dass sie mir noch mehr vertraute, als dass ich sie jetzt unbedingt hätte ficken müssen.

Sie seufzte und dann verlangsamte sich ihr Atem, als sie genau das tat, worum ich sie gebeten hatte.

Sie schlief.

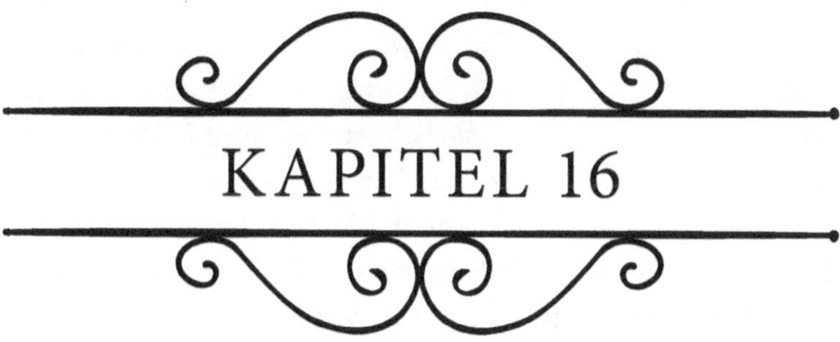

KAPITEL 16

Macy

»ICH KANN ES kaum glauben, dass ich jetzt schon zum zweiten Mal mit diesem schönen Privatflugzeug fliege«, erklärte ich Leo, während ich ihn dabei beobachtete, wie er unser Schachspiel beendete, indem er mich Schachmatt setzte.

Wir befanden uns bereits seit mehreren Stunden in der Luft, aber wir hatten noch einen langen Flug vor uns, bevor wir Lania erreichten.

Er grinste mich an. »Gutes Spiel, aber ich glaube nicht, dass du ihm wirklich viel Beachtung geschenkt hast.«

Ich erwiderte sein Lächeln. Ich saß am anderen Ende der Couch mit dem Schachspiel zwischen uns. »Wie könnte ich? Ich bin auf dem Weg zum Mittelmeer, um nach einem eigentlich ausgestorbenen Luchs Ausschau zu halten. Ich hätte ja ohnehin verloren. Ich halte dich für beinahe unschlagbar, während ich selbst höchstens mittelmäßig spiele. Mein Bruder und ich haben nur so zum Spaß gespielt, als wir jünger waren, und seitdem habe ich nicht viel üben können.«

»Ich nehme also an, die meisten deiner festen Freunde waren keine Schachspieler?«, erkundigte er sich, während er das Schachspiel zusammenräumte.

Ich schnaufte. »Du kannst annehmen, dass keiner von ihnen überhaupt Schach gespielt hat, als wir in den unteren Semestern am College waren. Ich schaffte es, hervorragende Noten zu bekommen, obwohl ich in einer Schwesternschaft war und einen Teilzeitjob hatte, aber die Jungs aus den Burschenschaften waren nur auf Partys aus. Nachdem ich mein Grundstudium hinter mir hatte, gab es keine Langzeitbeziehungen mehr für mich. Da war das Veterinärstudium und ich hatte keine Zeit mehr herumzuspielen. Ich sagte dir doch, dass ich seit langer Zeit keinen festen Freund mehr hatte.«

»Möchtest du einen haben?«, fragte Leo mit seinem tiefen Bariton voller Neugier.

Ich legte den Kopf schräg und dachte einen Augenblick über seine Frage nach, bevor ich antwortete: »Ich glaube, ich habe das nicht sehr vermisst. Vielleicht weil ich bisher nicht den richtigen Mann getroffen habe und ich wirklich wahnsinnig beschäftigt war, nachdem ich mit dem Studium begonnen hatte. Eine Weile versuchte ich, mich zu verabreden, aber dann gab ich es auf. Die meisten Männer hatten kein Verständnis für eine Frau, die so viele Jahre einer höheren Ausbildung auf sich nahm, nur um sich um wilde Tiere zu kümmern. Und in meiner Fachrichtung gab es niemanden, der Single und für mich interessant gewesen wäre.«

»Ich hätte dich verstanden«, erwiderte Leo ernsthaft.

Ich hob den Kopf und wir blickten einander über das Schachbrett hinweg in die Augen.

Der ernste Ausdruck in seinen hinreißend blauen Augen hypnotisierte mich.

Ich schüttelte langsam den Kopf, brach aber unseren Augenkontakt nicht ab. »Damals kannte ich dich noch nicht«, sagte ich leise und war nervös und atemlos.

»Wenn wir uns damals kennengelernt hätten, hätte ich auf dich gewartet, bis du dein Studium und deine weitere Ausbildung beendet hättest. Ich wäre lieber mit der wenigen Zeit zufrieden gewesen, die wir füreinander gehabt hätten, anstatt mit einer anderen zusammen zu sein, die mehr Zeit gehabt hätte«, meinte er mit fester Stimme.

Mein Gott! Wenn ein anderer Mann das zu mir gesagt hätte, so hätte ich es für einen blöden Spruch gehalten, aber nicht bei Leo.

Ich kaufte ihm seine Behauptung sofort ab. Wahrscheinlich weil ihm selbst seine Ausbildung ebenfalls wichtig gewesen war, konnte er mich verstehen.

»Ich hätte auch auf dich gewartet«, murmelte ich, immer noch von seinem Blick hypnotisiert. »Nun, wenn wir uns früher begegnet wären.«

In gewisser Hinsicht hatten Leo und ich vielleicht sogar aufeinander gewartet.

Er während seiner Studien in England.

Ich während des Studiums und der anschließenden Facharztausbildung.

Der Gedanke war so verblüffend, dass ich plötzlich unseren Augenkontakt brach.

Was dachte ich mir?

Ernste Beziehungen sind nichts für mich.

Ich verabredete mich locker mit Leo; ich würde ihn nicht heiraten.

Ich fühlte mich wirklich körperlich zu ihm hingezogen und als Mensch mochte ich ihn sehr. Ich genoss es, Zeit mit ihm zu verbringen.

Ich musste wirklich alles wieder in die richtige Relation bringen.

Wir hatten uns zufällig kennengelernt und waren nicht füreinander bestimmt.

Ich beobachtete, wie Leo das Schachbrett auf den Tisch zurückstellte, der dafür gemacht war, das Spiel aufzunehmen. Dann kehrte er zu dem gigantischen Ledersofa zurück und setzte sich neben mich.

Er schlang mir einen Arm um die Taille und zog mich an sich. Und ich ließ es zu.

Ich liebte es, wie er roch.

Ich liebte es, wie sein harter Körper sich an meinen weicheren schmiegte.

Ich liebte es, wie richtig es sich anfühlte, wenn ich ihm nahe war.

Wir würden zwar vielleicht nicht für immer so beisammen sein, aber die Nähe zu diesem Mann machte süchtig und ihn zu begehren war unvermeidlich.

Ich kniete mich neben ihn und schlang ihm die Arme um den Hals. »Gibst du mir einen Kuss, Leo?«, bat ich ihn.

Er zog eine Braue in die Höhe, legte mir die Hände um die Taille und zog mich auf sich, bis ich mit gespreizten Beinen auf ihm saß. »Es ist vielleicht an der Zeit, dass du *mich* küsst«, knurrte er. »Wenn du etwas willst, dann komm und hol es dir.«

Ob ich *etwas* wollte?

Ich wollte *ihn*, und das wusste er.

Ich blickte auf ihn hinunter. »Glaubst du, ich hole mir nicht, was ich haben will? Es gibt Millionen Dinge, die ich will, wenn ich dich betrachte«, erklärte ich ehrlich.

Er breitete die Arme weit aus. »Ich gehöre ganz dir. Wenn du etwas siehst, was dir gefällt, nimm es dir.«

Er spielte mit mir und ich begann, das Spiel zu mögen.

Ich krallte beide Hände in den Stoff seines T-Shirts und senkte den Kopf, bis ich seinen warmen Atem auf meinen Lippen spüren konnte. »So?«, fragte ich unschuldig, bevor ich mutig meine Lippen auf seine legte.

Leo reagierte, aber er übernahm nicht die Führung, wie er es normalerweise tat.

Also fuhr ich fort, seinen Mund zu erforschen.

Ich legte meine Hände auf seine herrlichen Haare und fuhr mit den Fingern durch die seidigen Locken.

Dann biss ich ihn sanft ins Ohrläppchen und flüsterte: »Du bist so verdammt schön, Leo. Mir gefällt alles, was ich sehe. Bedeutet das, ich darf mir alles nehmen?«

Mir blieb die Luft weg, als ich spürte, wie Leo mich plötzlich hochhob und auf den Rücken warf.

Noch bevor ich Atem holen konnte, lag er auf mir und ich blickte zu ihm auf.

Er stützte seine Hände zu beiden Seiten meines Kopfes ab und dann küsste er mich.

Es war kein sanfter Kuss, keine neckende Berührung.

Leo nahm meinen Mund, als gehörte er ihm und als hätte er sehr lange darauf verzichten müssen.

Er plünderte und wütete mit einer Wildheit, die mich dazu brachte, mich an ihn zu klammern und um mehr zu betteln.

»Leo«, keuchte ich, als er meine Lippen freigab und mit dem Mund über die Haut meines Halses fuhr.

Ich bekam eine Gänsehaut und genoss jede seiner besitzergreifenden Berührungen.

Gerade hatte sich etwas Grundlegendes zwischen uns geändert, aber ich beschwerte mich nicht.

Mir schien, als hätte ich ihn seit einer Ewigkeit haben wollen.

»Ja«, stöhnte ich, als ich den Kopf zurückwarf, um ihm Zugang zu allem zu gewähren, was er haben wollte.

Ich klammerte mich an seine Haare und schnappte nach Luft, als die Wollust mich überwältigte.

»Hast du überhaupt eine Ahnung, wie verzweifelt ich mich danach sehne, dich jetzt sofort zum Kommen zu bringen?«, ächzte Leo an meinem Ohr. »Oder wie verzweifelt ich dich berühren will, während das geschieht?«

»Nein«, erwiderte ich atemlos.

Mist! Ich hatte Leo noch niemals so geerdet und wollüstig gesehen, aber sein Verlangen schien mein eigenes Begehren anzuheizen, bis ich vor Sehnsucht keuchte, eine Sehnsucht so irrsinnig, dass ich sie nicht verstand.

Daher protestierte ich nicht, als Leo den Saum meines T-Shirts ergriff, es mir über den Kopf zog und es zu Boden warf. »Verflucht!«, stieß er heiser hervor. »Warum zur Hölle hast du mich nicht gewarnt, dass heute ein Launenaufbesserungstag ist?«

Mein Verstand brauchte eine Weile, um so gut zu funktionieren, dass ich verstehen konnte, was er meinte. »Meine Unterwäsche ist heute ziemlich zahm«, erklärte ich leise, sobald ich erfasst hatte, was er gesagt hatte.

Ich trug seidige, zarte Unterwäsche. Der BH war weiß und hatte elfenbeinfarbene Spitzenblumen, daher war er so dünn, dass meine Nippel kaum verdeckt waren. Das passende Unterhöschen im brasilianischen Schnitt bedeckte nur sehr wenig von meinen Pobacken.

Ich hatte mich heute feminin fühlen wollen, daher hatte ich etwas ausgesucht, das nicht allzu sexy, aber sinnlich war.

Leo streichelte meine steifen Brustwarzen durch die dünne, elfenbeinfarbene Spitze hindurch, bevor er endlich den Verschluss auf der Vorderseite öffnete und meine nackten Brüste umfasste.

Ich war nicht gerade übermäßig gut ausgestattet, aber dennoch füllten sie Leos Hände, was er zu genießen schien.

»Verflucht! Du bist wunderschön, Macy«, stöhnte er, kurz bevor er eine der empfindlichen Spitzen in seinen Mund einsaugte.

»Oh Gott«, stöhnte ich, als er ohne Gnade an den harten Spitzen knabberte und leckte. »Ja.«

Er führte seinen erotischen Angriff auf die eine Brustwarze fort, während er mit den Fingern die andere bearbeitete, bis ich beinahe den Verstand verlor.

Ich warf den Kopf auf dem Ledersofa hin und her und mein Körper ging in Flammen auf. Hastig schlang ich Leo die Beine um die Taille. »Ich brauche dich, Leo. Ich muss …«

Die Stimme versagte mir, als Leo zwischen uns langte, den Knopf meiner Jeans öffnete und den Reißverschluss herunterzog. Er sagte mit heiserer Stimme: »Ich muss dich berühren, Macy.«

Ich nickte eifrig mit dem Kopf. »Ja. Bitte.«

Ich wimmerte, als er sich zurückzog und auf die Knie ging, um mir die Jeans an den Beinen hinunterzuziehen.

Als sie mir auf den Knien hing, hielt er inne und starrte mich einfach nur an. »Ein sehr schönes Höschen«, meinte er mit dem Blick eines Raubtiers. »Hast du eine Ahnung, wie sehr es mich drängt, es dir auf der Stelle herunterzureißen und meinen Kopf zwischen deinen Oberschenkeln zu vergraben?«

In der Vergangenheit hatte ich nicht so auf Oralsex gestanden. Die meisten Männer waren nicht begeistert davon, eine Frau mit dem Mund zu befriedigen, aber Leos Begierde erregte in mir ein nie gekanntes Verlangen, seinen Mund an mir zu haben.

Leo zog mir langsam das Höschen hinunter, bis er meine teilweise rasierte Muschi entblößt hatte.

Ich hatte einen schmalen Pfad von Locken als eine Art Landebahn stehen lassen, aber ansonsten war ich kahl rasiert.

Ich schauderte, als die kühle Luft über meine nackte Haut strich.

»Leo, bitte«, bettelte ich. Mein Körper stand in Flammen, allein davon, dass ich in einer solch verletzlichen Lage positioniert war und Leos erhitzten Blicken ausgesetzt war, die mir genau erzählten, was er wollte.

Das Gleiche, was ich brauchte.

Ich schloss die Augen und schauderte. »Fick mich, Leo.«

Ich sog scharf die Luft ein, als ich spürte, wie sein Daumen zwischen meine Falten und in den Schlitz hineinglitt, bis er meine Klitoris fand.

»Du bist so verdammt feucht für mich, Macy«, stieß Leo gepresst hervor.

»Dann fick mich«, stöhnte ich.

Er legte sich wieder auf mich und küsste mich, während seine Finger immer noch mit meiner Muschi spielten.

Ich wand mich unter ihm, als meine Zunge sich um seine schlang. Dann wölbte ich ihm die Hüften entgegen und bettelte um mehr, als er mir gerade gab.

Meine harten, empfindlichen Nippel waren immer noch entblößt und rieben sich an seinem T-Shirt. Endlich gab er meine Lippen frei.

Ich war so erregt, dass ich mich schutzlos und unglaublich begierig fühlte.

»Leo, bitte. Bitte«, bettelte ich, ohne mich im Geringsten zu schämen.

Dieser Mann konnte auf meinem Körper spielen, bis ich besinnungslos wurde.

»Ganz ruhig, Süße«, beruhigte er mich, bevor er an meinem Ohrläppchen knabberte. »Ich weiß, was du brauchst.«

»Dann gib es mir«, keuchte ich. »Jetzt. Fick mich.«

»Ich kann nicht«, knurrte er.

»Warum nicht?«, fragte ich, während ich in eine Art Raserei verfiel, als Leo Druck auf meine Klitoris ausübte und begann, mir die intensive Wollust zu schenken, nach der ich mich so verzehrte.

»Weil … wenn ich dich jetzt ficke, werde ich mehr wollen, Macy. Keine lockeren Verabredungen mehr, keine Zweifel, ob wir uns so oft sehen sollten. Wir werden eine feste Beziehung führen, in der es nur um dich und mich und darum geht, was wir wollen. Schluss mit der gegenseitigen Folter, obwohl wir doch beide genau wissen, was wir wollen. Du musst dir verdammt sicher sein, ob du das willst, bevor du mich noch einmal bittest, dich zu ficken. Denn nur unverbindlichen Sex kann ich nicht mit dir haben, meine Schöne.«

Mein Herz begann zu rasen, als mein Verstand seine Worte erfasste.

Ich konnte keine feste Beziehung führen.

Ich konnte ihm nicht das geben, was er wollte, obwohl ich verstand, warum er darum bat.

Ich verstand seine Sehnsucht nach mehr, denn wir fühlten uns einander auf verrückte Art verbunden.

»Leo, ich kann dir nicht geben –«

»Ist jetzt nicht wichtig«, unterbrach er mich mit rauer Stimme.

Er beschleunigte die Bewegung seiner Finger, die das empfindliche Nervenknötchen stimulierten, und ich spürte, wie mein Höhepunkt sich mit einer Wildheit aufbaute, die beinahe beängstigend war.

»Komm für mich, Macy«, forderte Leo mit seinem sexy britischen Akzent, der mich absolut verrückt machte. »Ich möchte dich dabei beobachten. Ich möchte sehen, wie du dir genau das nimmst, was du haben willst.«

Er lud mich ein, mir genau das zu holen, was ich brauchte, und ich tat es.

Ich schlang ihm die Beine fester um die Taille und hob die Hüften, bis mein Unterleib sich hart gegen seine Hand presste.

»Mehr«, bettelte ich, denn mein Orgasmus begann, sich zu entfalten.

Er gab mir mehr.

Er bewegte seine Finger fester und schneller und die Lust war so intensiv, dass ich explodierte.

»Leo«, schrie ich, während meine kurzen Fingernägel sich in seine Oberarme gruben. »Leo, es fühlt sich zu gut an.«

»Es kann niemals zu gut sein, Baby«, erklärte er hungrig, bevor er seinen Mund auf meinen senkte.

Er gab mir einen groben, leidenschaftlichen Kuss, während mein Orgasmus mich durchschüttelte. Als ich so heftig kam, dass ich nicht ganz sicher war, ob ich es überleben würde, lehnte er sich zurück und betrachtete mein Gesicht.

Er hörte nicht auf, meine Klitoris zu stimulieren, bis ich schließlich langsam vom Höhepunkt heruntertaumelte.

Danach neckte er die empfindliche Knospe noch ein bisschen und wrang jeden Tropfen der Wollust aus mir heraus, den er mir auf meinem Weg aus den Wolken abgewinnen konnte.

Ich lag keuchend da, unfähig, mich zu bewegen, während ich versuchte, Atem zu schöpfen. Währenddessen murmelte Leo mir unsinnige Zärtlichkeiten ins Ohr.

Er erzählte mir, wie schön ich wäre, wie süß, wie sexy und für wie perfekt er mich hielt.

Und dann stand er auf und strebte dem Badezimmer zu. »Bin gleich wieder da.«

Ich hörte, wie die Dusche zu laufen begann, und wusste sofort, warum Leo gegangen war.

Ich war vollkommen gesättigt.

Es hätte keine Rolle spielen sollen, dass er sich nun ganz allein befriedigte.

Und doch lag eine Leere in dieser Handlung, die mich umgehend aus dem Sinnestaumel riss, in dem ich versunken war.

Mein Gott! Ich wünschte mir mehr als alles andere auf der Welt, mit ihm zusammen zu sein, aber konnte ich Leo das Versprechen geben, das er hören wollte?

Das gegenseitige Verlangen war nicht das Problem. Denn wenn es so gewesen wäre, wäre ich sofort bereit gewesen loszulegen.

Ich stellte mir immer noch dieselbe Frage, als er zurückkehrte, nur mit Boxershorts bekleidet, mir Jeans und BH auszog und mir mein Schlaf-T-Shirt über den Kopf zog.

Ich schlang ihm die Arme um den Hals, als er mich dann hochhob und in die Schlafkabine trug.

Ich schmiegte mich seufzend an ihn, denn ich wusste, wir mussten schlafen, um die Zeitverschiebung auszugleichen.

Ich hörte, wie Leos Atem gleichmäßig wurde, als er mit einem Arm fest um mich geschlungen einschlief.

Mein Körper mochte zwar befriedigt sein, aber mein Verstand war noch rege, daher brauchte ich länger als üblich, ihm in einen traumlosen Schlaf zu folgen.

KAPITEL 17

Leo

»BIST DU SICHER, dass du alles hast, was du brauchst, um dich hier draußen wohlzufühlen, Kumpel?«, fragte Prinz Nick, als wir in unserem Basislager herumstanden. »Ihr seid hier ziemlich weit draußen.«

Wir waren fünfzehn Minuten zuvor mit dem Hubschrauber angekommen.

Nick hatte mich überrascht, als er sich entschlossen hatte, mit uns nach Nordlania zu fliegen.

Damit hatte ich definitiv nicht gerechnet, nachdem wir mit ihm und seinem Vater im Palast in der Hauptstadt zu Mittag gegessen hatten, wo mein Privatflugzeug gelandet war.

Offensichtlich nahm Nick diese Expedition sehr ernst und hatte sicher sein wollen, dass wir mit allem ausgestattet waren, was wir brauchten.

Ich wusste, dass Macy über die Notwendigkeit eines langen Hubschrauberflugs etwas erschrocken gewesen war.

Verdammt, ich hätte ihr das wahrscheinlich sagen sollen, bevor sie zugestimmt hatte mitzukommen, aber ich hatte die Zusammenhänge nicht erkannt, bis ich ihr Gesicht sah, als Nick die Notwendigkeit eines Hubschrauberflugs erwähnte, weil es an diesem Ort keine Landemöglichkeit für ein anderes Flugzeug gab.

Ich musste ihr hoch anrechnen, dass sie an Bord geklettert war, obwohl sie zu Beginn meine Hand so fest gehalten hatte, dass sie mir fast das Blut abgeschnürt hätte.

Später hatte ich den Eindruck, dass sie sich entspannte, da es sich um einen großen Hubschrauber handelte und der Flug extrem ruhig verlief.

Irgendwann schien sie den Flug sogar genossen zu haben.

»Wir sind auf jeden Fall gut aufgestellt«, versicherte ich ihm.

Ehrlich gesagt, Nick hatte es übertrieben, und wir hatten viel mehr, als wir brauchten, und viel mehr, als ich erwartet hatte.

Er hatte zwei extrem große Schlafzelte mit drei Meter hohen Decken und viel Bewegungsfreiheit aufbauen lassen. Sie waren mit riesigen Luftmatratzen und kleinen Tischen ausgestattet.

Außerdem gab es einige Vordachzelte mit mehreren langen Tischen für die Ausrüstung, die sich perfekt für ein behelfsmäßiges Labor und eine kleine Küche eigneten.

Es gab auch eine Lagerdusche und andere Annehmlichkeiten, die ich definitiv nicht erwartet hatte.

»Ich war noch nicht sehr oft in diesem Gebiet«, sagte Nick nachdenklich. »Es war bereits besetzt, als ich noch ein kleines Kind war, und später war ich so sehr mit den Vorgängen in der Hauptstadt beschäftigt, dass ich nicht oft hierhergeflogen bin, um den Norden zu erkunden.«

»Es ist wunderschön hier«, sagte Macy lächelnd zu Nick. »Danke, dass ich Leo hierher begleiten durfte.«

Nick schenkte Macy ein charmantes Lächeln. »Sie sind als mein Gast überall in Lania willkommen, wann immer Sie wollen.«

Ich stieß Nick mit dem Ellbogen an, als Macy durch das Lager schlenderte. »Halt dich mit deinem Charme zurück, Kumpel«, knurrte ich.

Der kleine Hurensohn grinste mich nur an. »Fühlst du dich ein wenig unsicher, Leo?«

»Das geht dich überhaupt nichts an«, antwortete ich mit leiser Stimme, damit Macy mich nicht hören konnte.

»Verflucht! Beruhige dich«, sagte Nick lässig. »Ich habe noch nie die Frau eines anderen angefasst. Ich wollte nur, dass ihr euch beide willkommen fühlt.«

»Du hast dich selbst übertroffen«, sagte ich und der Drang, ihn erwürgen zu wollen, ließ nach. »Wie läuft das Geschäft mit den Touristen an der Küste?«

»Besser als ich erwartet habe«, antwortete Nick. »Die Strände in der Umgebung der Stadt gehören zu den schönsten der Welt. Wir werden zu einem beliebten Ziel für Leute, die gern in spektakulärer Umgebung tauchen und schnorcheln. Ich wusste, dass das nicht über Nacht geschehen konnte, aber Lania entwickelt sich langsam zu einem sehr beliebten Touristenziel, was meinem Volk hilft, ein anständiges Einkommen zu erzielen.«

Ich nickte. »Ich freue mich, dass deine Pläne aufgehen.«

Ich war froh, dass er sich in seiner Rolle etablierte, auch wenn es manchmal schwer war, sich daran zu erinnern, dass Nick ein Kronprinz war.

Er war lässig in Jeans, Polohemd und abgenutzte Turnschuhe gekleidet.

Er ging und sprach wie ein normaler Brite, aber sein Titel war weitaus erhabener als die meisten Titel in England.

Nick zuckte mit den Schultern. »Nichts ist wirklich glatt gelaufen. Nicht jeder akzeptiert mich als Kronprinz, weil ich die meiste

Zeit meines Lebens im Ausland war, aber langsam wird es besser. Ich nehme meinen Platz hier ein, gleichgültig, wie lange ich um den Respekt kämpfen muss, den ich fordere.«

»Hab Geduld, Nick«, riet ich ihm. »Dein Volk wird sich besinnen. Lania hat in den letzten Jahren eine Menge Veränderungen durchgemacht.«

»Mehr als du dir vorstellen kannst«, murmelte Nick. »Außerdem habe ich erwartet, dass ich mich bewähren muss. In seinen seltenen lichten Momenten sagte mein Vater, ich solle eine lanianische Frau mit Status heiraten, um mich zu etablieren, aber ich werde auf keinen Fall einer arrangierten Ehe zustimmen, damit mein Volk mich akzeptiert. Ich werde es aus eigener Kraft schaffen oder gar nicht.«

»Gibt es hier arrangierte Ehen?«, erkundigte ich mich neugierig.

Nick schüttelte den Kopf. »Unter meiner Herrschaft wird das definitiv nicht unterstützt, aber in der Generation meines Vaters war es noch eine akzeptierte Tradition. Die Ehe meiner Eltern wurde arrangiert. Glücklicherweise wuchs mit der Zeit ihre Liebe zueinander. Ich selbst bin nicht bereit, dieses Risiko einzugehen.«

»Das kann ich dir nicht verübeln, Kumpel«, sagte ich mitfühlend.

»Und was ist mit dir?«, wollte Nick wissen. »Sehe ich da eine Hochzeit in deiner Zukunft? Es klingt, als wäre Dylan bereit, den Sprung zu wagen. Ich habe kurz vor eurer Ankunft mit ihm gesprochen.«

»Dylan wird diesen Sprung definitiv vor mir tun«, informierte ich ihn. »Macy und ich, wir … versuchen immer noch herauszufinden, was wir einander sein wollen.«

In gewisser Hinsicht machte ich mir immer noch Vorwürfe, dass ich das Angebot von Macy nicht angenommen hatte. Sie war mehr als bereit gewesen, unsere körperliche Anziehungskraft zu erkunden, aber ich wusste, dass mir das nicht reichen würde.

Nicht mit ihr.

Nicht, wenn ich viel mehr als nur den Sex mit ihr erkunden wollte.

Nicht, wenn ich mehr wollte als nur einen Fick.

Ich wusste, was ich wollte, und *Freunde mit Gelegenheitssex* oder gelegentliche *Verabredungen mit möglichem Sex* hatte ich nicht auf dem Schirm.

Nick klopfte mir auf die Schulter. »Du wirst das schon machen. Wenigstens habt ihr hier draußen etwas Zeit für euch allein. Ich meine, wirklich *allein*. Dir ist doch bewusst, dass der nächstgelegene zivilisierte Ort ein Fischerdorf ist, das nicht in einem Tagesmarsch zu erreichen ist.«

Ich zuckte mit den Schultern. »Daran bin ich gewöhnt. Sieh nur zu, dass du zurückkommst und uns abholst.«

Nick nickte. »Ich muss jetzt los. Ich habe heute Abend einen Termin. Ihr habt das Satellitentelefon, falls ihr es braucht. Ich wünsche euch viel Glück. Es würde mir viel bedeuten, solltet ihr den lanianischen Luchs finden. Mein Volk hat viel verloren. Den Luchs zurückzubekommen würde den Lanianern einen Grund zum Feiern geben.«

»Ich werde mein Bestes tun, Nick, aber wenn ich wirklich definitive Beweise finde, musst du einen Weg finden, die Tiere zu schützen. Ich kann dir mein Team zur Hilfe schicken, falls du es brauchst.«

»Wie würde dieser Schutz aussehen?«, überlegte Nick.

»Das kommt darauf an«, erklärte ich. »Falls die Population groß genug ist, müssen die Tiere vielleicht nur geschützt werden, damit sie sich wieder vermehren können. Falls nicht, brauchen sie wahrscheinlich Hilfe, um sich zu erholen. Wir werden das besprechen, wenn es so weit ist. Im Moment brauchen wir nur den Beweis, dass sie überlebt haben.«

Nick nickte. »Ruf mich an, wenn ich irgendwie helfen kann.«

Macy kam zurückgeschlendert und wir gingen mit Nick zu der Lichtung, auf der der Hubschrauber wartete.

Ich schüttelte Nick die Hand und biss die Zähne zusammen, als Macy ihn umarmte.

Mist! Ich hatte mich nicht mehr im Griff. Ich konnte es nicht einmal ertragen zu sehen, wie ein anderer Mann sie berührte, obwohl ich wusste, dass es nicht in sexueller Absicht geschah.

Es dauerte nicht lange und Nicks Hubschrauber hob ab und flog davon.

»Nun, das war ein interessanter Tag«, bemerkte Macy, als wir uns auf den Rückweg zum Lager machten. »Ich kann nicht glauben, dass ich gerade einen Kronprinzen umarmt habe. Nick ist ein wirklich netter Kerl und steht mit beiden Beinen auf der Erde.«

»Es tut mir leid, dass ich dich nicht gewarnt habe, dass wir mit dem Hubschrauber fliegen mussten, Macy. Ich habe nicht wirklich daran gedacht, dass du wegen des Unfalls Vorbehalte hast«, entschuldigte ich mich reumütig.

Sie schüttelte den Kopf. »Ich bin schon einmal in einem geflogen. Ich muss mir nur gut zureden, um fähig dazu zu sein. Realistisch betrachtet weiß ich, dass es relativ sicher ist, in einem zu fliegen.«

»Angst lässt sich nicht immer mit Vernunft bekämpfen«, erinnerte ich sie.

»Mir geht es gut«, versicherte sie mit fester Stimme. »Ich würde es dir sagen, wenn ich immer noch Angst hätte, mit diesem Verkehrsmittel zu reisen. Dir gegenüber scheine ich einfach den Mund aufzumachen und zu sagen, was ich denke.«

Ich grinste sie an. »Ich bin froh, dass du dich nicht zurückhältst.«

Sie verdrehte die Augen. »Keine Sorge.«

»Vielleicht sagst du mir dann, ob es dir nach der letzten Nacht gut geht«, schlug ich vor.

Ich hatte mich den ganzen Tag gefragt, ob sie mit dem, was in meinem Flugzeug geschehen war, zurechtkam oder nicht.

Wir waren heute Morgen aufgestanden, hatten geduscht – leider nicht zusammen – und waren dann gelandet, kurz nachdem wir beide unseren Kaffee getrunken hatten.

Den Rest des Tages hatten wir Gesellschaft gehabt, und so hatten wir jetzt zum ersten Mal Gelegenheit, wirklich miteinander zu reden.

Sie drehte sich zu mir um, als wir die Mitte unseres Lagers erreichten. »Ich glaube, du weißt, dass es gut für mich war. Da ist etwas zwischen uns, Leo. Diese Art von Chemie habe ich noch nie erlebt. Ich bin mir nur nicht sicher, wie ich mich dabei fühle, dass du dich allein selbst befriedigt hast, nachdem du alles getan hattest, um mich zufriedenzustellen. Das war kein sehr fairer Tausch.«

Ich war mir absolut sicher, dass sie genau wusste, was ich getan hatte, als ich sie verlassen hatte.

Ich hatte mich aber einfach nicht davon abhalten können, irgendeine Art von Erlösung zu suchen, und ich hatte mir selbst nicht getraut, als Macy so bereit war, mir mehr zu geben.

Zu sehen, wie sie so heftig kam, war eine ziemlich intensive Erfahrung gewesen.

»Was sollte ich deiner Meinung denn lieber tun?«, fragte ich sie.

»Es wäre mir lieber, wenn du dich von mir berühren lässt«, antwortete sie. »Ich hätte es vorgezogen, wenn du mich mit in die Dusche genommen hättest.«

Ich ballte meine Hände zu Fäusten und knurrte: »Hast du eine Ahnung, was dann geschehen wäre? Ich will dich, Macy. Diese Tatsache habe ich nie vor dir verborgen. Ich hätte deinen schönen Hintern nackt an die Wand der Duschkabine gepresst.«

»Und das wäre für mich in Ordnung gewesen«, erwiderte sie hitzig. »Auch ich habe offen gesagt, dass ich dich will. Ich habe dich angefleht, mich zu ficken, um Gottes willen.«

Mist! Ich begann, meine Entscheidung zu hinterfragen.

Vielleicht hätte ich es einfach geschehen lassen sollen.

Vielleicht würden wir uns so ineinander verlieren, dass es niemals so weit kommen würde, dass einer von uns beiden die Beziehung aufgeben würde.

Vielleicht würde die Bindung später entstehen?

Verflucht!

Ich hatte nicht weitermachen wollen, weil ich vermutete, dass es irgendwo tief im Inneren von Macy noch einen Teil gab, der zerbrechlich war.

Vielleicht hatte mein Instinkt mich gewarnt, weil ich gesehen hatte, wie sehr Karmas Tod Macy gebeutelt hatte.

Und wegen des Todes ihrer Familie hatte sie sich ein- oder zweimal an meiner Schulter ausgeweint.

Ich vermutete jedoch, dass diese Ereignisse nichts waren im Vergleich zu dem tiefen Schmerz, der noch immer in ihr vergraben war.

Offensichtlich hatte sie sich nie wirklich erlaubt, ihre Trauer vollständig rauszulassen und den Verlust zu verarbeiten.

Sie war damit fertiggeworden und hatte überlebt und ich bewunderte ihre Stärke, aber ich zögerte zu glauben, dass sie den Schaden, den die Tragödie bei ihr angerichtet hatte, jemals vollständig geheilt hatte.

Zur Hölle, vielleicht lag ich damit völlig falsch, aber ich wollte nicht noch mehr Schaden anrichten, indem ich ihr nicht mehr als einen befriedigenden Fick anbot. Besonders nicht, wenn ich bereits wusste, dass ich mehr wollte.

Hatte ich es vermasselt?

Hätte ich einfach zulassen sollen, dass die Beziehung so verlief, wie immer Macy es wollte?

»Ich denke, du solltest diese Entscheidung noch einmal überdenken«, sagte sie leise, bevor sie mit ihrem Rucksack im Schlepptau auf die Zelte zuging.

»Vielleicht hast du recht«, murmelte ich ihrer sich entfernenden Gestalt hinterher, obwohl sie meine Worte nicht mehr hören konnte.

KAPITEL 18

Macy

DIE NÄCHSTEN PAAR Tage verbrachte ich mit Leo mit dem Aufstellen der Bewegungskameras und dem Erkunden des Gebietes, in dem die lanianischen Biologen die Spuren entdeckt hatten.

Es war nicht schwierig gewesen, noch mehr Spuren und weitere Beweise zu finden, dass die Katzen noch existierten.

Wir hatten unzählige Proben von Losungen nehmen können, die sehr nach Luchskot aussahen, und außerdem hatten wir Haarfallen aufgestellt, für den Fall, dass wir auf dieser Expedition keinen lanianischen Luchs zu Gesicht bekämen.

Die Haare und den Kot konnten wir auf DNA untersuchen lassen, um zu beweisen, dass die Tiere noch lebten und im Wald von Lania ihren Kot hinterließen und Haare verloren.

Zugegeben, bis jetzt hatten wir noch keine Katze mit eigenen Augen sehen können, aber ich war voller Hoffnung, dass wir dies noch erleben durften.

Als hätten wir es stillschweigend vereinbart, hatten Leo und ich unsere Auseinandersetzung betreffs Sex zurückgestellt, um uns auf unsere Mission zu konzentrieren.

Leo schlief in seinem Zelt und ich in meinem.

Zum größten Teil blieb unsere Beziehung weiterhin zuvorkommend und freundlich, aber nicht annähernd so sorglos wie sie gewesen war, bevor er mich wie einen Feuerwerkskörper zur Explosion gebracht hatte.

Trotz der unterschwelligen Spannung lullten mich die Schönheit von Lania und das extrem angenehme Wetter jeden Tag so ein, dass ich sehr gute Laune hatte.

»Schau, Leo«, sagte ich aufgeregt, nachdem ich mich auf dem Wildpfad hingehockt hatte, den wir entlanggegangen waren, um noch mehr Kameras aufzustellen. »Noch mehr Spuren.«

Er hockte sich neben mich, um das zu betrachten, von dem wir beide wussten, dass es Spuren des lanianischen Luchses waren.

»Sie sind überall«, erwiderte Leo. »Und nicht nur das, wir haben unzählige Kaninchen gesehen, daher wissen wir, dass deren Population gesund ist. Es wird nicht lange dauern und wir werden eine Katze zu Gesicht bekommen. Luchse sind Einzelgänger, die sich nur treffen, um sich zu paaren, daher ist es ermutigend, dass wir so viele Spuren entdecken. Ich hoffe, es handelt sich um verschiedene Individuen, denn die Spuren sehen so aus, als wären sie verschieden groß.«

»Bis jetzt haben wir noch keinen Bau gefunden«, erinnerte ich ihn.

»Wahrscheinlich weil wir den Wildpfaden folgen, um die Kameras aufzustellen«, erklärte er. »Ihre Bauten sind sehr versteckt. Sie werden sich weit entfernt von den Pfaden befinden, denen alle Tiere folgen, um an Frischwasser zu gelangen.«

Ungefähr anderthalb Kilometer von unserem Basislager entfernt gab es einen kleinen See und wir hatten überall im Vorgebirge kleine Pfade entdeckt, die zu diesem frischen Wasser führten.

»Du hast recht«, stimmte ich zu, als ich mich aufrichtete. »Ich glaube, ich bin einfach aufgeregt, weil wir so viele Beweise finden, dass sie sich hier aufhalten.«

Leo erhob sich grinsend neben mir. »Mach dir keine Sorgen. Wir werden sie finden. Unsere Expedition wird sich wahrscheinlich am Ende als eine der leichtesten herausstellen, die ich je unternommen habe. Es gibt überall Hinweise. Wir müssen zuerst die grundlegenden Bodenarbeiten erledigen, aber morgen oder übermorgen werden wir beginnen, uns hinter eine kleine Schutzwand zu setzen und darauf zu warten, dass wir sie mit eigenen Augen sehen können.«

Ich erwiderte sein Lächeln. Meine Begeisterung war beinahe greifbar, während ich bemerkte, wie wohl er sich mitten im Nirgendwo fühlte.

Leo war in seinem Element, und das sah man ihm an.

Er war so fit, dass er wahrscheinlich kilometerweit wandern konnte, ohne in Schweiß auszubrechen, aber er beklagte sich nie, dass er auf mich warten oder seinen Schritt an meinen langsameren anpassen musste.

Er trug eine Cargohose, Wanderstiefel und ein langärmeliges T-Shirt, das in neutralem Ton gehalten war, um im Wald nicht aufzufallen.

Ich war ähnlich gekleidet, da Leo mir geholfen hatte, meine Kleidung für die Reise auszusuchen.

»Wir haben für jede der Bewegungskameras, die ich mitgebracht habe, einen sehr guten Aufstellungsort gefunden«, stellte Leo fest. »Die Dämmerung bricht herein. Bist du bereit, zum Lager zurückzukehren? Nach dem Essen können wir die Infrarotdrohne aufsteigen lassen, um zu sehen, wie viel Nachtaktivitäten es in diesem Gebiet gibt.«

Ich war wirklich daran interessiert, die Infrarotdrohne in Aktion zu sehen.

Sie würde uns nicht genau erzählen, was dort draußen war, aber wir konnten anhand von Größe und Geschwindigkeit erraten, welche Tiere uns erwarteten.

Ich nickte und dann gingen wir weiter. Ich hasste mich für Leos zurückhaltendes Benehmen.

Es war meine Schuld, dass er nicht mehr so ungezwungen war wie vor unserer kleinen Unstimmigkeit darüber, wie sexuelle Befriedigung aussehen sollte.

Ich hatte mich in den letzten zwei Tagen immer wieder hinterfragt, was es mit meiner Unfähigkeit auf sich hatte, Leos Bedingungen zuzustimmen.

Mein Gott! Es war ja nicht so, als wollte ich ihm nicht geben, was er haben wollte, aber es gab da einen Teil von mir, der immer noch schreckliche Angst davor hatte, das, was zwischen uns war, anders zu nennen als *gelegentliche Verabredungen* oder gar *Freundschaft*.

Aber mal ehrlich … war unsere *Beziehung* nicht bereits wie eine beiderseitige Festlegung aufeinander?

Es gab keinen anderen Mann, mit dem ich mich verabreden wollte, und solange Leo und ich uns sehen würden, würde es auch keinen geben.

Erstens gab es keinen anderen Mann auf der Welt wie Leo Lancaster.

Zweitens war er seit sehr langer Zeit der erste Mann, den ich genügend begehrte, um mich überhaupt mit ihm zu verabreden.

Also war es praktisch bereits eine feste Beziehung.

War das genug?

Würde es Leo genügen?

Wollte er einfach nur wissen, ob wir beide monogam bleiben würden?

Ehrlich, ich konnte ihm keinen Vorwurf daraus machen, dass er diese Exklusivität forderte, obwohl ich immer noch erstaunt war, dass er dies ausgerechnet mit mir haben wollte.

Wir waren keine Kinder mehr und ich wusste, wenn ich mit einem Mann schlief, wollte ich auf keinen Fall, dass er gleichzeitig mit einer anderen Frau zusammen wäre.

Glaubte er wirklich, es könnte einen anderen Mann für mich geben, nachdem er und ich miteinander geschlafen hätten?

Für mich war das jedenfalls ein Ding der Unmöglichkeit.

Ja, die Sache mit dem *Nichtteilen* war einfach für mich.

Warum hatte ich dann so gezögert, es Leo zu sagen?

Ach so, ja. Stimmt ja. Beziehungen machten mir Angst und ich war nicht der Typ Frau, der für etwas Längerfristiges geeignet war.

Offenbar hatte ich das irgendwann halb vergessen, als Leo Lancaster in mein Leben getreten war.

Ich wollte nicht nur mit Leo schlafen und dann einfach weggehen oder es wie Gelegenheitssex behandeln. Es gab auch Freundschaft zwischen uns und diese verrückte Verbindung, die keiner von uns beiden vollkommen zu verstehen schien.

Offensichtlich ging es ihm auch so.

Warum fiel es mir dann so verdammt schwer, das zuzugeben?

Wahrscheinlich hatte ich überreagiert.

Wenn seine Vorstellung von einer ernsthaften Beziehung einfach darin bestand, dass wir beide uns respektierten und uns nicht mit anderen verabredeten, solange wir eine sexuelle Beziehung hatten, konnte ich damit umgehen.

»Die Lagerdusche sollte bereit sein, wenn du sie benutzen willst«, sagte Leo, als wir uns dem Lager näherten. »Ich habe das Wasser aufgefüllt, nachdem ich die Dusche benutzt habe. Ich glaube, Nick hat uns mit so viel Wasser versorgt, dass wir hier ein ganzes Jahr bleiben könnten.«

Ich hätte am liebsten gestöhnt.

Es war nicht so, dass ich nicht duschen wollte, aber ich hätte wetten können, dass diese verdammte Lagerdusche mich hasste. Es gelang mir nicht, einen anständigen Wasserstrahl zu bekommen, der einige Zeit bestehen blieb.

Das Wasser war warm, weil es mit Solarenergie erwärmt wurde, und hohe Temperaturen und Sonnenlicht gab es hier im Überfluss. Alles, was wir hier mit Solarenergie betreiben konnten, lief damit. Der kleine Campingkocher und der Ofen wurden mit Propangas gespeist, aber selbst die winzigen Kühlschränke, die wir benutzten, waren solarbetrieben und es gab Batterien, in denen der Strom gespeichert wurde.

Es war schön, jeden Tag duschen zu können. Die Lagerdusche war nur ein bisschen frustrierend.

»Danke«, erwiderte ich schließlich.

Oh, zur Hölle, mit der Zeit würde ich herausfinden, wie man die Dusche handhaben musste, falls es einen Weg gab, mehr als ein Rinnsal herauszuholen.

Das war doch nur ein kleines Problem im Vergleich zu all dem Wunderbaren, das ich jetzt erlebte.

Die Berge und der Wald von Lania boten atemberaubende Bilder und unsere Suche nach dem lanianischen Luchs war das Aufregendste, was ich je erlebt hatte.

»Ich werde dann schon mal anfangen, das Abendessen zuzubereiten, falls du gern duschen möchtest. Im Kühlschrank sind ein paar Lebensmittel, die ich zumindest grillen kann«, bot Leo an.

Da es im Umkreis von Dutzenden von Kilometern keine weitere Menschenseele gab, kamen wir mit einer Freiluft-Dusche zurecht, die hinter den Schlafzelten aufgestellt worden war.

»Okay, ich werde nicht lange brauchen«, erklärte ich. Dann ging ich in Richtung meines Zeltes, um mir ein paar saubere Kleidungsstücke zu holen. Wenn ich mich duschen würde, dann würde ich nicht wieder die schmutzigen Sachen anziehen.

Wir konnten unsere Kleidung nur mit der Hand waschen und sie dann im Wind des Mittelmeeres trocknen, aber es funktionierte.

Nachdem ich mir saubere Kleidung für den Abend im Lager und ein Handtuch geholt hatte, eilte ich zur Rückseite der riesigen Schlafzelte und begann, mich auszuziehen.

Ich hatte jegliches Zögern abgelegt, mich in der Wildnis splitterfasernackt zu entkleiden.

Es war ja nicht so, als würde irgendein Tier in der Umgebung meiner Kleidung auch nur einen Funken Aufmerksamkeit schenken.

Die warme Brise fuhr liebkosend über meine Haut. Ich beschwerte mich keineswegs darüber, dass diese Dusche keine Kabine besaß. Es war viel zu beeindruckend, von der Schönheit der Natur umgeben zu sein.

Wie versprochen hatte Leo den riesigen Duschbeutel bis zum Hals gefüllt und der winzige Wasserstrahl fühlte sich angenehm und warm an, als ich mir die Haut und die Haare nass machte.

Ich nahm die biologisch abbaubare Seife zur Hand und seifte zuerst meinen Körper ein, dankbar, dass Prinz Nick wirklich an alles gedacht hatte.

Als ich mich mühsam abgeduscht hatte, zögerte ich, nach dem biologisch abbaubaren Shampoo zu greifen.

Meine Haare auszuspülen würde wahrscheinlich viel schwieriger sein, hatte doch das Abduschen meines Körpers schon lange genug gedauert.

Ich brauchte wirklich einen etwas stärkeren Wasserstrahl, um meine Haare zu waschen.

Schwachsinn! Ich werde mich nicht duschen, ohne mir die Haare zu waschen, nur weil es unbequem ist.

Seufzend gab ich einen kleinen Klecks Shampoo auf meine Hand und begann, es in mein Haar einzuarbeiten. Ich wollte auf keinen Fall für die nächsten ein, zwei Wochen mit schmutzigen Haaren herumlaufen.

Ich musste einfach geduldig sein, wenn ich meinen Körper und meine Haare säubern wollte.

Ich trat auf die Fußpumpe, nachdem ich mein Haar eingeschäumt hatte, und aktivierte den Duschkopf.

Im Schneckentempo tröpfelte das Wasser auf mein Haar.

»Mist! Mist! Mist!«, fluchte ich.

Dies würde offensichtlich eine Weile dauern.

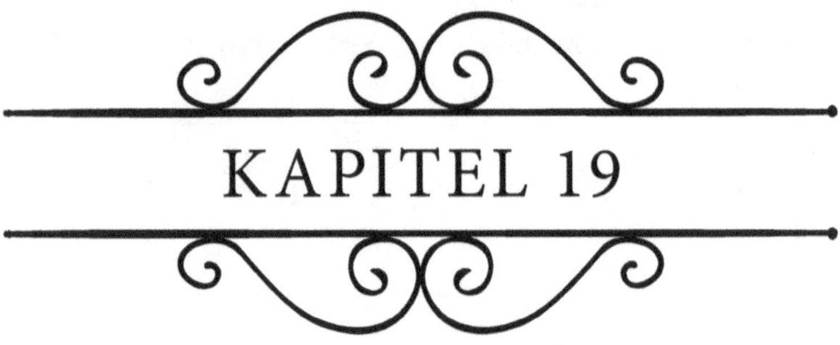

KAPITEL 19

Leo

ICH HOLTE GERADE die wilden Beeren, die ich früher am Tag in der Nähe des Sees entdeckt hatte, aus meinem Rucksack, als ich Macys lauten, frustrierten Fluch hörte: *Mist! Mist! Mist!*

Ich war mir nicht sicher, ob ich beunruhigt oder leicht amüsiert sein sollte, während ich die letzten wilden Erdbeeren in einen Behälter warf.

Als auf ihr genervtes Fluchen ein kleiner Aufschrei ertönte, hielt ich es für besser einzugreifen.

»Macy?«, rief ich, als ich an der Seite meines Zeltes stehen blieb. »Bist du okay?«

»Es ist diese verdammte Lagerdusche«, erklärte sie ärgerlich. »Ich kann sie nicht richtig ans Laufen bringen.«

Ja, ich hatte sie schon nackt – oder zumindest fast nackt – gesehen, aber ich hätte sie nicht einfach ohne ihre Zustimmung beim Duschen überrascht. »Darf ich eintreten?«, fragte ich, unfähig, einen gewissen Humor in meiner Stimme zu verbergen.

Sie stieß einen langen Seufzer aus. »Es ist ja nicht so, als hättest du nicht bereits alles gesehen.«

Ich hatte nicht *alles* gesehen, aber ich wollte nicht mit ihr darüber streiten.

Ich versuchte, nicht zu lächeln, als ich um die Ecke bog und einen der faszinierendsten Anblicke geboten bekam, die ich je erlebt hatte.

Macy Palmer war wunderschön, wenn sie bekleidet war.

Aber ohne Kleidung war sie umwerfend.

Ich versuchte, ihren nackten Körper nicht wie ein Wichser zu begaffen, aber der Anblick war nicht leicht zu ignorieren.

»Was ist los?«, fragte ich, als ich neben ihr stehen blieb.

»Der mickrige Wasserstrahl nervt«, informierte sie mich. »Ich habe den Kopf voller Shampoo und ich kann der Dusche nur ein paar winzige Tröpfchen abgewinnen. Ich weiß nicht, was ich falsch mache. Es ist ja nicht so, als könnte ich mal kurz ins Internet und nach einer Problemlösung suchen.«

Sie trat auf die Fußpumpe und hielt mir den Duschkopf entgegen, um mir zu zeigen, was sie meinte.

Sie hielt die Augen immer noch geschlossen, weil Shampoo über ihr Gesicht lief. Aus dem behelfsmäßigen Duschkopf kam tatsächlich nur ein dünner Wasserstrahl.

Verflucht! Sie bot einen hinreißenden Anblick, obwohl sie frustriert war und Shampoo über ihre Wangen floss.

Grinsend nahm ich ihr den Duschkopf aus der Hand, legte ihr die Hand auf die Schulter und schob sie von der Fußpumpe weg. »Bereit?«, fragte ich.

»Schon seit gestern«, erwiderte sie trocken.

Ich betätigte die Fußpumpe, bis der Druck im Duschbeutel hoch genug war. Dann hielt ich den Duschkopf über ihren Kopf, als das Wasser herausspritzte.

»Oh mein Gott«, stöhnte sie, hob die Arme und begann, ihr Haar auszuspülen. »Es ist wirklich möglich, der Dusche einen anständigen Wasserstrahl zu entlocken.«

»Ich sorge dafür, dass das Wasser weiterläuft, und du spülst dir die Haare aus«, schlug ich vor, während ich versuchte, Macys wunderbar gerundeten Hintern zu übersehen.

Na gut, ich blickte doch darauf, was mich wahrscheinlich zu einem Wichser abstempelte. Aber ich hätte schon ein verfluchter Heiliger sein müssen, um nicht ein paar Blicke auf diese umwerfende Frau zu werfen, da sich mir nun einmal die Gelegenheit bot.

Außerdem war ich definitiv nicht bereit, ein Heiliger zu werden.

»Das ist wunderbar«, schwärmte sie und stöhnte.

»Warum hast du mich nicht einfach um Hilfe gebeten, anstatt mit dem kleinen Rinnsal zu duschen?«, wollte ich wissen und grinste immer noch wie ein Idiot, als ich sah, wie sehr sie den starken Wasserstrahl genoss.

Für eine Campingdusche war der Duschbeutel ziemlich groß. Trotzdem konnte sie dort nicht ewig stehen bleiben, aber doch lange genug, um sich unter einem anständigen Strahl schnell zu duschen.

»Ich dachte, ich könnte es selbst herausfinden«, antwortete sie missmutig.

Ich war mir ziemlich sicher, dass sie es allein geschafft hätte – irgendwann. »Du brauchtest mehr Druck im Duschbeutel«, erklärte ich ihr. »Du hättest lediglich mehr pumpen müssen. Viel mehr.«

»Das klingt logisch, jetzt, da du es sagst«, meinte sie, als sie sich mit den Fingern durch einzelne Haarsträhnen fuhr, um sicherzugehen, dass sie alle durchgespült waren. »Erinnerst du dich, dass ich sagte, ich hätte schon früher mal gecampt?«

»Ja«, bestätigte ich knapp.

»Damit meinte ich, dass ich gecampt habe … in einem Camper. Ein Wohnanhänger, der mit einer Innendusche ausgestattet war«, erklärte sie. »Es gab weder biologisch abbaubares Toilettenpapier noch Solarenergie noch Luftmatratzen. Das heißt nicht, dass ich mich über die Luftmatratzen beschweren will, denn die sind tatsächlich recht bequem.«

Ich konnte nicht anders. Ich warf den Kopf in den Nacken und brach in Lachen aus.

Nachdem ich mich erholt hatte, sagte ich: »Dieses abgelegene Zeltlager ist tatsächlich trotz allem ziemlich luxuriös, aber es tut mir leid, dass ich nicht daran gedacht habe, dich in die Benutzung der Ausstattung einzuweisen, die du noch nicht kanntest.«

»Grundsätzlich bin ich gut zurechtgekommen«, verteidigte sie sich. »Ich denke, ich bin es einfach nicht gewohnt, auf die harte Tour zu leben, aber ich werde nicht auf Entzug kommen, nur weil ich mein Handy oder den Fernseher vermisse. Tatsächlich fehlen sie mir nämlich nicht.«

Ich grinste, als sie begann, nach ihrem Handtuch zu suchen.

Ich reichte es ihr und ließ den Duschkopf los, damit das Wasser zu laufen aufhörte. Ich lobte sie ehrlich: »Du hast dich unglaublich gut gehalten für jemanden, der nicht an die Arbeit im Feld gewöhnt ist, Macy. Die meisten Menschen, die sich noch nie in einem so abgelegenen Gebiet aufgehalten haben, werden nach dem ersten Tag kribbelig.«

Sie wischte sich das Gesicht ab und zum ersten Mal, seitdem ich ihr zur Hilfe gekommen war, sah ich ihre hinreißenden, grauen Augen. »Ich vermisse ehrlich gesagt nichts. Dies ist eine so wunderbare Erfahrung, dass ich mich mehrmals am Tag kneifen muss, um mich daran zu erinnern, dass es real ist. Ich bin hier in Lania, mit Leo Lancaster, auf einer Expedition, um möglicherweise eine Tierart zu retten. Besser könnte es nicht sein.«

»Außer du zählst die Lagerdusche mit«, neckte ich sie, unfähig, den Blick von ihren Augen loszureißen.

Sie blickte gespielt dümmlich zu mir auf. »Wie oft muss ich pumpen?«

»Wahrscheinlich sechs- oder siebenmal bei dieser hier«, erwiderte ich heiser, denn die Intimität der Situation ging mir langsam unter die Haut.

»Ui!«, sagte sie, während sie sich das Handtuch um den Körper wickelte. »Ich glaube, ich brauche viel mehr Beinarbeit.«

»Ich würde mich glücklich schätzen, dir jederzeit dabei zu helfen«, bot ich ihr mit rauer Stimme an.

»Unnötig, da ich jetzt weiß, wie man sie bedient«, erwiderte sie schnippisch.

»Vielleicht hätte ich dir nicht verraten sollen, wie oft du pumpen musst«, neckte ich sie.

Sie errötete tatsächlich in einem hellen Rosa. »Und jetzt geh, damit ich mich anziehen kann«, verlangte sie.

Ich drehte mich herum, um in unsere behelfsmäßige Küche zurückzukehren. Ich mochte zwar einen Ständer bekommen haben, aber trotzdem hatte ich das kleine Zwischenspiel genossen.

Ich hatte immer noch keine Ahnung, wie ich das Problem mit uns lösen sollte, aber ich war fest entschlossen, es herauszufinden.

Beziehungen einzugehen fiel ihr schwer und es war verständlich, warum sie so empfand.

Ich hätte mehr Geduld aufbringen und die Dinge ein bisschen anders angehen sollen.

Ich hätte sie nicht unter Druck setzen sollen.

Ich hätte warten und sich alles in ihrem Tempo entwickeln lassen sollen, auch wenn die Fortschritte im Schneckentempo vonstattengingen.

In Anbetracht dessen, wie lange es gedauert hatte, sie auch nur davon zu überzeugen, sich mit mir zu verabreden, war es höchst unwahrscheinlich, dass sie sich mit einem anderen Mann treffen würde, richtig?

Ihr großes Problem bestand darin, sich fest zu binden, denn wenn sie zugab, dass sie jemanden so sehr mochte, um eine feste

Beziehung mit ihm zu führen, bedeutete das, dass ihre Gefühle mit im Spiel waren.

Mist! Ich wusste bereits, dass ihr Gefühl beteiligt war, genau wie sie wusste, dass auch ich Gefühle für sie hegte.

Es spielte keine Rolle, wie lange ich diesen verrückten Tanz noch aufführen musste, um Macy schließlich zu der Meinen zu machen. Es sollte doch, verdammt noch mal, möglich sein, so lange durchzuhalten, bis sie bereit wäre, mir zu sagen, dass es für sie niemals einen anderen gäbe als mich.

Denn ich wusste bereits, dass es für mich nur sie gab.

Ich hatte das Einzige gefunden, das mir wichtiger war als mein Beruf.

Macy Palmer.

Sie war die Eine, die Frau, ohne die ich nicht leben konnte, und ich hatte kein Problem, die Wahrheit zuzugeben.

Ich würde einen Weg finden, das Problem zu lösen. Es musste mir gelingen, denn da draußen gab es keine andere Frau für mich.

Ich wusste das so sicher, wie ich meinen eigenen Namen wusste.

»Danke, Leo«, murmelte Macy, die sich genähert hatte und jetzt vollkommen bekleidet vor mir stehen geblieben war. »Ich komme mir nur ein wenig dumm vor.«

»Dafür gibt es keinen Grund«, knurrte ich, als ich auf ihre nassen Haare und in ihre ernsten, grauen Augen blickte. »Warum solltest du dir dumm vorkommen, wo doch alles hier neu für dich ist? Ich hätte dir anbieten müssen, dir zu zeigen, wie man alles benutzt. Du hilfst mir und ich wusste, dass du noch niemals zuvor im Feld warst.«

Sie lächelte schwach. »Ich habe behauptet, Campingerfahrung zu haben, aber jetzt wird mir bewusst, dass es einen Unterschied gibt zwischen *Campen* und *echtem Campen*. Wenn man sich an einem so abgelegenen Ort aufhält, dass man kein Handy, kein Fernsehen, keine Elektrizität, keine Geräte, keine Toiletten und kein fließendes Wasser hat, dann ist das ziemlich *echt.*«

Ich erwiderte ihr Lächeln. »Willkommen in meiner Welt.«

»Und die Umstände hier bezeichnest du wirklich als luxuriös?«, fragte sie.

Ich nickte. »Absolut. Jeden Tag oder jeden zweiten Tag duschen zu können ist großartig. Und wir haben sogar einen Küchenofen und müssen nicht über einem Feuer kochen. Und eine Kühlung zu haben ist ziemlich ungewöhnlich.«

»Und sicher hast du normalerweise auch keine Luftmatratze«, fügte sie hinzu. »Aber ich weiß es zu schätzen, dass Nick sie uns zur Verfügung stellt.«

»Ganz zu schweigen davon, dass Nick uns mehr Wasser eingeflogen hat, als wir brauchen werden«, betonte ich. »Wenn ich mit meinem Team zusammen bin, teilen wir uns normalerweise die Arbeit auf, aber gleichgültig, wie viele Hände uns zur Verfügung stehen, so gut wie jetzt haben wir es nie. Es hängt alles von den Vorräten ab, die uns zur Verfügung stehen, und was die Natur uns schenkt. Ich habe vorhin ein paar Beeren gefunden.« Ich wies mit dem Kopf auf den Behälter voller Erdbeeren auf dem behelfsmäßigen Küchentisch.

Macy schnappte nach Luft, als sie die Überraschung erblickte. »Die sind riesig. Sind das Brombeeren?«

»Und Erdbeeren«, erklärte ich.

»Du hast mir nie erzählt, dass du ein Experte für Essbares aus der Wildnis bist«, schimpfte sie.

»Du hast mich nicht danach gefragt«, erwiderte ich scherzhaft. »Wenn man viel Zeit im Freien verbringt, legt man sich diese Fähigkeit automatisch zu. Wir bringen unsere Lebensmittel zwar mit, aber es hilft doch sehr, wenn man sie aus der Natur ergänzen kann, insbesondere wenn wir sehr tief in die Wildnis eindringen und man ein ganzes Team so lange ernähren muss.«

»Ich kann mir vorstellen, dass die Transportmöglichkeiten beschränkt sind«, überlegte sie. »Besonders, da ihr auch noch so viel Werkzeug und Ausrüstung mitschleppen müsst.«

»Diesmal brauchen wir wirklich keine zusätzlichen Nahrungsmittel«, erwiderte ich. »Aber die Beeren waren einfach zu verlockend.«

Ihre Augen leuchteten auf und sie blickte lächelnd zu mir auf. »Sie sehen wunderbar aus. Sie gehören zu meinen Lieblingsfrüchten.«

Ich hatte im Wald gezögert, mit dem Beerenpflücken Zeit zu verlieren.

Wir verfügten über genügend Lebensmittel und ich war ungeduldig gewesen, endlich alle Kameras aufzustellen.

Aber jetzt wusste ich, dass Macys Lächeln jede Sekunde wert gewesen war, die ich gebraucht hatte, um sie zu pflücken.

KAPITEL 20

Macy

SPÄTER IN DER Nacht zögerte ich nicht, in Leos Bett zu kriechen, als der Donner grollte und der Regen auf die Dächer der Zelte zu prasseln begann.

Ich hatte keine Ahnung warum, aber immer, wenn ich denselben wiederkehrenden Traum über meine Familie hatte und aufwachte, gab mir mein Instinkt als Erstes ein, Leo zu suchen.

Diesmal war er leicht zu finden, da sein Zelt direkt neben meinem stand.

Ich war mir nicht sicher, ob mich das Donnern geweckt hatte oder ob ich nur aufgeschreckt war, weil ich an der Stelle meines Traums angekommen war, an der ich immer aufwachte.

Leos Luftmatratze war riesig, sodass ich ein gutes Stück über sie rutschen musste, bevor ich mich an seinen Rücken kuscheln konnte.

»Das wird langsam zur gefährlichen Gewohnheit«, sagte Leo amüsiert in seinem Bariton. »Wieder ein schlechter Traum?«

»Derselbe«, bestätigte ich, als ich an seinem Rücken zitterte. »Es tut mir leid.«

Leo drehte sich herum und zog mich in seine Arme, ohne weitere Fragen zu stellen.

Ich schloss die Augen und genoss die Wärme, die sein riesiger, muskulöser Körper ausstrahlte, und die Art, wie er mich aufnahm, bevor ich überhaupt fragen musste.

»Ich bin da. Ich halte dich, Macy«, brummte er. »Du brauchst nie zu zögern, zu mir zu kommen, wenn du mich brauchst.«

»Es stürmt«, erklärte ich, obwohl das doch offensichtlich war.

»Der Sturm wird vorbeiziehen und ich mache mir definitiv keine Sorgen, dass dieses Zelt nicht halten wird. Nick hat das beste besorgt, das auf dem Markt zu finden ist.«

»Wir hatten bis jetzt so gutes Wetter«, murmelte ich.

»Bis morgen früh sollte es aufklaren«, beruhigte er mich. »Es war nur gutes Wetter vorhergesagt und Nick hätte mich über das Satellitentelefon angerufen, wenn es etwas Ernstes wäre.«

»Ich mache mir keine Sorgen«, erklärte ich, während ich den Kopf an seine Schulter bettete. »Vielleicht hört sich das seltsam an, aber manchmal mag ich den Regen sogar.«

Er strich mit einer Hand über mein Haar. »Der Regen würde mir wahrscheinlich auch nichts ausmachen, wenn er nicht einige meiner Erkundungspläne zunichtegemacht hätte. Er kann recht nervig sein.«

»Das glaube ich dir«, stimmte ich abgelenkt zu, während ich ein wenig von ihm abrutschte, um mit meinen Handflächen über seine herrlich nackte Brust und seine wohlgeformten Bauchmuskeln fahren zu können.

Offensichtlich war Leo bis auf seine Boxershorts nackt und ich sehnte mich so verzweifelt danach, ihn zu berühren, dass es wehtat.

In dem gewissen Traum fühlte ich mich immer so verdammt allein.

Vielleicht war das der Grund, warum es mich danach immer zu Leo zog.

Er umfasste sanft meine Handgelenke, als ich meine Hände weiter nach unten bewegte.

»Vorsicht, Süße«, warnte Leo mich mit tiefer, fester Stimme. »Du begibst dich in gefährliches Terrain und ich bin mir nicht sicher, ob ich heute Nacht die Geduld aufbringe, der Versuchung zu widerstehen.«

Ich zerrte an meinen Handgelenken. »Dann lass es. Erlaube mir, dich zu berühren, Leo«, drängte ich. »Mir gefällt es nicht, wie es im Moment zwischen uns läuft. Ich hätte dir sagen sollen, dass ich mit einer monogamen Beziehung zwischen uns beiden einverstanden bin. Ich würde auch nicht wollen, dass du mit einer anderen Frau schläfst. Warum sollte ich mich mit jemand anderem verabreden oder zusammen sein wollen, wenn ich dich habe? Ich hoffe nur, dass ich nicht alles zwischen uns vermasselt habe.«

»Du könntest mich nie so wütend machen, dass ich dich verlasse«, keuchte Leo. »Und ich weiß, dass ich einen Fehler gemacht habe, als ich auf mehr bestanden habe, als du mir im Augenblick geben willst. Ich dachte, ich hätte alles verdorben. Es ist deine Entscheidung, Süße. Ich kann warten, Macy, besonders wenn du bereit bist, uns noch eine Chance zu geben. Ich bete dich an. Mist! Das musst du inzwischen doch wissen.«

»Ich weiß es und ich finde das manchmal beängstigend«, erwiderte ich ehrlich. Ich verstand wirklich nicht, was er in mir sah, obwohl er doch fast jede Frau haben konnte, die er wollte.

Leo zog mich mit einem einzigen kräftigen Ruck auf sich. »Nein, sag das nicht. Lass zu, dass ich dich gernhabe, Macy. Du warst lange genug allein.«

Etwas in mir schmolz dahin. Ich sehnte mich ebenso sehr nach Leos Zuneigung, wie ich sie fürchtete.

Als er meine Handgelenke losließ, wusste ich, dass er mir die Freiheit gab, ihn zu berühren, wo und wie ich wollte.

Und Gott, wie ich wollte …

Ich spreizte die Beine auf ihm auseinander, presste meinen Unterleib auf seinen steinharten Schwanz und ritt auf seiner Länge auf und ab, wobei ich die Intimität der Bewegung genoss.

»Verflucht!«, stöhnte er.

»Du bist so groß, Leo«, stellte ich ehrfürchtig fest, während ich zwischen seine Beine rutschte und ihm die Boxershorts an den Beinen hinunterzog.

Ich warf sie beiseite, zog mir mein übergroßes Schlaf-T-Shirt über den Kopf und warf es zu Boden, wo es auf seinen Boxershorts landete.

Schließlich schlang ich eine Hand um seinen riesigen Schwanz und streichelte ihn, während ich das Gefühl genoss, wie seidenweich seine Haut war, die sich über die stählerne Härte des Schaftes spannte.

»Mein Gott! Du bringst mich um, Frau«, ächzte Leo.

Im Zelt war es dunkel, bis auf eine kleine Solar-Mikrolaterne, die am Reißverschluss der Tür befestigt war. Ihr Licht reichte gerade aus, um genug zu sehen, wenn man aufstehen und nach draußen gehen wollte, wenn es nötig war.

Glücklicherweise hatte ich so genügend Licht, um zu sehen, was ich tat.

Ich wischte die kleine, feuchte Perle von der Spitze seines Schwanzes und kostete sie.

Ich spürte, wie er mich beobachtete, als ich mich zu ihm hinunterbeugte, um so viel ich konnte von ihm in meinen Mund aufzunehmen.

Als ich ein befriedigtes Summen von mir gab, stöhnte er auf und fuhr mit den Händen durch mein Haar. »Ich werde wie ein verfluchter Teenager abspritzen, wenn du nicht aufhörst, Macy«, stöhnte er.

Ich beschloss, dass ich das unbedingt sehen und schmecken wollte, also zog ich mich zurück und begann, mit der Zunge mit der empfindlichen Spitze seines Schaftes zu spielen. Dann verdoppelte ich meine Anstrengungen und bearbeitete ihn noch heftiger.

»Mist!«, keuchte Leo. »Ich habe davon geträumt, aber die Realität ist besser. Du musst aufhören, Baby.«

Den Teufel würde ich tun.

Leos Vergnügen war mein Vergnügen.

Ich ließ meine Hand an seinem Schenkel hinaufgleiten und streichelte sanft seine Hoden, während ich den Kopf auf und ab bewegte und Leo erlaubte, das Tempo mit seinem Griff in meinem Haar zu bestimmen.

»So. Verdammt. Gut«, stöhnte Leo, wobei seine Stimme heiser und unglaublich sexy klang.

Ich war nicht gerade eine Expertin für Oralsex, aber da ihm zu gefallen schien, was ich tat, würde ich nicht aufhören.

»Mist! Ich habe dir doch gesagt, dass ich nicht lange durchhalte. Ich werde explodieren, Macy. Ich warne dich!«, keuchte er voller Lust in seinem Bariton.

Ich saugte fester und schneller. In diesem Augenblick wünschte ich mir mehr als alles andere auf der Welt, Leo zum Kommen zu bringen.

Die Fähigkeit zu haben, einen Mann wie Leo dazu bringen zu können, vollkommen die Beherrschung zu verlieren, gab mir ein Gefühl der Macht über ihn.

Außerdem wollte ich ihm auch so viel Lust und Befriedigung schenken, wie er mir auf dem Flug gegeben hatte, kurz bevor er mich allein ließ, um sich selbst zu befriedigen.

Er nahm seine Hand von meinem Kopf, vermutlich, damit ich mich schnell genug zurückziehen konnte, was aber nicht geschehen würde.

Ich wollte ihn schmecken und tat es auch voller Begierde, als er kam.

»Mein Gott, Macy!«, brüllte er, als ich die Säfte seiner Erlösung schluckte.

Als im Zelt nichts mehr außer Leos abgehacktem Atmen und das Plitsch-Platsch des Regens zu hören war, glitt ich an seinem Körper hinauf und vergrub mein Gesicht an seinem Hals.

Er schlang die Arme um mich und drückte mich an sich und ich schwelgte in dem berauschenden Gefühl, dass wir beide endlich Haut an Haut beieinanderlagen.

»Du fühlst dich so gut an«, flüsterte ich an seinem Hals.

Er fuhr mir mit den Fingern durchs Haar und fragte: »Was zur Hölle hast du gerade mit mir gemacht?«

Ich lächelte mit den Lippen an seiner Haut. »Das Gleiche, was du mit mir in deinem Flugzeug gemacht hast.«

»Nein, Baby«, widersprach er heiser, »dies hier war viel besser.«

»War das wirklich eine deiner Fantasien?«, fragte ich neugierig. Und plötzlich hätte ich gern jede einzelne seiner Fantasien gekannt, um sie in die Realität umzusetzen.

Er lachte leise vor sich hin. »Wie kannst du das bezweifeln, nachdem du gesehen hast, wie schnell es vorbei war?«

»Ich möchte dich glücklich machen, Leo«, gestand ich.

»Du machst mich glücklicher, als ich es in meinem ganzen Leben jemals gewesen bin«, erwiderte er heiser. »Und es beruht auf Gegenseitigkeit. Ich möchte dich auch glücklich machen, Süße.«

»Das tust du bereits«, flüsterte ich. »Es ist nur schon so lange her, dass ich zugelassen habe, jemandem nahe zu sein.«

Er streichelte mit einer Hand über meinen Rücken. »Ich weiß, Baby, aber ich würde mir eher eine Hand abhacken, als dir wehzutun.«

»Dann sollten wir uns jetzt einfach auf unsere Lust konzentrieren«, schlug ich vor.

Leo umfasste mein Gesicht und küsste mich. Dann rollte er uns herum, bis er auf mir lag. Er nahm meinen Mund wie ein Wahnsinniger in Besitz. »Zufällig ist genau das im Augenblick mein einziges Ziel«, erklärte er, als er schließlich meine Lippen freigab. »Es scheint, als hätte ich dich genau da, wo ich dich haben wollte, seitdem ich dich zum ersten Mal sah.«

Ich kicherte. Ich konnte mich nicht zurückhalten. »Ich glaube, du bist jetzt erst einmal außer Gefecht gesetzt.«

»Nicht für lange«, warnte er mich, während er die empfindliche Haut an meinem Hals erforschte. »Und nicht für das, was ich jetzt im Sinn habe.«

Es raubte mir den Atem, als er mit der Zunge von meiner Schulter hinunter zu meiner Brust leckte. »Leo«, keuchte ich und genoss die Gefühle, die mich überwältigten.

Er umfasste meine Brüste und schenkte beiden seine Aufmerksamkeit, wobei er sich Zeit ließ, damit keine vernachlässigt wurde.

Er knabberte und saugte und erregte die empfindlichen, harten Spitzen, bis ich schrill aufschrie: »Ja!«

Ich krümmte mich unter ihm und ich wollte mehr, brauchte mehr.

Als hätte er meine Bedürfnisse gespürt, ließ er seine große Hand an der Innenseite meines Schenkels hinaufgleiten, bis er mit den Fingern über mein durchnässtes Höschen fuhr.

»Du bist schon so verdammt feucht, Macy«, stöhnte Leo, während er sich an meinem Körper hinunterbewegte und dann begann, mir das feuchte Höschen an den Beinen herunterzuziehen. »Hast du eine Ahnung, wie sehr ich mich danach sehne, meinen Kopf zwischen deinen Schenkeln zu vergraben, um deine hinreißende Muschi zu lecken?«

»Du musst das nicht tun«, keuchte ich.

Kein Mann, den ich je gekannt hatte, hatte mich wirklich oral befriedigen wollen.

»Bitte sag mir nicht, dass du protestieren wirst, wenn ich das tue«, sagte Leo mit heiserer, erregter Stimme. »Denn dann wäre ich sehr enttäuscht.«

»Die meisten Männer wollen nicht –«

Er warf das Höschen beiseite und spreizte meine Beine weit auseinander. »Ich bin nicht *die meisten Männer* und es gibt nichts, was ich mehr will, als dich zu lecken, bis du kommst und dabei meinen Namen schreist«, erklärte er mit rasselnder Stimme.

Oh Gott! Wenn er das so sagte …

»Kein Protest«, keuchte ich.

»Gott sei Dank!«, knurrte er, bevor er seinen Kopf zwischen meinen Schenkeln vergrub.

»Oh Gott, ja. Leo, bitte!«, flehte ich, als er mit seiner Zunge in meine Muschi eindrang, als müsste er sie verschlingen oder sterben.

Ich bebte am ganzen Körper, als er mit einer Hand meinen Hintern umfasste und meinen Unterleib an seinen Mund presste, als könnte er nicht genug bekommen.

Mein Rücken wölbte sich ihm entgegen, weil die Lust so intensiv war, und ich vergrub meine Hände in seinem seidigen Haar.

Er leckte immer und immer wieder von unten nach oben und achtete darauf, dass er keinen Millimeter meines empfindlichen Fleisches unberührt ließ, bevor er begann, mit der Zunge meine Klitoris zu umkreisen.

Er spielte mit meiner Erregung und ich war mir nicht sicher, ob ich das ertragen konnte. »Mehr«, verlangte ich, während ich mich an seine Haare klammerte. »Bring mich zum Kommen, bevor ich den Verstand verliere, Leo«, bettelte ich.

Die Spielereien hörten auf und Leo leckte meine Klitoris so stimulierend, wie ich es so verzweifelt brauchte.

Ich keuchte, als er mit einem Finger in meinen Tunnel eindrang, ohne aufzuhören, das kleine Nervenknötchen zu bearbeiten.

»Ja! Bitte. Das fühlt sich gut an«, stöhnte ich.

Ich spürte, wie mein Höhepunkt sich aufbaute.

»Ich bin so nahe dran«, keuchte ich, während mein Körper bereit war zu explodieren.

Er suchte und fand meinen G-Punkt mit seinem Finger, und das war alles, was er tun musste.

Er brachte mich zum Orgasmus und mein Rücken wölbte sich von der Luftmatratze hoch, während ich schrie: »Oh Gott, Leo! Leo!«

Ich brach auseinander und mein Höhepunkt dauerte länger und länger, während Leo seine erotischen Angriffe fortsetzte, bis ich völlig verausgabt war.

KAPITEL 21

Macy

SCHLIESSLICH RUTSCHTE LEO an meinem Körper hinauf und küsste mich. Ich stöhnte auf, als ich mich auf seinen Lippen und seiner Zunge schmeckte.

Ich versuchte immer noch, zu Atem zu kommen, als er meine Lippen losließ. »Fick mich, Leo«, bettelte ich, während ich mit den Händen seinen Rücken hinunterfuhr, denn ich wusste, dass ich nie genug von seinem herrlichen Körper bekommen konnte. »Vertrau mir. Es wird niemanden außer dir geben, solange wir zusammen sind.«

»Ich vertraue dir«, ächzte er mir ins Ohr, während er nach seiner Brieftasche griff, die auf dem kleinen Tisch neben der Luftmatratze lag. »Mist! Ich bin mir sicher, dass mein Verlangen größer ist als deins, aber ich möchte, dass das mit uns von Dauer ist. Scheinbar kann ich mich nicht kontrollieren, wenn es um dich geht.«

Ich sah, wie er ein Kondom aus seiner Brieftasche zog, bevor er sie wieder auf das Tischchen warf.

Ich nahm ihm das Päckchen aus der Hand, während er sich hinkniete. Ich setzte mich aufrecht hin und öffnete es.

Leo war hier, zwischen meinen Schenkeln, als ich begann, das Kondom auszupacken.

»Ich finde, du hättest mich warnen sollen, dass du ein Sexgott bist, bevor all das anfing«, erklärte ich, als ich mit dem Kondom fertig war und die Verpackung auf den Tisch warf. »Glaubst du wirklich, dass ich im Augenblick so gut denken kann, um nachzuhalten, wie lange du brauchst, um zum Orgasmus zu kommen? Weil ehrlich, Leo, ich werde es genießen und mir ist alles vollkommen egal. Für uns beide ist es lange her.«

Ich schlang ihm die Arme um den Hals und zog ihn mit mir, als ich mich wieder hinlegte.

Er strich mir die Haare aus der Stirn. »Ich habe noch nie eine Frau so sehr gewollt wie dich, Süße.«

Ich umfasste sein Kinn und fuhr mit den Fingern über die groben Stoppeln auf seinen Kieferknochen. »Dann zeig es mir, Leo. Bitte.«

Ich keuchte, als er mit einem einzigen kräftigen Stoß in mich eindrang. »Leo«, stieß ich atemlos hervor.

Er war ein großer Mann und es gab einen Moment des Unbehagens, als mein Körper sich an ihn anpasste.

»Alles in Ordnung?«, fragte er mit heiserer, rauer Stimme und hielt in der Bewegung inne. »Verflucht! Ich will dir nicht wehtun. Du bist so verdammt eng.«

»Schon gut«, flüsterte ich. »Ich habe nur eine Minute gebraucht, um mich an dich zu gewöhnen. Es ist wirklich schon lange her. Alles okay. Fick mich, Leo. Bitte hör nicht auf.«

»Baby, du musst mich nicht zweimal bitten«, antwortete Leo, während er sich zurückzog und dann wieder in mich hineinstieß.

»Jaaa«, stöhnte ich.

Er dehnte mich, forderte meinen Körper heraus, ihn anzunehmen, und es fühlte sich wunderbar an.

Ich schlang ihm die Beine um die Taille und hielt mich fest, als er sich in einem sinnlichen Rhythmus zu bewegen begann, der sich roh und elementar anfühlte.

Mein Körper wölbte sich ihm wie von selbst entgegen, denn wir beide sehnten uns nach der gleichen intensiven, rohen Wollust, die uns an den Rand des Abgrunds bringen würde.

»So gut, Leo«, wimmerte ich, während ich meine Beine um ihn schloss. »Fick mich härter.«

Beinahe sofort beschleunigte er seine Bewegungen. »Ich kann es kaum erwarten zu spüren, wie du um meinen Schwanz herum kommst.«

Ein Schauder lief meine Wirbelsäule hinunter.

Er klang immer noch, als hätte er sich vollkommen unter Kontrolle, während ich langsam den Verstand verlor.

Ich biss ihm ins Ohrläppchen und dann fuhr ich mit der Zunge über seinen Hals, wo ich seinen rasenden Puls spüren konnte.

Ich merkte, wie mein Orgasmus sich aufbaute. Ich bezweifelte nicht, dass sich sein Wunsch erfüllen würde, mich zum Kommen zu bringen.

Als ich ihm mit der Hand den Rücken streichelte, konnte ich eine feine Schicht Schweiß auf seiner Haut wahrnehmen, die es unseren Körpern ermöglichte, in einem perfekten Tanz ineinanderzugleiten. »Schneller, Leo. Fester. Du fühlst dich so gut an«, murmelte ich beinahe besinnungslos. Mein Körper war bis zum Wahnsinn erregt und bereit zu explodieren.

Er begann, in mich hineinzuhämmern.

Fester.

Schneller.

Heißer.

»Ja, Leo!«, schrie ich auf. »Es-ist-so-gut-ich-komme-ich-kann-mich-nicht-mehr-länger-zurückhalten!«

Ich wusste, ich stammelte, aber eine andere Form von Sprache brachte ich nicht mehr zustande.

»Du gehörst mir, Macy. Du wirst mir immer gehören«, knurrte Leo, als er mit der Hand zwischen uns fuhr, um einen seiner rauen Finger immer und immer wieder über meine angeschwollene Klitoris zu reiben.

Leos besitzergreifende Worte zu hören hätte mich in Alarmstimmung versetzen müssen, aber das war nicht der Fall. Ich explodierte und der Orgasmus, den ich erwartet hatte, traf mich nun schnell und wild.

»Oh mein Gott, Leo!«, schrie ich, als mein Körper sich auf dem intensivsten Höhepunkt schüttelte, den ich je erlebt hatte.

»Verflucht, ja!«, stöhnte Leo, als mein Orgasmus ihn bis zu seiner eigenen Erlösung molk.

»Das war intensiv. So intensiv. So intensiv«, wiederholte ich immer wieder, als ich begann, von den Höhen unseres Ritts herabzuschweben.

Mir flossen die Tränen über die Wangen, als Leo uns herumrollte, bis ich auf ihm lag. Er begann, mich langsam zu wiegen, während wir Atem schöpften.

Ich hätte wahrscheinlich wissen müssen, dass Leo mich auffangen würde, als ich die Kontrolle verlor und in tausend Stücke zersprang.

Aber ich hatte mich viel zu lange nur auf mich selbst verlassen.

Er fing meine Lippen ein und gab mir einen langen, süßen, zärtlichen Kuss, der mein Herz schmerzen ließ.

»Weinst du?«, erkundigte er sich, als er meine Lippen freigab. Er klang verwirrt.

»Nein«, log ich unbekümmert, hob jedoch die Hand, um mir die Tränen vom Gesicht zu wischen.

»Doch, du weinst«, widersprach er. »Warum?«

»Ich weiß es nicht einmal«, erwiderte ich und bettete meinen Kopf an seine Schulter. »Es ist so lange her gewesen für mich, Leo, und so ist es nie gewesen. Ich bin sehr lange mit nichts und niemandem in mein Bett gestiegen, außer meinem Vibrator.«

Er lachte leise vor sich hin. Ich gab ihm einen Klaps auf die Schulter. »Ich meine es ernst. Ich war nur mit mir allein zusammen.«

Er streichelte sanft meinen nackten Arm. »Ich weiß, Süße. Für mich gilt das Gleiche. Aber es hat mir ehrlich nichts ausgemacht, allein zu sein, bis ich dir begegnet bin.«

»Ich glaube auch nicht, dass ich etwas vermisst habe«, stimmte ich zu. »Bis ich einen Mann getroffen habe, über den ich bis dahin nur fantasieren konnte.«

»Der Indiana Jones der wilden Tiere«, bemerkte er trocken. »Süße, du bist viel zu gut für mich.«

Ich schnaufte. »Sicher. Du Glücklicher, du hast jetzt eine Freundin, die neurotische Haustiere adoptiert, die von Toilettenspülungen besessen sind. Leo Lancaster, du hättest jede Frau haben können, die du willst.«

Er küsste mich auf den Scheitel. »Die einzige Frau, die ich je wirklich wollte, warst du, wahrscheinlich weil du so gutherzig bist, die neurotischen Haustiere zu adoptieren, die sonst niemand haben will.«

»Ich kann noch nicht einmal herausfinden, wie man eine Campingdusche benutzt«, erinnerte ich ihn scherzhaft.

»Nun«, erwiderte er gutmütig, »das wird niemals ein Problem sein. Ich würde jederzeit da draußen stehen bleiben und sie für dich halten.«

»Du bist ein Perversling«, neckte ich ihn.

»Kaum« erwiderte er. »Es gibt keinen heißblütigen Mann auf diesem Planeten, der einer schönen Frau wie dir nicht helfen würde mit der Lagerdusche.«

»Ich werde deine Hilfe sicher nicht mehr brauchen. Ich weiß jetzt, wie man sie benutzt.«

»Das ist schade«, erwiderte er mit gespielter Enttäuschung, als er sich aus meinem Körper zurückzog und aufstand, um sich des Kondoms zu entledigen. Er schlüpfte in seine Stiefel.

Als er begann, den Reißverschluss des Zeltes zu öffnen, sagte ich: »Du gehst doch sicher nicht in den Regen hinaus, nur um ein Kondom zu entsorgen.«

Ich konnte sein Gesicht nicht genau sehen, aber ich konnte die Amüsiertheit in seiner Stimme hören, als er antwortete: »Doch, das werde ich tun. Ich gebe zu, dass ich mir nicht sicher bin, welche Regeln es gibt, wenn man ein Kondom in der freien Natur loswerden muss, aber etwas in der Art muss es wohl sein. Nach dem, was gerade passiert ist, lasse ich mich gern nass regnen, damit du in dem Glauben bleibst, einen tollen Kerl gefunden zu haben, der dich nicht mit einem benutzten Kondom den Raum teilen lässt.«

Ich lachte, als er die Zelttür öffnete und nach draußen stürmte.

Es war nicht gerade kalt, aber er war splitterfasernackt, und ich konnte hören, dass es immer noch regnete.

Zugegeben, ich merkte, dass der Regen nachgelassen hatte, aber dennoch …

Leo kam ein paar Minuten später durch die Tür zurück, zog seine Stiefel aus und trocknete sich mit einem Handtuch ab.

»Ich habe uns Wasser mitgebracht«, sagte er und reichte mir eine Flasche.

Ich setzte mich auf und nahm sie entgegen. »Danke.«

Ich war tatsächlich durstig und leerte schnell die ganze Flasche in einem Zug.

Auch er leerte seine Flasche, stellte sie beiseite und kehrte ins Bett zurück.

»Deine Haut ist kalt«, stellte ich mit schrillem Lachen fest, als er mich eng an sich zog.

»Ich werde dich schon wieder aufwärmen«, versprach er.

Ich kuschelte mich an ihn, ungeachtet seiner kühlen Haut. »Was machen wir, wenn es bis morgen früh nicht aufhört zu regnen?«

»Ich habe da ein paar Ideen«, erwiderte er zweideutig in seinem Bariton. »Und keine davon beinhaltet, dass wir jemals aus diesem Bett aufstehen.«

»Beinhaltet eine davon, etwas zu schlafen?«, wollte ich wissen.

»Eigentlich nicht, aber vielleicht können wir etwas schlafen, falls wir müde werden. Wahrscheinlich müssen wir auch gelegentlich etwas essen«, erwiderte er.

»Was machst du normalerweise an regnerischen Tagen draußen im Feld?«, erkundigte ich mich lächelnd.

»Normalerweise gehe ich los und hole die Bewegungskameras, um die Dateien herunterzuladen und alle Zeitpunkte zu überprüfen, in denen sie ausgelöst wurden«, antwortete er.

»Aber jetzt hast du andere Ideen«, hakte ich nach.

»In Anbetracht meiner gegenwärtigen Gesellschaft, verdammt, ja«, knurrte er. »Wir haben Zeit. Die Kameras können warten.«

Ich lächelte und küsste seine muskulöse Brust, wobei ich mich fragte, wann er sich das letzte Mal von der Arbeit freigenommen hatte, um Sex zu haben.

Ich war mir ziemlich sicher, dass das noch nicht oft vorgekommen war.

»Jetzt hast du mich dazu gebracht, mir Regen zu erhoffen«, flüsterte ich.

Er umfasste meinen Hintern und zog mich fester an sich. »Wir können uns unseren eigenen Regentag machen, Frau. Es gibt niemanden, der es uns verbietet.«

Ich kicherte und schwang ein Bein über seinen Körper.

Ich hatte nicht vor, mit ihm darüber zu streiten.

KAPITEL 22

Leo

DIE FOLGENDEN SECHS Tage waren wahrscheinlich die besten in meinem ganzen Leben.

Ich befand mich auf der Zielgeraden in meinen Bemühungen um die Beweise, dass der lanianische Luchs noch existierte, aber noch besser war, dass ich es mit der Frau tat, die ich liebte.

Zur Hölle, ja, ich wusste inzwischen, dass ich Macy Palmer liebte. Wahrscheinlich hatte ich es schon lange gewusst, aber seitdem ich gemerkt hatte, dass sie nicht bereit war, eine solche Bindung einzugehen, hatte ich es wahrscheinlich nicht wahrhaben wollen.

Ich wollte versuchen, Macy nicht zu mehr zu drängen, was nicht leicht sein würde, da ich genau wusste, was ich wollte.

Ich würde weiterhin hoffen, dass sie einfach nur Zeit brauchte.

Zeit, um darauf zu vertrauen, dass ich nicht vorhatte, sie aufzugeben und sie allein zu lassen.

Zeit, um zu entdecken, dass es sich lohnt, ein Risiko einzugehen, wenn man den richtigen Menschen gefunden hat.

Die Zeit war auf unserer Seite. Im Moment nahm ich das als Geschenk, was sie mir gab, und um den Rest würde ich mich später sorgen.

Während der letzten sechs Tage hatten wir uns gelegentlich eine Pause gegönnt.

Einmal, um einen ganzen Tag lang im Bett zu bleiben, weil wir nicht genug voneinander bekommen konnten.

Ein anderes Mal wanderten wir zur Küste hinunter, weil ich gehört hatte, dass der Anblick zu schön wäre, um ihn zu verpassen.

Die Wanderung hatte sich auf jeden Fall gelohnt.

Heute arbeiteten wir und ich hoffte, dass heute der Tag sein würde, an dem wir endlich eine Katze zu Gesicht bekämen.

Ich hatte darauf verzichtet, die Daten der Bewegungskameras durchzugehen, weil ich mir sicher war, dass wir mit diesen Videos alle Beweise haben würden, die wir brauchten, zusätzlich zu DNA-Proben von Kot und Haaren als weiteren unbestreitbaren Beweisen. Nichtsdestotrotz wünschte ich mir, dass Macy und ich den lanianischen Luchs persönlich zu Gesicht bekämen.

Es würde ein besonderes Erlebnis sein, das wir miteinander teilen und hoffentlich nie vergessen würden.

»Oh mein Gott«, sagte Macy und hustete. »Das Fleisch, das du auf der Lichtung auslegen willst, stinkt furchtbar.«

Ich grinste sie an, während ich noch mehr Laub auf den versteckten Beobachtungsposten schichtete, den ich gerade baute. »Darum geht es ja gerade. Ich garantiere dir, dass ein Luchs den Gestank köstlich findet.«

Ich hatte das Fleisch absichtlich schlecht werden lassen, damit der Geruch den unseren überdecken und ein hungriges Raubtier anlocken würde.

Sie rümpfte die Nase, als sie mir half, noch mehr tote Blätter auf das Dach des Verstecks zu häufen. »Das hoffe ich, denn für uns Menschen riecht es widerlich verfault.«

Ich lachte leise vor mich hin. »Es wird nicht mehr so schlimm sein, sobald wir im Versteck sitzen.«

»Glaubst du wirklich, dass wir einen sehen werden?«, fragte sie.

Ich betrachtete den hoffnungsvollen Ausdruck auf ihrem Gesicht, das mich ständig daran erinnerte, warum ich mich in diese Frau verliebt hatte.

Sie besaß ein großes Herz.

»Wir wissen bereits, dass sie hier sind«, erinnerte ich sie. »Wir haben doch sogar einige Spuren entdeckt, die in die Berge führen. Ich glaube, wir werden einen sehen.«

»Ich habe die Kamera vorbereitet, nur für den Fall«, versicherte sie mir.

Da Macy eine weitaus bessere Fotografin war als ich, experimentierte sie schon seit unserer Ankunft hier mit ihrer Kamera bei schlechtem Licht. Ich hatte kein Problem damit, wenn sie alle Fotos machte.

»Ich habe das stinkende Fleisch ausgelegt«, neckte ich sie und blickte in den Himmel hinauf.

Es würde nicht mehr lange dauern, bis die Sonne unterging.

Ich zog Macy mit mir in das Versteck. Nun waren sowohl unser Geruch als auch unsere Körper für einen Luchs nicht mehr wahrzunehmen.

Für die nächsten zwanzig Minuten lagen wir beide absolut still und ruhig Schulter an Schulter nebeneinander und richteten unsere ganze Aufmerksamkeit auf die Lichtung vor uns, während die Sonne am Himmel zu sinken begann.

Mit meinem geschulten Blick suchte ich das Gelände immer und immer wieder mit dem Fernglas ab und versuchte, etwas zu entdecken, von dem ich bereits wusste, dass es sich gut in die Landschaft einfügen würde.

Dann sah ich ihn.

Der Luchs war riesig, was bedeutete, dass es sich wahrscheinlich um ein männliches Exemplar handelte.

Obwohl ich diesen Job schon seit Jahren machte, hatte ich immer noch diesen ersten Moment des ehrfürchtigen Staunens, ein Tier zu sehen, das theoretisch ausgestorben war. Normalerweise dauerte es etwa eine Minute, bis ich die surrealen Gefühle, die mit diesem Ereignis verbunden waren, verarbeitet hatte.

Heute jedoch teilte ich diese Erfahrung mit Macy und so gab ich ihr ein unmerkliches Zeichen, dass ich eine Katze gesehen hatte, einen leichten Druck auf ihre Hand, den sie sofort bemerkte.

Sie bewegte sich nicht.

Sie sagte nichts.

Sie begann aber, unseren Luchs mit dem Objektiv ihrer Kamera zu suchen.

Ich spürte den Augenblick, in dem sie die Katze mit der Linse einfangen konnte, als diese sich dem köstlich duftenden Fleisch näherte.

Ich hatte alles getan, was ich konnte, um den menschlichen Geruch von dem Köder zu entfernen, also hoffte ich, dass der Luchs die unerwartete Mahlzeit annahm.

Er kam näher und ich atmete erleichtert auf, als die Katze ihren ersten Bissen tat.

Ich konnte die Streifen und Punkte auf dem hellbraunen Fell erkennen und als er erst einmal auf der Lichtung war, war er leicht zu identifizieren.

Er war nahe genug, um ihn ohne Fernglas zu sehen, aber ich benutzte es dennoch weiterhin, denn ich wollte versuchen, den Gesundheitszustand des Tieres zu beurteilen.

Soweit ich sehen konnte, sah er gesund und wohlgenährt aus.

Offensichtlich gab es noch eine Population dieses seltenen Tieres auf der Erde. Nick würde noch viel zu tun haben, um herauszufinden, wie viel Inzucht es unter ihnen gab, wie nahe sie verwandt waren und wie viele es noch gab, aber es bestand Hoffnung, dass sich der Bestand erholen konnte, wenn man die Tiere in Ruhe ließ.

Ich blickte zu Macy hinüber, die immer noch leise Fotos machte, und bemerkte, dass ihr die Tränen über die Wangen liefen.

Ich wusste, dass es Freudentränen waren.

Allein das Wissen, dass ich ihr etwas schenken konnte, das sie so glücklich machte, machte diesen verdammt fantastischen Tag für mich noch ein bisschen besser.

Wir beobachteten stumm und regungslos, wie die Sonne vollständig unterging und der Luchs seine Mahlzeit hastig beendete.

Einen Moment lang sprach niemand von uns beiden, auch nicht, als die Katze außer Sichtweite war.

Macy war die Erste, die das Schweigen brach, als sie flüsterte: »Oh mein Gott, Leo. Ist das wirklich gerade geschehen?«

»Ja«, bestätigte ich, während ich ihr die Tränen vom Gesicht wischte.

»Jetzt weiß ich, warum du tust, was du tust, egal wie unbequem es auch sein mag«, sagte sie mit ehrfürchtiger Stimme. »Das ist wahrscheinlich das Außergewöhnlichste, was ich je erlebt habe. Laut dem Rest der Welt ist dieses Tier praktisch ausgestorben. Danke, dass du dieses Erlebnis mit mir geteilt hast, Leo. Ich werde es nie vergessen.«

»Wer sagt, dass wir das nicht irgendwann wiederholen können?«, fragte ich.

Ich hatte vor, mein ganzes Leben mit dieser Frau zu verbringen. Es würde sich mit Sicherheit eine Gelegenheit ergeben.

In der Zukunft würde es weitere Expeditionen geben. Ich mochte zwar nicht vorhaben, viel unterwegs zu sein, aber Macy und ich könnten gelegentlich eine Reise unternehmen.

Obwohl es sehr eng in unserem Unterschlupf war, schaffte sie es, ihre Arme um mich zu schlingen und mich zu umarmen.

Ich hielt sie einen Moment lang fest und genoss die spontane Zuneigung.

»Und was geschieht jetzt?«, wollte Macy wissen.

»Jetzt beginnt das Schwierigste«, erklärte ich ihr. »Nick muss schätzen, wie viele Tiere es gibt, und wahrscheinlich einige betäuben, um die Genetik und die Gesundheit der Tiere zu überprüfen. Wenn alles gut aussieht, brauchen sie vielleicht nur Zeit, um die Population zu vergrößern. Möglicherweise müssen wir nicht eingreifen, außer sie zu beobachten, um zu sehen, ob es einen Fortschritt gibt.«

»Er war so schön«, meinte sie, während sie ein wenig von mir abrutschte und die Hände ausstreckte. »Ich zittere immer noch. Ich nehme an, dass es ein Männchen war, wegen seiner Größe.«

»Ich glaube, wir denken ähnlich«, antwortete ich. »Er war groß, also ja, ich nehme auch an, dass es ein Männchen war.«

Vorsichtig befreite ich mich aus unserem Versteck und half auch Macy heraus.

Sie begann sofort, ihre Fotos durchzusehen.

»Sie sind wirklich gut geworden«, bemerkte ich, als ich ihr über die Schulter blickte. »Du bist eine Frau mit vielen Talenten.«

Ich nahm ihre Hand und wir kehrten zum Lager zurück.

Ich würde den Sichtschutz vorerst intakt lassen, nur für den Fall, dass wir den Luchs noch einmal sehen wollten.

»Was machen wir jetzt?«, wollte sie wissen. »Wir haben unzählige Fotos. Fliegen wir zurück nach Kalifornien?«

»Ich muss alle Bewegungskameras und Haarfallen einsammeln. Wir brauchen so viele Videos und Proben, wie wir bekommen können. Ich werde sie morgen einsammeln und übermorgen können wir abreisen. Wir haben hier alles bekommen, was wir brauchen«, informierte ich sie.

Beinahe hasste ich es, abreisen zu müssen.

Ich hatte einige sehr schöne Erinnerungen an diese Gegend gesammelt.

»Ich freue mich darauf, an die Arbeit zu gehen, Leo. Im Zentrum gibt es für mich so viel über die neuesten Artenschutztechniken zu lernen. Es wird sich für mich wirklich wie ein Neuanfang anfühlen. Eine neue Stadt, ein herausfordernder neuer Job und ein neuer, wunderbarer Mann in meinem Leben. Ich glaube, ich habe mich viel zu lange in einem Zwischenstadium gefühlt, während ich im Tierheim gearbeitet habe«, erklärte sie.

»Wirst du es bereuen, Newport Beach zu verlassen?«, fragte er.

»Nein«, erwiderte sie. »Jetzt, da Kylie und Nicole nicht mehr dauerhaft dort leben, bin ich froh, dass ich umziehe. Ohne sie wird es sich nicht mehr wirklich wie ein Zuhause anfühlen.«

Da ihre Familie auch weg war, machte das Sinn.

Ich holte tief Luft und zwang mich, sie nicht zu fragen, ob sie auf eine eigene Wohnung verzichten und stattdessen einfach bei mir einziehen wollte.

Aber ich wusste, dass es wahrscheinlich zu früh war.

Ich hatte es offensichtlich mit der Forderung nach einer festen Beziehung bereits übertrieben.

Verflucht! Ich musste mich zwingen, es langsamer angehen zu lassen.

Eines Tages würde sie herausfinden, dass mein Herz ihr gehörte und dass ich lieber sterben würde, als sie zu verletzen, aber jetzt war nicht der richtige Zeitpunkt, es ihr zu sagen.

Sie hatte eine Menge Veränderungen in ihrem Leben vor sich.

Ein neuer Job.

Eine neue Stadt.

Eine neue Beziehung.

Ich konnte zumindest warten, bis sie sich eingelebt hatte, bevor ich den Feldzug begann, eine ganze Menge mehr einzufordern.

KAPITEL 23

Macy

»ICH MUSS ZUGEBEN, dass ich immer noch neidisch auf diese Aussicht bin«, sagte ich zwei Wochen später scherzhaft zu Leo, als wir nach dem Abendessen auf seiner Terrasse saßen. »Vom Balkon meiner Wohnung sehe ich nichts als Beton.«

Eine Woche nach unserer Rückkehr aus Lania hatte ich nun auch mein Hab und Gut in Bewegung gesetzt und war umgezogen.

Da ich in Palm Springs eine Wohnung gefunden hatte, die für meine Zwecke genügte, und sie außerdem bereits bezahlt hatte, sah ich keinen Grund, nicht so schnell wie möglich umzuziehen.

Ich hatte eine schöne Dreizimmerwohnung auf der anderen Seite von Palm Springs gefunden, aber immer öfter landete ich zum Abendessen bei Leo.

Er hatte dafür gesorgt, dass Hunter bei ihm zu Hause alles hatte, was er brauchte, sodass ich nie etwas mitschleppen musste, wenn ich Hunter mitbringen wollte.

Wie versprochen nahm Leo an allen Vorstellungsgesprächen im Zentrum für das reguläre Personal teil und gemeinsam hatten wir die bestmögliche Mannschaft für das Krankenhaus und das Rehazentrum eingestellt, die in zwei Wochen eröffnet werden sollten.

Er verfügte über Fachleute, die bereits an den Habitaten für die Zuchtprogramme in Gefangenschaft arbeiteten, auf die er sich bis jetzt festgelegt hatte, aber wir hatten auch zusammengearbeitet, um einige der Mitarbeiter einzustellen, die wir nach der Ankunft der Tiere benötigen würden.

Unsere Tage im Zentrum waren mit Vorbereitungen, Koordination und Papierkram ausgefüllt.

Mit der Eröffnung der Klinik und der Rehaeinrichtung und dem Eintreffen der ersten Zuchtpaare würden wir eine ganz andere Art von Arbeit vor uns haben.

»Das ist nur ein Grund mehr, die meiste Zeit bei mir zu verbringen«, erwiderte Leo.

Ich schnaufte und nahm mein Weinglas vom Beistelltisch meines Liegestuhls. »Als würdest du mich nicht bereits genug sehen, im Zentrum und während der Abende, die ich hier verbringe.«

Leo und ich saßen in Liegestühlen, die so nahe beieinanderstanden, dass wir ebenso gut in einem einzigen hätten sitzen können.

»Dein Büro liegt auf der entgegengesetzten Seite des Zentrums«, antwortete er. »Es ist ja nicht so, als hielten wir uns den ganzen Tag im selben Raum auf. Außerdem kommst du bereits im Morgengrauen ins Büro. Du arbeitest zu viele Stunden.«

Ich nahm einen Schluck von meinem Wein und stellte das Glas wieder auf den Tisch.

Er hatte recht. Wir verbrachten tagsüber tatsächlich nicht viel Zeit miteinander.

Leos Job war es, mit den verschiedenen Organisationen an den Artenschutzplänen zu arbeiten.

Meiner war es, bis zu ihrem Eintreffen alles für die Pflege der Tiere vorzubereiten.

Tagsüber sah ich mehr von Jaya per Videokonferenz als von Leo.

»Wegen der Zeitverschiebung bin ich so früh dort«, erinnerte ich ihn. »Ich lerne sehr viel von Jaya, aber ich muss dafür sorgen, dass unsere Sitzungen für sie machbar sind.«

Wenn ich hier am frühen Morgen mit Jaya sprach, war es in England bereits Nachmittag.

Leo griff nach meiner Hand und verschränkte unsere Finger auf der Armlehne meines Liegestuhls miteinander. »Dann werde ich sie hierher in die USA holen«, versprach er. »Macy, ich habe dir diese Stelle nicht gegeben, damit du dich umbringst, indem du täglich zwölf Stunden arbeitest. Ich will meine Mitarbeiter nicht auf diese Weise auslaugen. Das ist weder gesund noch produktiv.«

»Es ist ein vorübergehender Zustand«, versicherte ich ihm. »Ich will sichergehen, dass ich alles richtig mache.«

Ich hatte meinen Traumjob.

Ich wollte dafür sorgen, dass ich für jede Herausforderung bereit war.

»Wir werden alles richtig machen«, sagte Leo bestimmt. »Es ist eine Teamleistung, Macy. Versuche nicht, alles allein zu machen, meine Schöne.« Er zögerte, bevor er fragte: »Bleibst du heute Nacht bei mir?«

Es war Freitagabend, also hätte ich leicht die Nacht oder sogar das ganze Wochenende bleiben können, aber ich zögerte ein wenig, Leo eine Antwort zu geben.

Es war nicht so, als hätte ich nicht die ganze Nacht bei ihm bleiben wollen, aber der Sex zwischen uns beiden wurde manchmal so intensiv, dass es fast beängstigend war.

Manchmal musste ich fliehen, bevor ich etwas Dummes sagte oder tat.

»Ich muss morgen vielleicht ins Büro«, wehrte ich ab.

»Es ist Samstag«, erinnerte Leo mich. »Auf keinen Fall. Wenn das Zentrum weder in Flammen steht noch ein Notfall ansteht, arbeitest du nicht am Wochenende. Verdammt, Macy, du machst schon während der Woche Überstunden. Was zum Teufel ist so wichtig, dass du morgen dort sein musst?«

Nichts.

Es gab absolut nichts Wichtiges, das meine Anwesenheit im Zentrum am nächsten Tag erforderte.

»Ich glaube, ich sollte gehen«, sagte ich, stand vom Liegestuhl auf und griff nach meinem Weinglas.

Wir hatten einen wirklich guten Abend miteinander verbracht. Und den wollte ich auf keinen Fall durch eine Meinungsverschiedenheit über die Arbeitszeiten verderben.

Leo und ich stritten uns nicht, und das sollte auch so bleiben.

Unsere Beziehung war warm, aber nicht fordernd. Wir hatten wahnsinnig guten Sex und wir konnten über fast alles reden.

Er folgte mir, als ich durch die Schiebetür ins Haus und in die Küche ging, um mein Glas in den Geschirrspüler zu stellen.

»Wenn du nicht bleiben willst, kannst du es einfach sagen«, sagte er, während er sich gegen die Arbeitsplatte lehnte und die Arme vor der Brust verschränkte. »Du musst nicht wie eine Verrückte arbeiten, um die Nacht nicht mit mir verbringen zu müssen.«

War es das, was ich gerade tat?

Wahrscheinlich.

Aber ich wollte es mir nicht eingestehen.

»Warum ist es wichtig, ob ich über Nacht bleibe oder wie viel ich im Zentrum arbeite, Leo?«, fragte ich ihn, mittlerweile gestresst.

So lief es normalerweise nicht zwischen uns.

Leo und ich führten eine feste Beziehung, aber wir mischten uns nicht wirklich in die Angelegenheiten des anderen ein.

Wir hatten glühend heißen Sex, aber normalerweise kehrte ich am Ende des Abends in meine eigene Wohnung zurück.

Wir unterhielten uns und tauschten Ideen und Informationen aus.

Wir unternahmen gemeinsame Aktivitäten, die uns beiden Spaß machten.

Wir arbeiteten zusammen, aber Leo hatte meine Position im Zentrum nie reglementiert … bis jetzt.

»Ist es dir jemals in den Sinn gekommen, dass ich mir vielleicht nur Sorgen um dich mache?«, fragte Leo in einem gereizten Ton, den ich noch nie von ihm gehört hatte.

Ich drehte mich zu ihm herum und fragte in leicht panischem Tonfall: »Warum? Ich bin erwachsen, Leo, und ich passe schon seit Langem auf mich selbst auf.«

»Mist!«, fluchte Leo und klang jetzt wütend. »Wir können also ficken, aber ich darf mich niemals um dein Wohlbefinden sorgen?«

Mein Herz begann zu rasen und ich spürte, wie mir der Schweiß auf die Stirn trat.

Ich wollte mich nicht mit ihm streiten.

»Es ist gut für uns, so wie es ist, Leo. Du brauchst dir keine Sorgen um mich zu machen. Ich kann gut selbst auf mich aufpassen«, gab ich zurück.

Er kam langsam näher. »Ist jetzt alles genau so, wie du es haben willst, Macy? Wir haben atemberaubenden Sex, aber normalerweise bleibst du danach nicht lange.«

Ich begann, etwas schwerer zu atmen, und meine Handflächen begannen zu schwitzen.

Er hatte recht.

Ich verschwand wie der Blitz durch die Tür und je fantastischer der Sex wurde, desto schneller lief ich.

»Ich bin schlecht in Beziehungen, Leo. Das weißt du und das wusstest du auch, als du diese Beziehung eingegangen bist«, erklärte ich nervös. »Ich verstehe wirklich nicht, warum wir es nicht einfach halten können.«

Das war einfacher.

Es machte mehr Sinn.

Und so würden wir jede Art von Unstimmigkeiten vermeiden.

Leo drückte mich gegen die Arbeitsplatte. »Ich dachte, ich würde es einfach halten«, sagte er heiser. »Habe ich irgendetwas von dir gefordert?«

Ich schüttelte langsam den Kopf, während ich in seine schönen, blauen Augen blickte. »Nein«, flüsterte ich. »Deshalb verstehe ich auch nicht, warum du dich über meine Arbeitszeiten streiten willst oder darüber, ob ich die Nacht hier verbringe oder nicht. Ich verstehe nicht, was du jetzt gerade von mir willst.«

»Unser Ding ist vielleicht ein bisschen zu einfach für mich, Macy«, knurrte Leo. »Und es wird immer einfacher, je weiter wir gehen. Ich habe gespürt, wie du so viel Distanz zwischen uns geschaffen hast wie möglich, und ich verstehe wirklich nicht warum. Es ist mir nicht egal, denn ich liebe dich, Macy. Es ist mir nicht egal, wenn du dich überarbeitest. Es ist mir nicht egal, wenn du nicht genügend Schlaf bekommst. Ich sorge mich um alles, was dein Wohlbefinden und deine Gesundheit betrifft. So ist das, wenn man jemanden liebt, Süße.«

Ich blinzelte heftig und meine Augen weiteten sich. »Du … liebst mich?«, fragte ich so leise, dass ich kaum zu hören war.

Er legte mir sanft die Hände auf die Schultern. »Willst du mir wirklich erzählen, dass du das nicht schon wusstest?«, fragte er. »Willst du behaupten, du hattest keine Ahnung, dass ich gehofft habe, du würdest mich eines Tages heiraten und mich aus meinem Elend befreien?«

Mein Herz raste schneller und schlug so heftig, dass ich hätte schwören können, es in meinen Ohren pochen zu hören. »Nein, Leo«, stieß ich hervor und schüttelte den Kopf. »Du kannst mich nicht lieben und ich kann dich nicht lieben. Wir können nicht heiraten. Niemals. Ich kann nicht.«

»Unsinn!«, erwiderte Leo heiser, während er mir in die Augen blickte. »Ich liebe dich bereits und die Ehe ist keine Gefängnisstrafe, Macy. Ich weiß, du hast Angst, und vielleicht habe ich dich damit überrumpelt, aber ich glaube, dass du mich auch magst. Ich glaube nicht, dass du andernfalls eine Beziehung mit mir eingegangen wärst. Sag mir nicht, dass es für uns überhaupt keine Chance gibt.«

»Ich. Kann. Dich. Nicht. Lieben«, sagte ich mit festerer Stimme. »Und ich will nicht, dass du mich liebst.«

»Du kannst mich nicht lieben oder du willst mich nicht lieben?«, fragte er schroff. »Was von beidem ist es, Macy? Wir werden gemeinsam daran arbeiten. Ich werde geduldig sein. Ich muss nur wissen, dass es eine Chance auf eine Zukunft gibt.«

Ich löste mich aus seinem Griff und nahm meine Handtasche vom Tresen. »Keins von beidem«, schrie ich am ganzen Körper zitternd. »Es gibt keine Chance auf irgendetwas. Verstehst du denn nicht? Ich kann dich nicht lieben und du kannst mich nicht lieben.«

Tränen liefen mir über das Gesicht, als ich diese Worte von mir gab.

Ich konnte den Schmerz in seinen Augen sehen und das brachte mich beinahe um, aber ich musste mich klar ausdrücken.

Ich konnte ihn nicht heiraten.

Es gab keine Zukunft für uns.

Ich konnte ihn nicht in dem Glauben lassen, dass das möglich wäre.

Er ergriff meinen Oberarm, als ich zur Tür lief.

»Ich liebe dich wirklich, Macy«, knurrte er, während er mich zu sich herumdrehte. »Wahrscheinlich habe ich das von Anfang an getan. Lauf nicht davor weg. Ich weiß verdammt gut, dass du das Gleiche empfindest wie ich. Ich fühle diese Art von Verbindung nicht allein.«

Ich entriss ihm meinen Arm.

»Es ist nichts, über das ich nicht hinwegkommen könnte«, erklärte ich verzweifelt. »Ich kann das nicht mehr, Leo.«

»Na gut«, sagte er barsch. »Ich kann dich nicht zwingen, mich zu lieben, Macy. Fahr vorsichtig.«

Ich eilte zur Tür. »Ich werde am Montag meine Kündigung einreichen.«

»Tu das nicht«, sagte er mit rasselnder Stimme. »Wir können uns professionell verhalten. Wie du sagtest, wir werden darüber hinwegkommen. Es gibt keinen Grund, deswegen deinen Job aufzugeben. Ich möchte, dass du bleibst.«

Mir liefen immer noch die Tränen über das Gesicht, als ich nickte.

Unfähig, ein weiteres Wort zu sagen, öffnete ich die Tür und flüchtete.

KAPITEL 24

Leo

»Es ist acht Uhr an einem Samstagmorgen«, knurrte Dylan, als er meinen Anruf entgegennahm. »Ich hoffe, du hast einen guten Grund.«

»Ich möchte nur wissen, was man macht, wenn man sein Happy End nicht bekommt«, informierte ich meinen Bruder, während ich mir ein weiteres Gläschen von dem guten irischen Whisky einschenkte.

Ich hatte ihn von einem Kollegen zur Einweihung meines Hauses in Palm Springs bekommen.

Ich hatte angenommen, dass ich ihn niemals trinken würde.

Ich hatte mich geirrt.

»Leo?«, fragte Dylan, der jetzt wacher klang. »Verflucht! Ich brauche einen Kaffee. Zur Hölle, wovon redest du?«

Im Hintergrund hörte ich eine verschlafene, weibliche Stimme, die vermutlich Kylie gehörte. Dylan sagte ihr, sie solle wieder einschlafen, als er offensichtlich das Schlafzimmer verließ.

Ich kippte den Whisky hinunter und bemerkte, dass meine Umgebung begann, ein wenig verschwommen auszusehen. »Ich will wissen, was ein Mann tun soll, wenn er sein Happy End nicht bekommt. Wenn die Frau, die er liebt, seine Gefühle nicht erwidert. Wenn sie ihm erklärt, dass es absolut keine Hoffnung auf irgendeine Art von Zukunft mit ihm gibt, weil er ihr nichts bedeutet. Kylie liebt dich und ihr werdet heiraten. Nicole liebt Damian. Happy End.«

»Warte«, sagte Dylan. »Lass mich raten. Macy liebt dich nicht und es gibt kein Happy End? Was zum Teufel trinkst du da, Leo? Du klingst, als wärst du total besoffen.«

»Irischen Whisky«, erwiderte ich. »Und nun sag mir, was geschieht, wenn es kein Happy End gibt.«

Ich konnte im Hintergrund das Geräusch brodelnden Kaffees hören, als Dylan antwortete: »Was ist geschehen? Es muss schlimm gewesen sein, wenn es dich veranlasst hat, dich zu betrinken. Ich kann mich nicht erinnern, dich jemals besoffen gesehen zu haben. Ich habe doch erst vor achtundvierzig Stunden mit dir gesprochen und du warst unverschämt glücklich bei der Aussicht auf deine Zukunft.«

Ich klärte Dylan auf, was geschehen war.

»Ich wusste, dass es nicht leicht sein würde«, gab ich zu. »Ich nahm an, dass es immer noch einen Teil in ihr gibt, der noch nicht geheilt ist, aber ich wusste nicht, dass sie nichts für mich empfindet. Absolut nichts.«

»Wenn du erst einmal deinen Kater überwunden hast, wirst du erkennen, dass das absolut nicht wahr ist«, meinte Dylan.

»Aber sie hat es so gesagt, also bezweifle ich, dass du recht hast«, erwiderte ich zynisch. Inzwischen begann ich zu lallen.

»Du wirst sie also einfach gehen lassen? Einfach so?«, wollte Dylan wissen. »Sie läuft weg, weil sie Angst hat, und du drehst ihr einfach so den Rücken zu?«

Ich starrte auf das weitere Glas Whisky, das ich mir einschenkte, und dachte über die Frage nach.

»Verflucht!«, stieß ich hervor, schleuderte das verdammte Glas gegen die Wand und griff stattdessen nach der Flasche. Das war einfacher. »Sie schert sich einen Dreck um mich, Dylan. Es ist nicht so, als hätte sie sich einfach nur zurückgehalten. Das hat sie mir ins Gesicht gesagt.«

Ich hatte es laut und deutlich gehört.

»Du bist gerade verletzt, Leo, und ich kann weiß Gott nachempfinden, wie sich das anfühlt. Ich verstehe, warum du einen Schutzwall um dich errichten willst, aber wenn du das tust, wirst du es bereuen. Du weißt, was sie durchgemacht hat, und du wusstest, dass dir Steine in den Weg gelegt würden, aber ich dachte, du hättest das Gefühl gehabt, sie wäre es dir wert«, sagte Dylan.

»Das hatte ich auch«, versicherte ich ihm schnell. »Aber wenn sie wirklich nichts empfindet, wie sie sagt, gibt es keine Hoffnung. Ich kann sie nicht zwingen, mich zu lieben, Dylan.«

»Lass mich dir eine Frage stellen«, erwiderte er. »Ich bin mir sicher, dass ihr miteinander schlaft. Glaubst du wirklich, dass sie eine Frau ist, die das tun könnte, wenn sie absolut nichts für dich empfinden würde?«

Ich schlug frustriert mit der Hand auf den Tisch. »Noch vor einem Tag hätte ich behauptet, das könnte sie auf keinen Fall, aber seit gestern Abend weiß ich es einfach nicht mehr. Es muss etwas in ihr vorgegangen sein, Dylan. Du hast recht. Sie hatte wahrscheinlich Angst und ich habe sie erschreckt, als ich ihr gesagt habe, dass ich sie liebe. Zur Hölle, es ist mir überhaupt nicht in den Sinn gekommen, dass sie das nicht bereits wusste. Ich habe es allerdings nie laut ausgesprochen.«

»Glaubst du, es war eine Art Auslöser, als du ihr deine Liebe gestanden hast?«, fragte er.

»Ich glaube, es hat sie an ihre Grenzen gebracht. Sie hatte einen wilden Blick und war furchtbar entsetzt. Ich habe sie noch niemals so gesehen. Das hat gereicht, um das Ego eines Mannes zu zerstören«, knurrte ich.

Ich nahm einen Schluck aus der Flasche, während ich versuchte, mich daran zu erinnern, wann genau Macys Panik eingesetzt hatte, aber mein Gedächtnis war aufgrund meines berauschten Zustands vernebelt.

»Ich glaube, du musst aufhören, Whisky hinunterzukippen, und zu denken anfangen, Leo. Du liebst diese Frau.«

»Was soll ich deiner Meinung nach tun?«, forderte ich gereizt. »Sie sagt, sie liebt mich nicht und dass wir keine Zukunft haben.«

»Wenn es sich um eine andere Frau handeln würde, so würde ich dir raten, die Beine in die Hand zu nehmen«, antwortete Dylan. »Aber es geht um Macy und wir kennen ihre Geschichte. Und ob du es nun zugeben willst oder nicht, du kennst ihr Herz. Ich glaube keine Sekunde, dass sie deine Liebe nicht erwidert. Sie kann lediglich nicht mit ihren Gefühlen umgehen. Das ist ein Schutzmechanismus, der in der Vergangenheit bei ihr funktioniert hat. Sie hat niemals gelernt, ihn auszuschalten, weil sie damit mental gesund bleiben konnte. Jetzt braucht sie ihn nicht mehr, aber das ist ihr noch nicht bewusst.«

Ich stellte die Flasche auf dem Tisch ab. »Woher willst du das wissen?«, hakte ich nach, da ich tatsächlich einsah, dass in seinen Worten eine gewisse Wahrheit liegen könnte.

»Ich habe genügend eigene Therapien hinter mir«, meinte er trocken. »Ich frage mich, ob Macy sich jemals Hilfe gesucht hat, um ihre Vergangenheit zu verarbeiten. Falls das nicht der Fall ist, so hege ich keinen Zweifel, dass sie jetzt zutiefst verwirrt ist.«

Zurückblickend erinnerte ich mich nicht, dass Macy jemals erwähnt hätte, irgendeinen Therapeuten besucht zu haben. »Ich glaube nicht, dass sie das getan hat. Verdrängung war ihr Schutzmechanismus. Mist! Ich hätte ihr wahrscheinlich vorschlagen müssen, sich Hilfe zu suchen.«

»Ich halte das für eine Entscheidung, die jeder für sich selbst treffen muss«, erwiderte Dylan. »Ich weiß nicht, ob du gerade wirklich alles verstehst, was ich sage. Mir ist bewusst, dass du betrunken und mutlos bist, aber ich glaube ganz sicher nicht, dass du jetzt aufgeben solltest. Sie mag dich vielleicht abweisen, aber ich glaube nicht, dass du dich abschieben lassen solltest. Gib ihr etwas Zeit. Sorg dafür, dass sie weiß, dass du zur Stelle bist, wenn sie dich braucht, aber lass sie das alles allein verarbeiten. Es muss ihre Entscheidung sein, wenn sie zu dir zurückkehrt.«

»Und du glaubst, das wird sie tun?«, fragte ich.

»Ehrlich gesagt weiß ich es nicht, Leo«, meinte Dylan ernst. »Aber sie weiß genau, was du fühlst, also ist es an ihr zu reagieren.«

»Wie kann ich sie denn wissen lassen, dass ich zu ihr halte und für sie da bin, ohne sie zu drängen?«, wollte ich wissen.

Auf keinen Fall wollte ich Macy so einfach gehen lassen. Das hatte ich wahrscheinlich schon gewusst, bevor ich Dylan angerufen hatte. Ich hatte einfach versucht, mich über mein verwundetes Herz hinwegtrösten zu lassen.

»Das musst du selbst herausfinden«, riet Dylan mir. »Das hängt davon ab, was ihr deiner Meinung nach helfen könnte. Sobald du nüchtern bist, denk darüber nach. Und jetzt schütte den Rest Whisky in den Ausguss, sonst wirst du es morgen bereuen.«

Im Augenblick tat es mir wirklich nicht leid, die Flasche geöffnet zu haben, denn sie hatte mir geholfen, den Schmerz zu betäuben.

»Ich will nicht den Rest meines Lebens ohne sie sein, Dylan. Ich wusste von Anfang an, dass sie mir bestimmt ist. Ich weiß weder, warum ich das wusste, noch wie ich das bemerkt habe, aber ich wusste es einfach«, erklärte ich ernst.

»Wie lange bist du bereit zu warten?«, erkundigte er sich.

Ich zuckte mit den Schultern. »Für immer. Irgendwann werde ich vielleicht den Verstand verlieren, aber für mich gibt es keine andere Frau da draußen.«

Was spielte es für eine Rolle, wie lange ich wartete, wenn es auf dieser Erde keine andere Frau gab, die ich haben wollte?

Sie würde ihre Meinung ändern ... oder auch nicht.

Je schneller sie ihre Meinung ändern würde, desto weniger Zeit würde ich als elender Hurensohn verbringen.

»Ich verstehe«, erwiderte Dylan. »Und es wird wahrscheinlich die Hölle sein, weil es nichts gibt, was du tun könntest, um dieses Problem zu lösen, Leo. Du musst ihr Zeit lassen, um alles zu verarbeiten. Du bist nicht gerade gut darin, nichts zu tun, wenn du etwas haben willst. Ich kenne dich. Du bist agil. Es wird also nicht leicht werden, die Hände in den Schoß zu legen und nur zu warten.«

»Ich denke, ich habe keine andere Wahl.«

»Überleg dir kreative Wege, dich im Hintergrund zu halten«, schlug er vor. »Und jetzt geh und schlafe etwas, damit du wieder denken kannst. Schlaf dich aus, überstehe deinen Kater und versuche, geduldig zu sein.«

Als ich mich erhob, wurde mir schwindelig. »Mist!«, fluchte ich. »Ich bin seit zehn Jahren nicht mehr so besoffen gewesen.«

»Bewegt sich der Fußboden?«, fragte Dylan.

»Ja. Und außerdem dreht sich das ganze Zimmer.«

Ich stolperte und ging dann langsam vorwärts, um zu versuchen, in mein Zimmer zu gelangen, bevor ich ohnmächtig wurde.

Mit der Hand an der Wand tastete ich mich den Flur entlang zu meinem Schlafzimmer.

»Gehst du noch aufrecht, kleiner Bruder?«, wollte Dylan wissen.

»Ich suche mein Zimmer«, erklärte ich.

Ich bewegte mich langsam und versuchte, meine Umgebung zu zwingen, sich nicht mehr zu drehen, aber es misslang mir kläglich.

»Geschafft«, informierte ich Dylan, als ich schließlich mein Schlafzimmer fand und mich aufs Bett fallen ließ.

»Bist du jetzt in Sicherheit?«, fragte Dylan.

»Ja«, bestätigte ich. »Dylan?«

»Was, Leo?«

»Ich habe nicht nachgedacht. Ich konnte nur daran denken, wie aufgeschmissen ich mich fühlte, weil sie meine Liebe nicht erwidert«, erklärte ich heiser.

»Vergiss nicht, dass sie keine Ahnung hat, was sie im Augenblick empfindet. Vielleicht macht dir das die Sache ein wenig leichter. Und jetzt ruh dich aus«, sagte er.

»Ich werde einen Weg zu meinem Happy End finden«, schwor ich, als ich vollbekleidet unter die Decke kroch.

»Da bin ich mir sicher«, stimmte Dylan zu. »Es ist leicht, den Kopf in den Sand zu stecken und aufzugeben. Das weiß ich, weil ich das tausendmal getan habe. Das endet niemals sehr gut.«

»Gute Nacht, Dylan«, sagte ich noch, bevor ich die Augen schloss.

»Gute Nacht, Leo.« Ich schaffte es gerade noch, die Aus-Taste zu betätigen, um die Verbindung zu unterbrechen, bevor ich in tiefen Schlaf fiel.

KAPITEL 25

Macy

AM SONNTAGMORGEN HÖRTE ich, dass es an der Tür klingelte, aber ich ignorierte es.

Ich wollte mit niemandem sprechen.

Ich hatte nicht viel geschlafen.

Ich hatte nichts gegessen.

Und ich war nicht in der Laune, ein freundliches Gespräch mit einem meiner neuen Nachbarn zu führen.

Ich wollte nichts anderes, als so wie im Augenblick allein und apathisch auf meinem Sofa zu liegen.

Auf diese Weise musste ich nicht darüber nachdenken, wie ich mein Leben zerstört hatte.

Den Schmerz zu verdrängen wurde immer schwieriger, also musste ich mich konzentrieren.

»Mach die Tür auf, Macy. Wir sind nicht über den großen Teich gereist, um die Tür deines neuen Apartments anzustarren«, hörte ich Kylies Stimme von der Türschwelle dröhnen.

Ich öffnete die Augen und fragte mich, ob ich anfing zu halluzinieren.

Ich stand auf, ging zur Tür und fragte dann vorsichtig: »Kylie?«

»Ja. Und ich bin auch hier. Mach die verdammte Tür auf«, sagte Nicole, die jetzt zum ersten Mal sprach.

Ich riss die Tür auf und sah, dass ich mir die Stimmen meiner beiden besten Freundinnen nicht eingebildet hatte. »Was zur Hölle macht ihr zwei hier?«, fragte ich verblüfft.

Nicole trat als Erste ein. »Gott sei Dank«, sagte sie dankbar. »Ich wäre da draußen beinahe geschmolzen und dabei ist es gerade erst elf Uhr morgens.«

»Ich auch«, pflichtete Kylie ihr bei, als sie Nicole in die Wohnung folgte. »Ich glaube, das englische Wetter wäre mir im Moment lieber.«

Das war nicht sonderlich überraschend, denn meine beiden Freundinnen waren extrem helle Typen. Nicole war eine umwerfende Blondine und Kylie eine feurige Rothaarige. Das sengende Wetter und die unverschämt heiße Sonne hier in Palm Springs taten wahrscheinlich keiner von beiden gut.

»Ich kann nicht glauben, dass ihr hier seid«, sagte ich, als ich ihnen in meine Küche folgte. »Warum seid ihr denn überhaupt hier?«

Nicole suchte nach dem Kaffee und Kylie füllte die Kaffeekanne mit Wasser, als sie erklärte: »Weil ich einen wunderbaren Ehemann mit einem Privatflugzeug habe, das uns jederzeit hierherbringen kann. Betrachte dies als eine Notfall-Aktion, die wir schon lange hätten machen sollen, aber ich glaube, wir brauchen alle erst einmal einen Kaffee. Nichts für ungut, Macy, aber du siehst beschissen aus. Dylan hat mir erzählt, was zwischen dir und Leo vorgefallen ist. Er ist vollkommen fertig, weißt du. Leo hat Dylan gestern sehr früh angerufen und er war total besoffen, was seltsam ist, weil Leo sich nie betrinkt.«

»Betrunken«, wiederholte ich langsam und versuchte, meinen vernebelten Verstand zu klären. »Leo war betrunken?«

Nicole drehte sich zu mir herum und warf mir einen prüfenden Blick zu. »Du brauchst wirklich einen Kaffee«, entschied sie.

Ich schüttelte den Kopf. »Ich verstehe immer noch nicht, warum ihr beide hier seid. Ich dachte, du würdest einen neuen Job antreten, Nic.«

»Morgen in einer Woche«, erklärte sie mir, während sie den Kaffee zubereitete. »Ich kann etwas Zeit erübrigen, um sie einer Freundin zu widmen. Ich hoffe nur, dass es hier diese Woche abkühlt.«

Ich blickte Kylie mit hochgezogener Braue an.

Sie zuckte mit den Schultern. »Es ist ja nicht so, als pendelte ich nicht zwischen den USA und London hin und her«, erinnerte sie mich. »Obwohl ich diesmal nicht beruflich hier bin.«

»Wo sind Damian und Dylan?«, erkundigte ich mich immer noch vollkommen verwirrt.

»In London«, antwortete Nicole. »Lass uns einen Kaffee trinken und dann reden wir.«

Ihr Tonfall war ahnungsvoll, aber ich versuchte, mich darauf zu konzentrieren, wie froh ich war, die beiden zu sehen, als wir drei unseren Kaffee ins Wohnzimmer trugen.

Nicole und ich ließen uns jeder auf ein Ende des Sofas fallen und Kylie machte es sich in dem Sessel in der Nähe von Nicole bequem.

Ich blickte auf meine Jogginghose und mein T-Shirt hinab und wusste, dass ich neben den beiden wie ein Penner aussah.

Ich hatte mir seit Freitag nicht die Mühe gemacht zu duschen und war mir ziemlich sicher, dass meine Haare wie ein Rattennest aussahen. »Ich wusste nicht, dass ihr kommt«, murmelte ich, während ich an meinem Kaffee nippte.

»Die Reise war ja auch eigentlich nicht geplant«, informierte Nicole mich. »Kylie und ich haben erkannt, dass wir hierherkommen müssen, bevor du dein ganzes Leben vermasselst.«

Kylie fügte sanft hinzu: »Wenn du deine Beziehung zu Leo aufgibst, wirst du es bereuen, Macy. Du liebst ihn.«

Ich schüttelte heftig den Kopf. »Nein.«

Nicoles Stimme war fester, als sie wiederholte: »Du liebst ihn. Niemand von uns musste dich sehen, um das zu erkennen. Du hattest eine Beziehung mit ihm, was niemals geschehen wäre, wenn du nicht wahnsinnig verrückt nach ihm wärst. Glaubst du wirklich, Kylie und ich hätten nicht bemerkt, dass du dich seit dem Unfall überhaupt nicht mehr verabredest? Wir sind nicht blind für das, was du durchgemacht hast, aber wir beide wollten dir nicht sagen, wie du mit einer solchen Tragödie umgehen solltest.«

»Aber jetzt ist uns klar, dass wir dir einen Schubs hätten geben und dich dazu hätten bringen müssen, langsamer zu machen und nicht mehr davor wegzulaufen«, erklärte Kylie. »Und wir hätten versuchen sollen, dir professionelle Hilfe zu besorgen, gleich nachdem es passiert ist. Du schienst damit fertigzuwerden, aber in Wahrheit stimmte das nicht. Ich wünschte, wir als deine besten Freundinnen hätten das bemerkt. Vielleicht hätten wir das auch, wenn wir nicht so weit voneinander entfernt gewesen wären. Als wir drei wieder in Newport Beach wohnten, schien es dir gut zu gehen, aber wir irrten uns.«

»Du hast nur gelernt, alles besser zu verbergen«, stellte Nicole fest. »Wir wussten, dass du zu viel gearbeitet hast, und wenn du nicht gearbeitet hast, hast du dich ehrenamtlich engagiert. Kylie und ich verstehen das jetzt, Macy. Du musstest dich beschäftigen und ermüden, denn andernfalls hättest du dich mit all den Gefühlen auseinandersetzen müssen, die du vergraben hast, richtig?«

»Ich habe gern viel zu tun«, protestierte ich.

Kylie runzelte die Stirn. »Da gibt es dennoch einen Unterschied. Man kann viel zu tun haben. Aber man kann sich auch so sehr mit Arbeit zustopfen, dass man keine Zeit zum Nachdenken mehr hat. Ich hätte schon früher merken müssen, was los ist.«

»Ich auch«, fügte Nicole hinzu.

»Mir geht es gut«, versicherte ich den beiden. »Die Sache mit Leo wurde einfach zu intensiv. Ihr kennt mich. Ich bin schlecht in Beziehungen. Irgendwann hätte er mehr gewollt. Er hat sogar vom Heiraten geredet.«

Nicole lächelte. »Das ist nicht das Ende der Welt, weißt du. Es ist eigentlich wie der Neubeginn eines neuen Lebensabschnitts. Hoffentlich eines sehr glücklichen. Möchtest du Leo nicht eines Tages heiraten? Du liebst ihn.«

»Hör auf, das zu sagen«, antwortete ich gereizt. »Er hat etwas Besseres verdient. Ich bin nicht mehr fähig, jemanden zu lieben. Ich will niemanden mehr lieben.«

Kylie musterte mein Gesicht, bevor sie sprach. »Es ist nicht so, dass du niemanden lieben kannst. Du willst nur nicht«, schlussfolgerte sie. »Weil es zu sehr wehtun könnte.«

Nicole hob eine Hand, bevor ich etwas sagen konnte. »Das macht absolut Sinn, Macy, und ich verstehe, warum diese Möglichkeit ein Tabu für dich war, nachdem du deine ganze Familie verloren hattest. Aber ist das wirklich die Art, wie du den Rest deines Lebens verbringen willst? Leo liebt dich. Er würde alles für dich tun. Wenn es jemals einen Mann gab, der es wert war, geliebt zu werden, dann ist er es, und ich will nicht, dass du das alles wegwirfst, obwohl du seine Liebe erwiderst.«

Ich schwieg, als die Gefühle auf mich einstürmten, als hätte sich eine Schleuse geöffnet, die ich nie wieder schließen konnte.

Die Tränen liefen mir übers Gesicht, als ich antwortete: »Ich kann es nicht. Ich kann nicht wieder so fühlen. Es würde mich umbringen.«

Nicole rutschte auf dem Sofa an mich heran und legte einen Arm um mich, bis mein Kopf an ihrer Schulter lag, während sie sanft sagte: »Es wird dich nicht umbringen, Macy. Du bist doch so stark. Ich weiß, das Leben schlägt uns manchmal viele schreckliche

Probleme um die Ohren, mit denen wir uns auseinandersetzen müssen, aber jemanden zu haben, der dich so liebt wie Leo, ist eines der Dinge, die all den Mist wettmachen, den das Schicksal uns in den Weg legt.«

Kylie hatte sich inzwischen zu meinen Füßen auf den Boden gesetzt. Sie fügte hinzu: »Du warst für uns beide in unseren schwierigen Zeiten da. Lass uns jetzt für dich da sein, so wie ich es mir von Anfang an gewünscht hätte.«

»Ihr wart für mich da«, widersprach ich unter Tränen.

»Nicht so, wie ich es mir gewünscht hätte«, erwiderte Nicole. »Wir hätten es besser wissen müssen. Wir hätten wissen müssen, dass es für dich nicht besser wurde und dass du gerade so damit zurechtkamst, indem du dich weigertest, jemanden in dein Leben zu lassen. Nun ja, jedenfalls einen Menschen.«

»Ich konnte nicht«, erklärte ich, während ich mich an einem Schluchzer verschluckte. »Ich kann es immer noch nicht.«

Kylie legte ihre Hand auf meine und drängte: »Du kannst es. Vielleicht war es nie der richtige Zeitpunkt für dich, aber willst du Leo wirklich aufgeben?«

Die Liebe der beiden Frauen, die seit meiner Kindheit für mich da waren, brach schließlich meinen Widerstand. »Ich bin mir nicht sicher, ob ich fähig bin, ihm alles zu geben, was er verdient, und ich habe keine Ahnung, warum er mich liebt.«

Nicole streichelte über mein Haar. »Genauso wie ich nicht herausfinden konnte, warum Damian mich wollte, und Kylie nicht verstehen konnte, warum Dylan sie brauchte. Liebe ergibt keinen Sinn, meine Liebe. Sie ist einfach da und wenn es der Richtige ist, macht es klick und man erkennt, dass es eine starke Verbindung gibt.«

Kylie fügte hinzu: »Ich bin die Erste, die zugibt, dass es beängstigend ist, aber wenn man diese Angst überwunden hat, erkennt man, dass es sich lohnt, das Risiko einzugehen, dem Schicksal zu vertrauen. Willst du uns wirklich weiterhin weismachen, dass du nicht verrückt nach Leo bist?«

Ich schüttelte den Kopf. Ich konnte weder die beiden noch mich selbst länger belügen. »Ich liebe ihn. Ich liebe ihn so sehr, dass es bereits so wehtut, dass ich es nicht mehr ertragen kann. Als er mir seine Gefühle gestand, geriet ich in Panik. Es war eine Kurzschlussreaktion während einer Panikattacke, weil ich solche Angst hatte, noch einmal jemanden zu verlieren. Aber ich habe ihn bereits verloren, und das bringt mich um. Wenn ich ihm erlaubt hätte, mich zu lieben, und wenn ich mir erlaubt hätte, ihn zu lieben, hätte ich wenigstens einen besseren Grund für meinen Schmerz.«

»Ich glaube nicht, dass er dich aufgegeben hat«, beruhigte Nicole mich.

»Ich habe ihm wehgetan, Nic. Ich glaube, ich habe ihm sehr wehgetan«, stieß ich hervor, während die Tränen mir die Kehle zuschnürten.

»Das passiert manchmal, wenn zwei Menschen sich so sehr lieben«, bemerkte Kylie. »Wir reden hier von Leo. Er versteht das und wenn du es ihm erklärst, weiß ich, dass er dich unterstützen wird, Macy.«

Ich hob meinen Kopf von Nicoles Schulter und begann, mir die Tränen von den Wangen zu wischen. »Wenn er mir verzeiht, darf ich ihm das nicht noch einmal antun. Er hat etwas viel Besseres verdient.«

»Deshalb sind wir hier«, erklärte Kylie. »Dylan hat mit Leo gesprochen und er hat zugestimmt, dir die nächste Woche freizugeben. Wir haben für dich den besten Therapeuten in der Gegend gefunden und du fängst morgen mit den Sitzungen an. Am Dienstag haben wir einen Wellness-Tag geplant und den Rest der Woche werden wir einfach zusammen abhängen. Vielleicht könnt ihr mir zu einem Veranstaltungsort für die Hochzeit raten. Aber wir sind ja nur deshalb hier, um zu reden. Wir werden nie ganz verstehen können, was du durchgemacht hast, Macy, aber wir werden reden, wie wir noch nie geredet haben. So, wie wir dich von Anfang an hätten ermutigen sollen, eine Therapie zu machen. Du musst gesund werden, damit du weißt, dass so etwas nie wieder passieren wird.«

Ich starrte die beiden an. »Ihr bleibt die ganze Woche?«

Sie nickten, dann erklärte Nicole: »Wir müssen am Samstag abreisen, damit ich rechtzeitig zurück sein kann, um meine neue Stelle anzutreten, aber bis dahin sind wir hier, um dir zu helfen, alles zu besprechen und deinen Stresspegel zu senken. Wann hast du dir zum letzten Mal eine Auszeit für dich selbst und deine geistige Gesundheit genommen?«

Ich schüttelte den Kopf. »Noch nie. Aber ich habe gerade erst meinen Job im Artenschutzzentrum begonnen. Ich kann mir nicht einfach eine Woche freinehmen.«

Kylie strahlte mich an. »Natürlich kannst du das. Wir haben das schon mit dem Boss geklärt.«

»Leo«, keuchte ich. »Seid ihr euch sicher, dass er damit einverstanden ist?«

»Welchen Teil von *er liebt dich* verstehst du nicht ganz?«, fragte Nicole mit einem Augenzwinkern. »Er würde dir ein Jahr freigeben, wenn er glauben würde, dass du das brauchst. Keine Widerrede, Macy. Du brauchst das. Du musst dich zusammenreißen und ein paar Dinge aufarbeiten, die du bis jetzt nicht geklärt hast.«

Ich wusste, dass es Dinge gab, die in meinem Kopf nie ihren Platz gefunden hatten, die ich noch aufarbeiten musste, wenn ich hoffen wollte, dass eine Beziehung mit Leo funktionieren würde.

Mein Gott, ja, das wollte ich. Ich wollte ihn so sehr, dass es mich beinahe umbrachte. »Ich werde mich nicht widersetzen«, versicherte ich. »Ich liebe Leo und werde mich allen Problemen stellen, die ich aufarbeiten muss, um mit ihm zusammen sein zu können.«

»Wir sind hier, um dich zu ermutigen, damit zu beginnen«, sagte Kylie mit einem breiten Lächeln.

Wieder stiegen mir die Tränen in die Augen, als ich von Nicole zu Kylie blickte. Ich war so dankbar für diese beiden Frauen, wie ich es niemals in Worte hätte fassen können. »Was würde ich nur ohne euch zwei tun?«, fragte ich mit leicht zittriger Stimme.

»Zum Glück wirst du das nie herausfinden müssen«, scherzte Kylie, während sie mich in ihre Arme zog.

Ich wiederum legte meine Arme um Nicole und wir drei hielten uns umschlungen, bis wir alle weinten.

Ich hörte mein Handy summen, als wir unsere Umarmung lösten.

»Es ist eine SMS von Leo«, informierte ich sie, als ich das Telefon zur Hand nahm.

Leo: *Kein Druck. Ich will nur, dass du weißt, dass ich dich liebe und für dich da bin, wenn du mich brauchst.*

Kurz und süß. Buchstäblich.

»Er wird da sein, wenn du bereit bist, Macy«, sagte Nicole sanft. »Er wird dich nicht aufgeben. Eins kann ich über die Lancaster-Männer sagen: Sie sind verdammt hartnäckig, wenn sie etwas wollen.«

Ich holte tief Luft und tippte schnell eine Antwort.

Ich: *Ich liebe dich auch. Gibst du mir etwas Zeit?*

Er antwortete beinahe sofort.

Leo: *So viel, wie du brauchst.*

Lächelnd fuhr ich mit dem Finger über seine Worte auf dem Bildschirm.

Ich war mir nicht sicher, was ich getan hatte, um einen Mann wie Leo Lancaster zu verdienen, aber ich würde dafür sorgen, dass er in Zukunft eine Frau hatte, die ihn zu schätzen wusste.

KAPITEL 26

Macy

LEO: *WIE WAR es heute bei deiner Therapiestunde?*

Ich: *Brutal, wie immer. Es scheint nicht leichter zu werden, jemandem mein Herz auszuschütten, der nicht mit mir befreundet ist, aber ich weiß, es hilft mir, also rede ich mir weiter alles von der Seele.*

Seufzend machte ich es mir auf der Couch bequem, um gemütlich mit Leo zu kommunizieren.

Wir beide hatten mehrere Wochen gebraucht, bis wir endlich begannen, eine richtige Unterhaltung zu führen.

Er hatte sich täglich nach mir erkundigt, hauptsächlich um mich daran zu erinnern, dass er mich liebte. Ich hatte ihm stets eine kurze Antwort geschickt, aber dann, vor erst einer Woche, hatten wir begonnen, ausführlicher miteinander zu sprechen.

An meine Woche mit den Mädels würde ich mich immer erinnern.

Außer dass ich in jener Woche auch mit der Therapie begonnen hatte, hatte ich gelernt, wie man die Kunst beherrscht, nur wenig zu tun und trotzdem jeden Augenblick zu genießen.

Nach besagter erster Woche hatte ich mich besser gefühlt, weil Kylie, Nicole und ich wirklich viel geredet hatten. Und danach hatte ich aufgrund meiner Therapie und der Änderung meines Lebensstils jede Woche Fortschritte gemacht.

Ich arbeitete hart im Artenschutzzentrum und dort gab es jetzt wirklich viel zu tun, da wir nun die Zuchtpaare für unser Züchtungsprogramm in Gefangenschaft bekamen.

Ich hatte jedoch auch gelernt, wann es Zeit war, Feierabend zu machen.

Leo und ich sahen einander im Zentrum und gingen extrem professionell miteinander um. Und während der Arbeit gab es keine privaten Diskussionen.

Ja, es gab Zeiten, in denen ich mich am liebsten in seine Arme geworfen hätte und dort für immer geblieben wäre, aber das würde ich mir auf jeden Fall während der Arbeit verkneifen.

Leo: *Du bist erstaunlich.*

Ich holte tief Luft, dann tippte ich auf das Zeichen für Sprachanruf.

Ich wusste, Leo hätte das niemals von sich aus getan, weil er darauf wartete, dass ich in meinem eigenen Tempo auf ihn zukam.

»Ich denke, auch Sie sind ziemlich unglaublich, Mr. Lancaster«, sagte ich, als er das Gespräch annahm.

»Es tut gut, deine Stimme auch außerhalb der Arbeit zu hören«, erwiderte er in dem sexy Bariton, den ich so sehr liebte. »Deine Therapiestunden sind also immer noch eine Herausforderung?«

Gott, wie ich ihn vermisste!

Ich war nur allzu bereit, unsere Beziehung wieder aufzunehmen, aber ich wollte sicher sein, dass ich mich vollkommen wohl damit fühlte, wie wir uns liebten.

Leo war ein Geschenk, das ich niemals wieder als selbstverständlich betrachten wollte.

»Ich bezweifle stark, dass sie jemals viel leichter werden«, erklärte ich seufzend. »Ich wünschte wirklich, ich hätte schon vor langer Zeit damit begonnen.«

»Du machst es immerhin jetzt«, erinnerte er mich.

»Ich habe dir wehgetan, Leo, und ich bin mir nicht sicher, wie ich das wiedergutmachen soll«, gestand ich ehrlich. »Das hast du nicht verdient.«

»Süße, glaubst du wirklich, ich könnte nicht ein bisschen Schmerz verkraften, wenn ich am Ende mein Leben mit dir verbringen kann, wenn alles vorüber ist?«, fragte er aufgeregt.

»Menschen, die heftig lieben, tun einander ab und zu wahrscheinlich unvermeidlich weh, nehme ich an«, antwortete ich. »Und ich liebe dich ziemlich heftig, Leo.«

»Hast du eine Ahnung, wie lange ich darauf gewartet habe, das zu hören?«, meinte er heiser. »Und du hast recht. Wir werden einander verletzen. Das ist unausweichlich. Aber ich liebe dich auch, Macy, und ich denke, wir werden beide versuchen, das Gute weit überwiegen zu lassen.«

»Ich glaube nicht, dass wir einfach unsere Beziehung, wie sie war, bevor ich beinahe alles vermasselt hätte, wieder aufnehmen können. Ich denke, wir müssen etwas ändern. Ich werde dir immer sofort erklären, was ich empfinde, und dann werden wir darüber reden. Ich hoffe, dass du immer das Gefühl haben wirst, es ebenso machen zu können.«

»Also Schluss mit dem *lockeren Verabreden*?«, erkundigte er sich hoffnungsvoll.

»Ja. Denn dafür liebe ich dich zu sehr, Leo. Auch für diese Sache mit der *monogamen Sex-Partnerschaft ohne emotionale Beteiligung* liebe ich dich zu sehr. Ich werde dir all die Liebe geben, die ich habe, und hoffen, dass du immer noch an eine gemeinsame Zukunft glaubst, wie auch immer die aussehen mag.«

Ich hörte, wie er lange den Atem ausstieß, bevor er mit rauer Stimme erwiderte: »Es ist mir gleichgültig, wie unsere Zukunft aussieht, solange wir zusammen sind. Bevor wir Lania verließen, hatte ich dich fragen wollen, ob du nicht einfach darauf verzichten könntest, dir eine eigene Wohnung zu nehmen, und mit mir zusammenleben wolltest, aber ich wusste, es war zu früh. Sei meine feste Freundin und verbringe gelegentlich die Nacht mit mir. Komm zu mir und lebe mit mir zusammen, sobald du dazu bereit bist. Heirate mich, wenn du so weit bist, darüber zu reden. Es spielt keine Rolle, Macy. Solange du mich liebst, ist das genug.«

War das wirklich genug?

Ich glaubte nicht.

Er sollte nicht einfach akzeptieren müssen, was immer ich bereit war zu geben.

Es war an der Zeit, dass er genau das bekam, was er haben wollte, und er musste wissen, dass dies eine Partnerschaft sein würde.

Ich lächelte, als ich daran dachte, dass Worte billig waren.

Ich würde es ihm zeigen müssen und ich war weiß Gott bereit, Leo zu neuen Bedingungen zu lieben, die uns beide fast garantiert glücklich machen würden.

»Ich vermisse dich«, stieß ich atemlos hervor.

»Miau!« erklang Hunters Stimme laut von seinem Platz direkt neben mir.

Lachend fügte ich hinzu: »Ich glaube, Hunter will mir sagen, dass er dich auch vermisst.«

»Er vermisst mich nur wegen meiner vielen Wasserhähne und der gelegentlich offenen Klodeckel«, scherzte Leo.

Ich streichelte mit der Hand über Hunters seidigen Kopf. »Ich schulde dir noch einen neuen Ficus-Baum«, neckte ich ihn.

»Daraus wird nichts«, brummte er. »Ich glaube, er steht auf den, den ich habe.«

»Wenn du mich liebst, liebst du auch meinen neurotischen Kater«, lachte ich.

»Glaube mir, Süße, das tue ich«, erwiderte Leo.

»Da wir gerade von Katzen sprechen«, sagte ich, »wie geht es in Lania weiter?«

»Wir haben noch nicht alle Daten verarbeitet, aber es sieht so aus, als handelte es sich um eine kleine, aber gesunde Population. Höchstwahrscheinlich werde ich empfehlen, sie zu beobachten und sich zu vergewissern, dass die Zahl der Individuen zunimmt«, informierte Leo mich.

»Das freut mich«, antwortete ich. »Sie leben dort in einem Habitat, das es ihnen ermöglicht, zahlenmäßig zuzunehmen.«

»Das tun sie, was selten ist«, stimmte er zu. »Sie werden trotzdem noch als bedrohte Art geführt werden, aber sie gelten zumindest nicht mehr als ausgestorben.«

»Ich halte unsere Reise immer noch für die aufregendste Erfahrung, die ich je gemacht habe«, sagte ich.

»Dann werde ich wohl versuchen müssen, sie eines Tages noch zu übertreffen«, gab er zurück. »Ich bringe dich überall hin, wo du hinwillst.«

Ich lächelte. »Das ist gut, da ich zu lernen beginne, wie man das Leben außerhalb der Arbeit genießt.«

»Erzähl mir mehr«, forderte er.

»Ich habe gerade meinen zweiten Tag in einem Spa hinter mir«, verriet ich ihm. »Ich hatte wirklich erwartet, es zu hassen, bevor ich mit Kylie und Nicole dorthin gegangen bin, aber es war ziemlich entspannend. Ich fühle mich wie eine schlaffe Nudel, wenn ich das Spa verlasse, und meine Fußnägel sind wunderschön.«

»Was noch?«, hakte er nach.

»Ich beginne, es zu genießen einzukaufen. Frag mich nicht warum. Vielleicht weil ich einen sehr großzügigen Arbeitgeber habe, der mich gut genug bezahlt, um jeden Tag zu einem Launenaufbesserungstag zu machen. Ich habe nun für jeden Tag etwas Nettes für meine gute Laune«, verriet ich ihm.

Leo stöhnte. »Und das musstest du mir jetzt unbedingt erzählen.«

»Du hast gefragt«, erinnerte ich ihn.

»Es hätte mir nichts ausgemacht, dabei gewesen zu sein, um deine neue Unterwäsche zu begutachten«, erwiderte er. »Aber so ist es einfach nur grausam.«

Ich kicherte, bevor ich mich zurückhalten konnte. »Du wirst sie irgendwann sehen.«

»Versprochen?«, fragte er mit rauer Stimme.

»Definitiv«, bestätigte ich.

»Es tut gut, dich lachen zu hören, Macy«, bemerkte er.

»Ich habe das Gefühl, das wird in Zukunft noch viel öfter geschehen«, antwortete ich in dem Versuch, ihm klarzumachen, dass sich in Zukunft einiges ändern würde.

Ich änderte mich.

Ich entwickelte mich.

Ich ging mit meinen Gefühlen so um, wie ich es schon vor langer Zeit hätte lernen sollen.

Es machte jedoch keinen Sinn, mir Vorwürfe zu machen, wie ich mit der schrecklichen Tragödie umgegangen war. Ich hatte irgendwie die wirklich schmerzhaften Jahre überstehen müssen, aber es war Zeit, diesen kontraintuitiven Schutzmechanismus aufzugeben.

»Verdammt!«, fluchte Leo laut und wild. »Wenn ich dich niemals wieder weinen sehe, werde ich ein glücklicher Mann sein.«

»Das kann ich nicht versprechen«, warnte ich ihn. »Ich werde definitiv gelegentlich Freudentränen weinen. Kylies Hochzeit kommt doch bald auf uns zu.«

»Damit werde ich vielleicht umgehen können«, knurrte er. »Verflucht, Macy! Ich schwöre, ich werde für den Rest meines Lebens versuchen, ein glückliches Lächeln auf dein hübsches Gesicht zu zaubern.«

»Du musst nichts weiter tun, als zur Tür hereinzuspazieren, mein Hübscher«, versicherte ich ihm. »Du machst mich glücklich,

Leo. Vielleicht bin ich deshalb in Panik ausgebrochen. Es schien einfach alles zu gut zwischen uns zu sein. Manchmal wartete ich darauf, dass das Schicksal mich bestrafte, denn es schien unausweichlich, dass etwas Schlimmes geschah, gerade wenn ich glücklich war. Aber langsam komme ich über diese Erwartungshaltung hinweg.«

»Ich will nicht ungeduldig erscheinen und du kannst mich zum Teufel schicken, wenn du willst, aber wann werde ich dich sehen, Süße?«, fragte er vorsichtig.

Ich dachte einen Augenblick nach. »Samstag?«, schlug ich vor. »Ich muss nach Newport Beach. Ich habe dort einen Lagerraum, den ich wirklich mal leer räumen muss. Und außerdem muss ich noch etwas anderes Wichtiges erledigen. Wenn du zu Hause bist, kann ich am späten Nachmittag bei dir vorbeikommen.«

»Und was ist mit Hunter?«, erkundigte er sich. »Willst du ihn mitnehmen? Du kannst ihn bei mir absetzen, bevor du nach Newport Beach fährst, wenn du willst. Ich werde ohnehin zu Hause sein und Papierkram erledigen.«

»Abgemacht«, sagte ich freudig. »Er wird am Samstag viel lieber bei dir bleiben als bei mir.«

»Dann stimmt etwas nicht mit dem Kater«, bemerkte er trocken. »Denn ich würde stets lieber bei dir sein.«

»Sorge nur dafür, dass deine Toilettendeckel geschlossen sind«, erinnerte ich ihn.

»Ich freue mich darauf, dich zu sehen, Süße, aber du weißt, wie ich bin. Ich habe die Angewohnheit, dich zu sehr zu bedrängen. Falls das geschieht, sag es mir einfach«, bat er ernst.

Ich lächelte. »Ich verspreche dir, dass ich dich ab jetzt immer wissen lasse, was ich empfinde.«

Am Samstag würde Leo Lancaster verstehen, wie leid ich es war, irgendetwas zu unterdrücken.

KAPITEL 27

Macy

»ES TUT MIR leid, Mom«, sagte ich, als ich eine rote Rose in die winzige, eingebaute Vase auf ihrem Grabstein stellte. »Die blauen Rosen sind heute alle ausverkauft.«

Blaue Rosen waren die Lieblingsblumen meiner Mutter gewesen, aber da sie gefärbt und mithilfe von Genmanipulation gezüchtet wurden, waren sie selten und nicht immer leicht zu finden.

Heute war die blaue Rose einfach nicht zu haben, nachdem ich in drei Blumenläden nachgeschaut hatte, ob sie überhaupt welche im Angebot hatten.

Rote Rosen waren ihre zweitliebsten Lieblingsblumen, also hatte ich mich damit begnügen müssen.

Ich setzte mich auf den gepflegten Rasen und legte meine Hand auf den kühlen Marmor des Grabsteins, den meine Eltern sich teilten.

Brandons Grabstein befand sich direkt neben dem meiner Eltern, was es mir erleichterte, zu allen gleichzeitig zu sprechen.

Ich war nicht mehr hier gewesen, seitdem ich nach Palm Springs gezogen war, aber heute hatte ich einiges zu sagen.

»Ich wollte euch sagen, dass ich … jemanden kennengelernt habe«, begann ich. »Ich war mir nicht sicher, ob ich jemals wieder jemanden lieben könnte, aber es ist passiert. Ich liebe ihn. Ich wollte es nicht, aber er ist so groß, dreist und schön, dass ich ihm nicht widerstehen konnte. Daddy, du hast mir immer gesagt, dass eines Tages ein Mann kommen würde, der all meine guten Eigenschaften erkennt. Ich bin mir nicht sicher, wie es geschehen ist, aber es ist geschehen. Wie sehr ich auch versucht habe, ihn wegzustoßen, er hat sich an mich geklammert, weil er … mich sehen konnte.«

Ich wischte mir eine Träne weg, die mir über die Wange lief.

Als ich noch in Newport Beach lebte, kam ich oft hierher, vor allem wenn ich etwas Ruhe brauchte, aber ich sprach selten zu ihnen und hatte Leo nie erwähnt, solange ich hier gelebt hatte.

Vielleicht hätte ich das tun sollen, denn plötzlich schien mir alles so verdammt klar zu sein.

Für den Rest meines Lebens unglücklich, einsam und vorsichtig zu sein, war nicht das, was meine Familie sich für mich gewünscht hätte.

In gewisser Hinsicht war ich hier in dieser Welt, um für sie alle zu leben, weil sie es nicht konnten, und das bedeutete, so glücklich wie möglich zu sein, weil das früher unser Lebensmotto gewesen war.

»Ich glaube, ihr wisst bereits von Leo«, murmelte ich. »Die Träume. Ich brauche sie nicht mehr. Ich habe es jetzt verstanden. Ich bin nicht bereit zu sterben. Ich bin aus einem bestimmten Grund hier. Ich bin um Leos willen hier. Und er ist meinetwegen hier. Ich will nicht behaupten, dass ich all die kleinen Nuancen verstehe, aber ich verstehe den größeren Zusammenhang.«

Aus irgendeinem Grund wollte Leo Lancaster mich und ich fragte mich nicht mehr warum.

Ich konnte ihn glücklich machen und ich war bereit, genau das zu tun.

»Ich bin nach Palm Springs gezogen«, erzählte ich. »Ich bin nur zu Besuch hier. Ich bin an unserem alten Haus vorbeigefahren. Es sieht anders aus. Die neuen Besitzer haben es in einem hübschen Gelb gestrichen, das dir sicher gefallen hätte, Mom. Dort lebt jetzt eine andere Familie, die in dem Haus Erinnerungen sammelt, so wie wir unsere Erinnerungen gesammelt haben, als Brandon und ich jünger waren.«

Ich hatte es jahrelang vermieden, an dem Haus meiner Kindheit vorbeizufahren, aber heute hatte ich es bewusst getan. Ich musste mir beweisen, dass es nur ein Haus war und dass die Erinnerungen, die in meinem Herz lebten, wirklich wichtig waren.

Das war mir bewusst geworden.

Ich hatte endlich begriffen, dass das Haus jemand anderem gehörte und dass derjenige es zu seinem Eigentum gemacht hatte. Aber das bedeutete nicht, dass ich die glücklichen Erinnerungen an dieses Haus – aus der Zeit, als es noch uns gehörte – nicht mitnehmen konnte, wohin ich auch ging.

Ich strich mit der Hand über den Stein und sagte mit gepresster Stimme: »Ich liebe euch und werde euch immer vermissen, aber ich weiß, dass es für mich jetzt an der Zeit ist, mein eigenes Leben zu leben. Es fiel mir so schwer, mich nicht schuldig zu fühlen, mein Leben zu leben, während ihr alle sterben musstet. Und bis jetzt hatte ich viel zu viel Angst, noch einmal jemanden zu lieben. Bis ich Leo traf. Er ist das Risiko wert, und ich weiß, dass ein glückliches Leben mit ihm das ist, was ihr euch für mich gewünscht hättet.«

Ich hielt inne und holte ein paarmal tief Luft. Meine Gefühle überwältigten mich, während ich mir die Tränen aus dem Gesicht wischte.

Mit jedem Wort, das ich sprach, fühlte ich mich leichter, also redete ich weiter.

»Ich weiß, dass ihr ihn geliebt hättet, mitsamt seiner ganzen Familie«, sagte ich wehmütig.

Meine Familie und die von Leo hätten wenig gemeinsam gehabt, aber ich wusste instinktiv, dass meine Eltern Leos Mutter vergöttert hätten und Brandon alle Lancaster-Brüder sehr gemocht hätte.

»Ich werde nicht mehr so oft vorbeikommen können, weil ich jetzt in Palm Springs wohne, aber ich denke, das ist in Ordnung für euch. Ich werde euch besuchen, wann immer ich kann«, versprach ich.

Leo würde mit mir eine kleine Spritztour machen, wann immer ich das Bedürfnis dazu hätte, und ich würde nach Newport Beach zurückkehren, um das Tierheim zu besuchen, das so lange zu meinem Leben gehört hatte.

Es war nicht so, dass ich die Ruhestätte meiner Familie nicht besuchen würde, aber ich war bereit, mit mehr Einsatz an meiner Zukunft zu arbeiten, anstatt mich in dem Schmerz der schlechten Zeiten meiner Vergangenheit zu aalen.

Während der letzten fünf Jahre hatte ich auf jede erdenkliche Art und Weise versucht, den emotionalen Schmerz über meinen Verlust zu überleben.

Es war an der Zeit, das Leid meiner Seele zu überwinden und mit einem Mann, den ich mehr liebte, als ich es je für möglich gehalten hatte, in meine Zukunft aufzubrechen.

Ich wusste zwar nicht, was die Zukunft für mich bereithielt, aber sie konnte nur besser sein als das, was ich in den letzten fünf Jahren durchgemacht hatte.

»Ich danke euch für alles, was ihr mir gegeben habt«, flüsterte ich. »Wenn ihr mich nicht geliebt hättet, wenn ihr mich nicht unterstützt hättet, wenn ihr nicht für mich da gewesen wärt, hätte ich Leo nie kennengelernt.«

Meine Eltern und Brandon waren während meiner langen, anstrengenden Ausbildung immer für mich da gewesen. Sie hatten mich durch das Tierarztstudium gebracht und mit mir den Abschluss meines Praktikums und meiner Facharztausbildung gefeiert.

Brandon war jeden Tag da gewesen, um mich anzuspornen, entweder per SMS oder am Telefon oder persönlich.

Mein Vater hatte immer die weisen Worte parat, die ich gebraucht hatte.

Und Mom war mein starker Fels gewesen, den ich manchmal dringend gebraucht hatte, wenn es frustrierend oder schwierig geworden war.

»Ich will, dass ihr alle stolz auf mich seid. Deshalb muss ich nach vorn schauen«, erklärte ich ihnen. Ein Kloß aus Gefühlen würgte meine Kehle.

Plötzlich schreckte ich auf, als ich spürte, wie etwas über meinen Handrücken strich.

Ich drehte den Kopf, weil ich sicher war, dass ich einen hässlichen Käfer entdecken würde, der über meine Finger krabbelte.

Ich erstarrte, als ich sah, was da wirklich über meine Haut streifte.

Eine blaue Rose. In einem perfekten Königsblau und so frisch wie die rote Rose, die ich gerade in die Vase gestellt hatte.

Ich hob sie auf und sah mich um, um herauszufinden, woher sie gekommen war.

Ich sah keine weiteren blauen Rosen, die durch die Luft geweht wurden.

In der Tat gab es nicht einmal eine leichte Brise.

Ein Zeichen?

Zustimmung?

Eine Art Signal, dass es wirklich Zeit für mich ist, nach vorn zu schauen?

Nicht um zu vergessen, sondern um die Tatsache zu feiern, dass ich tatsächlich noch am Leben war und ein Recht auf mein Glück hatte.

Ich glaubte wirklich nicht an Zeichen oder das Übernatürliche.

Ich drehte die Rose zwischen meinen Fingern hin und her und erinnerte mich daran, dass ich vor Kurzem begonnen hatte, über die Möglichkeit von Seelenverwandtschaft nachzudenken.

Warum also konnte mir meine Familie nicht ein Symbol schicken, das mir Frieden schenken würde?

Hatte diese verdammte blaue Rose mein Herz nicht plötzlich so leicht werden lassen wie schon lange nicht mehr?

Ich stand auf und klopfte mir die Jeans ab, bevor ich die blaue Rose behutsam neben die rote in die Vase stellte.

»Danke«, sagte ich leise und von Herzen.

Ich küsste meine Fingerspitzen und legte sie zuerst auf den Stein meiner Eltern und dann auf den von Brandon.

Zum ersten Mal in fünf Jahren war ich in der Lage, hier zu stehen und Dankbarkeit zu empfinden anstatt Schuldgefühle und tiefe Trauer.

»Ich werde euch immer lieben«, schwor ich leise, bevor ich mich herumdrehte und davonging.

Ich würde die glücklichen Erinnerungen in meinem Herzen tragen und einen Teil von jedem meiner Lieben für den Rest meines Lebens in mir weiterleben lassen.

Aber jetzt hatte ich einen Mann, der auf mich wartete, und Hoffnung in meiner Seele, dass er immer noch bereit war, mich zu akzeptieren.

Lächelnd stieg ich in meinen Wagen.

Ich war bereit, Leo Lancaster zu zeigen, dass er nicht der Einzige war, der sich wie Leim an jemanden festkleben konnte.

KAPITEL 28

Leo

»VERFLUCHT!«, MURMELTE ICH genervt zu Hunter, der neben mir auf dem Sofa lag. »Wie lange kann es dauern, einen Lagerraum auszuräumen? Ich hätte mit ihr fahren sollen.«

»*Miau!*«, antwortete Hunter und blickte mich an, als verstände er meine Frustration.

Vielleicht tat er das auch, denn der Kater vermisste sie wahrscheinlich auch.

Macy war heute Morgen schon früh weggefahren, nachdem sie Hunter abgesetzt hatte.

Sie hatte gesagt, dass sie nicht lange in Newport Beach bleiben würde, aber es war bereits dunkel.

Sie ist erwachsen.

Sie kann auf sich selbst aufpassen.

Ich hatte dem Instinkt widerstanden, ihr eine SMS zu schreiben oder sie anzurufen, da ich wusste, dass sie beschäftigt war, und ich wollte nicht wie ein besitzergreifender Wichser dastehen.

Ich musste lernen, mich zurückzuhalten und zu erkennen, dass Macy durchaus in der Lage war, auf sich selbst aufzupassen.

Andererseits, was, wenn etwas passiert und ihr Wagen auf der Schnellstraße liegen geblieben war …

»Ich gebe ihr noch fünf Minuten, dann schreibe ich ihr eine SMS«, sagte ich ungeduldig zu Hunter.

Der Kater sah mich an, als hätte er nichts dagegen, wenn ich jetzt gleich eine schreiben würde.

»Genau. Der Meinung bin ich auch«, sagte ich zu Hunter, während ich mein Handy vom Couchtisch nahm. »Wir werden uns nur vergewissern, dass alles in Ordnung ist. Das ist alles.«

»Miau«, antwortete Hunter.

Ich hätte ihr wahrscheinlich noch mehr Fragen stellen sollen, als sie Hunter abgesetzt hatte, zum Beispiel, wann sie nach Hause kommen würde, aber ich hatte sie einfach nicht drängen wollen, ihre genaue Ankunftszeit zu nennen.

Ich: *Ich möchte nur wissen, ob alles in Ordnung ist. Ich bin mir nicht sicher, wie lange es dauert, bis du in Newport Beach fertig bist. Sag mir Bescheid.*

»Das klang doch lässig genug, oder?«, fragte ich Hunter. »Nicht zu aufdringlich oder rechthaberisch?«

Diesmal antwortete er nicht. Der Kater war gerade extrem damit beschäftigt, seine Pfote zu putzen.

Mein Körper entspannte sich ein wenig, als eine Antwort auf meine SMS erschien.

Macy: *Ich bin hier. Ich bin draußen und lade aus.*

Ich runzelte die Stirn. »Sie macht was?«, fragte ich laut.

Ich sprintete zur Tür, ohne mir die Mühe zu machen, meine Schuhe zu suchen, bevor ich nach draußen trat.

Ich beobachtete von der Türschwelle aus – unfähig, auch nur ein einziges Wort hervorzubringen –, wie sie mit Armen voller Gegenstände zwischen Fahrzeug und Haustür hin und her ging.

Ich verschränkte die Arme vor der Brust. »Was genau machst du da?«, fragte ich sie.

Sie ließ einige leere Kleiderbügel auf den wachsenden Stapel fallen. »Ich lade meine Sachen aus.«

»Das sehe ich«, erwiderte ich verblüfft. »Ich frage mich nur … warum.«

Sie kehrte zum Wagen zurück und trug einen weiteren Karton auf die Veranda. »Die Umzugsleute werden am Mittwoch mit all meinen anderen Sachen kommen, aber das Wichtigste habe ich dabei.«

»Du lagerst also einige Sachen bei mir ein?«, fragte ich verwirrt.

Sie stellte den Karton vorsichtig ab, kam schließlich zu mir und stellte sich auf Augenhöhe auf eine Treppenstufe. »Ja und nein«, erklärte sie vage. »Ich hatte irgendwie gehofft, dass dein Angebot, bei dir zu wohnen, noch steht.«

Noch steht? »Ich habe es nie zurückgenommen«, erwiderte ich mit vor Rührung heiserer Stimme. »Wenn du mir sagst, dass du einziehst, wirst du mich zu einem sehr glücklichen Mann machen. Bitte sag mir, dass das dein Plan ist.«

Verdammt, ich wollte nicht voreilig sein, aber ich konnte mir nicht vorstellen, was sie sonst vorhaben könnte.

»Ich ziehe ein«, erklärte sie bereitwillig. »Ich liebe dich, Leo, und ich sehe absolut keinen Grund, noch einen einzigen Moment zu verschwenden. Ich möchte lieber mit dir zusammen sein, egal wie viel Zeit uns bestimmt ist, als den Rest meines Lebens vorsichtig zu sein. Ich will unsere Zukunft, wenn wir eine haben, Leo. Wenn du mich noch willst. Wenn du mich so liebst, wie ich dich liebe.«

Verdammt! Wusste sie nicht, dass sie mein Ein und Alles war? Denn wenn sie noch Zweifel hatte, würde ich sie sofort ausräumen.

»Du hast also einfach beschlossen, mit Sack und Pack hier einzuziehen und zu sehen, wie es läuft?«, erkundigte ich mich erfreut, aber immer noch verblüfft.

Sie nickte. »Ich dachte, wenn ich erst einmal drin bin, wird es schwieriger, mich loszuwerden, und ich habe mehr Zeit, dir zu beweisen, dass ich mir jetzt sicher bin, was ich will.«

»Bist du das denn?«, hakte ich nach, während ich sie gegen eine der großen Säulen auf der vorderen Veranda drückte.

»Absolut sicher«, sagte sie mit Nachdruck. »Ich will dich, Leo Lancaster. Ich liebe dich. Du kannst mich verjagen, wenn du willst, aber du wirst wahrscheinlich nicht so davonkommen. Ich habe vor, von nun an wie Leim an dir zu kleben.«

Ich legte eine Hand auf die Säule neben ihren Kopf und ächzte: »Hast du eine Ahnung, wie gern ich diese Worte höre? Ich glaube, ich bin schon seit dem Tag in dich verliebt, an dem ich dich in der Bibliothek fand, als du um deinen verkrüppelten bengalischen Tiger weintest.«

Ihr weiches Herz, das sie so sehr zu verbergen versuchte, hatte mich von Anfang an verzaubert.

»Gott sei Dank«, stieß sie hervor. »Ich hatte immer noch Angst, dass ich das Beste zerstört habe, das ich in meinem ganzen Leben gefunden habe.«

Ich schüttelte den Kopf. »Ich werde dich nicht verlassen, Macy. Ich klebe auch wie Leim an dir. Wir wären schon längst verheiratet, wenn es nach mir gegangen wäre.«

Macy schlang mir die Arme um den Hals. »Irgendwie bezweifle ich, dass es schwer wird, mich davon zu überzeugen.«

»Verflucht! Du kennst mich, Macy. Du weißt, dass ich alles überstürze. Das hättest du mir nicht sagen dürfen«, stieß ich hervor, während ich versuchte, meinen Instinkt zu bremsen.

Ich hätte ihr am liebsten schon morgen einen verdammten Ring auf den Finger geschoben, wenn sie wirklich so empfand.

»Ich bin zu allem bereit, mein Hübscher«, sagte sie anzüglich. »Ich liebe dich wirklich.«

Ich fuhr mit den Fingern durch ihr Haar und betrachtete ihre ernste Miene. »Das hoffe ich, denn jetzt werde ich dich nie wieder loslassen.«

»Ich werde dich nie darum bitten«, flüsterte sie, während sie meinen Kopf zu sich heranzog.

Ich küsste sie, als wäre es der erste und letzte Kuss, den wir in unserem ganzen Leben bekommen würden.

Ihre Zunge schlang sich um meine, während wir versuchten, mit diesem Kuss so vieles zu sagen, das wir nicht in Worte fassen konnten.

Liebe.

Respekt.

Sehnsucht.

Verlangen.

Und ein unheiliger Hunger, uns noch viel näher zu sein, als wir es im Moment waren.

»Auf«, sagte ich unwirsch, nachdem ich ihren Mund freigegeben hatte.

Sie hob die Beine und schlang sie mir um die Taille, als begehrte sie mich ebenso sehr wie ich sie, obwohl ich bezweifelte, dass das überhaupt möglich war.

Ich war mir nicht sicher, ob ich das pochende Drängen, sie in Besitz zu nehmen, überleben würde, wenn ich meinen Schwanz nicht innerhalb der nächsten Minute oder so in sie hinein bekam.

»Ich kann nicht länger warten«, knurrte ich in ihr Ohr, als ich sie ins Haus trug und die Tür hinter mir schloss.

»Meine Sachen«, erinnerte sie mich, klang aber eher verlangend als besorgt.

»Danach«, beharrte ich. »Es ist ja nicht so, als hätte ich Nachbarn.«

Ich wusste, dass ich es nicht bis ins Schlafzimmer schaffen würde, also setzte ich sie mit ihrem wunderschönen Hintern auf dem kleinen Küchentisch ab, während ich Küsse auf ihrem Hals verteilte.

»Leo«, stöhnte sie und warf den Kopf in den Nacken, um mir zu geben, was immer ich wollte.

Diese Geste der Kapitulation zerriss mir das Herz, denn ich spürte, dass sie endlich beschlossen hatte, mir sowohl ihren Körper als auch ihr Herz anzuvertrauen.

Wir entledigten uns unserer Kleider in einem Wirrwarr von Beinen, Armen und Kleidungsstücken, die auf dem Boden landeten.

»Ich liebe dich, Macy«, beteuerte ich heiser, während ich meine Arme um ihren weichen, kurvenreichen, herrlich nackten Körper schlang.

»Ich liebe dich, Leo Lancaster«, sagte sie, als wäre es ihr Ehegelübde.

»Mist! Kondom!«, knurrte ich.

Sie schüttelte den Kopf. »Ich habe angefangen, die Pille zu nehmen, kurz nachdem wir uns kennengelernt hatten. Ich bin geschützt.«

»Ich bin gesund, Süße«, versicherte ich ihr.

»Leo«, sagte sie leise. »Ich weiß, dass du nie etwas tun würdest, was mir schaden könnte.«

»Niemals«, bestätigte ich.

Sie fuhr mir mit den Händen durchs Haar und forderte: »Dann fick mich, Leo. Wir haben beide lange genug gewartet.«

Sie schlang mir die Beine fest um die Taille und weil ich keinen verdammten Moment länger warten konnte, drang ich in ihre feuchte, nasse Hitze ein.

»Verflucht! Du fühlst dich so verdammt gut an«, stieß ich hervor, als ihr Unterleib sich um meinen nackten Schwanz zusammenzog.

»Mein Gott, Leo, wie ich dich liebe!«, stöhnte Macy.

»Ich liebe dich auch, Baby«, knurrte ich in der Gewissheit, dass ich nie genug davon bekäme, auch wenn ich diese Worte für den Rest meines Lebens hören würde.

KAPITEL 29

Macy

IN DEM MOMENT, in dem er sich in mir vergrub, sah ich Sterne.

Unser Verlangen nacheinander war urtümlich und wild, aber ich hatte keine Angst vor dieser Wollust.

Es war die Art, wie wir uns liebten.

Es war die Art, wie wir uns gegenseitig brauchten.

Das waren … wir.

»Ja«, keuchte ich, als er härter und tiefer in mich hineinstieß und mein ganzer Körper erbebte.

Ich fühlte mich erregt.

Ich fühlte mich frei.

Ich fühlte mich, als stände ich in Flammen und niemand außer Leo könnte diese Flammen löschen.

»Verflucht! Du machst mich wahnsinnig, Macy«, ächzte Leo mit seinem heiseren, tiefen Bariton, der mir bis ins Mark ging.

Ich wollte ihn vollkommen wahnsinnig machen, genau so, wie ich mich jetzt fühlte.

Er umfasste meine Hüften und stieß härter und schneller zu, als könnte er mir nicht nahe genug sein oder tief genug in mich eindringen.

Ich verstand diese rasende Begierde, die Sehnsucht, das Verlangen, die darauf bestanden, befriedigt zu werden.

Ich fuhr ihm mit den Händen durchs Haar und küsste ihn. Dann stieß ich meine Zunge in seinen Mund und bewegte sie im Rhythmus mit seinem Schwanz.

Schließlich summte mein Körper vor verzweifeltem Verlangen und ich legte mich mit dem Oberkörper auf den Tisch.

Leo lockerte weder seinen Griff um meine Hüften, noch verlangsamte er sein Tempo.

Es war, als wäre er besessen, und ich hatte sicher nicht vor, ihn davon abzuhalten, genau das zu finden, was er brauchte.

»Du bist so verdammt schön«, knurrte er, während er mich mit Blicken verschlang. »Du gehörst mir, Macy. Das war schon immer so und wird für immer so bleiben.«

Mein Gott! Es gab nichts Heißeres als Leo Lancaster, der seinen Besitzanspruch geltend machte.

»Ich gehöre dir«, bestätigte ich. »Und du gehörst mir. Leo, ich will … ich brauche …«

Verdammt! Mein Orgasmus kündigte sich bereits an.

»Nimm dir, was du brauchst, Süße. Berühre dich selbst«, drängte Leo.

Die Verlockung war zu groß, um nicht zu tun, was er verlangte.

Ich ließ meine Hand über meinen Bauch bis zu meiner Muschi gleiten und war nicht gerade zärtlich, als ich auf meine Klitoris den Druck ausübte, den ich brauchte, um zu kommen.

»So ist es richtig, Baby«, ächzte Leo ermutigend. »Lass dich gehen.«

»Oh mein Gott! Leo!«, schrie ich, als ich über den Rand des Abgrunds taumelte.

Mein Höhepunkt überrollte mich mit voller Wucht und erschütterte mein ganzes Sein.

Meine inneren Muskeln verkrampften sich um Leos Schwanz, aber er stieß weiter in mich hinein, mit einer Kraft, die meinen Orgasmus so lange ausdehnte, dass es fast unmöglich schien.

Ich öffnete die Augen und beobachtete, wie Leo meinen Namen stöhnte und seine eigene Erlösung fand.

Einen Moment lang hörte man nichts weiter als unseren heftigen Atem, als wir uns von dem Wahnsinn erholten.

Leo zog mich hoch und schlang seine Arme schützend um meinen Körper.

Ich legte ihm die Arme um den Hals und er hielt mich fest, als wollte er mich nie wieder loslassen.

»Ich liebe dich, Baby«, beteuerte er leidenschaftlich.

Ich legte meinen Kopf an seine Schulter. »Ich liebe dich auch. Es scheint, als gäbe es eine Million Dinge, die ich dir sagen wollte. Aber jetzt bin ich sprachlos. Du liebst mich. Ich liebe dich. Wir sind zusammen. Die Einzelheiten scheinen im Augenblick wirklich nicht wichtig zu sein.«

»Jetzt, da wir zusammen sind, spielen die anderen Dinge keine Rolle«, brummte er.

»Da gibt es noch das kleine Problem, dass ich Amerikanerin bin und du Engländer bist«, sagte ich, obwohl ich wusste, dass selbst das keine große Sache war.

Wir würden einen Weg finden, die Probleme zu lösen.

»Kein Problem«, antwortete er. »Es sei denn, du bist absolut dagegen, einige Zeit in England zu verbringen. Wir werden wahrscheinlich hin und her reisen müssen.«

»Das würde mir gar nichts ausmachen, es sei denn, mein Boss hat ein Problem damit«, neckte ich ihn.

»Dein Boss«, erwiderte er heiser, »würde dich absolut alles tun lassen, was dich glücklich macht.«

»Du machst mich glücklich, Leo«, versicherte ich ihm.

»Dann werden wir einen Weg finden, die meiste Zeit zusammen zu sein, denn ich weiß jetzt schon, dass ich ein totales Arschloch sein werde, wenn ich nicht bei dir bin«, informierte er mich. »All diese Wochen, in denen ich außer bei der Arbeit getrennt von dir gewesen bin, haben mich halb verrückt gemacht. Ich garantiere dir, dass es mir nicht gut gehen wird, wenn wir uns für längere Zeit trennen müssten.«

»Das will ich auch nicht«, stimmte ich zu. »Ich möchte lieber mit dir zusammen sein, deshalb gebe ich meine Wohnung auf. Es macht keinen Sinn, getrennt zu sein, wenn wir in der gleichen Gegend wohnen.«

»Da stimme ich dir vollkommen zu. Vermisst du Newport Beach?«, fragte er. »Ich könnte dort ein Haus –«

»Nein«, unterbrach ich ihn. »Ich brauche dort keinen Wohnsitz mehr, Leo. Wir können Newport Beach besuchen, aber meine Zukunft liegt bei dir, wo auch immer wir sein müssen oder wollen. Ob das nun in England oder hier in Palm Springs ist. Ich werde mich nicht beschweren, wenn du gelegentlich einen richtigen Urlaub machen willst, ganz ohne zu arbeiten. Es gibt so viele Orte, die ich gern sehen, und Dinge, die ich gern mit dir unternehmen würde.«

»Wir werden uns die Zeit nehmen«, versprach Leo mit fester Stimme.

»Du inspirierst mich dazu, mehr als nur arbeiten zu wollen«, neckte ich ihn. »Ich schätze, ich habe nur auf dich gewartet, damit wir gemeinsam neue Dinge entdecken können.«

»Ich glaube, ich habe immer schon auf dich gewartet«, sagte Leo ernst. »Als Damian Nicole gefunden hat, ist in mir wahrscheinlich ein Funke Hoffnung erwacht, dass es da draußen jemanden für mich gibt. Ich kann nicht behaupten, dass ich meine Arbeit nicht liebe, aber es war wirklich ein einsames Leben. Es fehlte etwas, aber ich fand schnell heraus, dass nicht irgendeine Frau diese Lücke füllen konnte. Du musstest es sein, aber du hast dir ziemlich viel Zeit gelassen, bis du endlich aufgetaucht bist.«

»Was hat dich so sicher gemacht, dass ich diese Frau bin?« Ich hob den Kopf, um in seine wunderschönen Augen zu blicken.

»Die verrückte Verbindung, die wir haben, die intensive Chemie. Ich habe noch nie so etwas für eine andere Frau empfunden, Macy. Ich wusste, dass so etwas nicht jeden Tag vorkommt. Zugegeben, ich hielt Damian für verrückt, weil er die verrücktesten Dinge getan hat, um Nicoles Herz zu gewinnen, aber als ich dich kennenlernte, verstand ich es. Es gab nicht viel, was ich nicht bereit war zu tun, wenn es bedeutete, dass wir am Ende zusammenkommen würden.«

»Es tut mir leid, dass ich es uns schwerer gemacht habe, als es hätte sein müssen«, murmelte ich, während ich mein Gesicht an seinem Hals vergrub. »Ich hielt dich tatsächlich für den heißesten Mann, den ich je gesehen hatte, und das seit dem Tag, an dem ich angefangen hatte, mir deine Dokumentarfilme anzuschauen. Ich wusste, wer du bist, lange bevor du mich entdeckt hattest. Ich fand dich hinreißend und absolut furchtlos.«

»Willst du etwa behaupten, dass du die gewisse Verbindung bereits gespürt hast, als du diese schrecklichen Dokumentarfilme gesehen hast?«, fragte er scherzhaft.

»Nein«, gab ich zu, wobei ich das Wort in die Länge zog. »Aber es kann sein, dass ich dich eine Zeit lang wie einen Helden verehrt habe und in dich verknallt war. Damals wusste ich noch nicht, dass ich eines Tages die Chance bekäme, dir persönlich zu begegnen. Ist dir nie aufgefallen, wie einsilbig ich war, als wir uns auf der Hochzeit getroffen haben?«

»Überhaupt nicht«, sagte er sanft. »Ich war zu sehr damit beschäftigt, meine Faszination für dich in den Griff zu bekommen.«

»Du bist verrückt«, murmelte ich mit den Lippen auf seiner nackten Haut. »Jede einzelne Frau auf der Hochzeit hatte ein Auge auf dich geworfen und du hast dich auf mich konzentriert?«

»Ich habe weder bemerkt, dass sie mich angehimmelt haben, noch hat es mich interessiert«, antwortete er gutmütig.

Als ich einen Moment lang darüber nachdachte, war ich sofort davon überzeugt, dass das der Wahrheit entsprach.

Leo bemerkte wirklich nie, dass alle weiblichen Blicke in seiner Umgebung auf ihn gerichtet waren.

Der Kerl hatte keinen einzigen eitlen Knochen in seinem Körper, was wahrscheinlich auch gut so war, denn sein Körper war perfekt.

Er strich mir übers Haar und fragte: »Wie lange willst du mich noch warten lassen, bevor du mich heiratest?«

Ich hob den Kopf und sah ihn an. »Ich kann mich nicht erinnern, dass du mich überhaupt gefragt hast, ob ich dich heiraten will, aber wenn du es tust, hier eine Kurzmeldung: Ich werde Ja sagen.«

Es gab keinen Grund für mich, Leo etwas anderes als die Wahrheit zu sagen. Ich wollte für den Rest meines Lebens mit ihm zusammen sein.

Er nahm meinen Kopf zwischen seine Hände und blickte mir in die Augen. Dann fragte er mich: »Heiratest du mich, Macy?«

Mir blieb beinahe das Herz stehen, als ich die Verletzlichkeit in seinem Gesicht sah. »Du weißt bereits, dass die Antwort ja lautet.«

»Wir besorgen dir morgen einen Ring«, sagte er grinsend.

»Ich habe es damit nicht so eilig«, informierte ich ihn.

»Ich schon«, beharrte er. »Ohne Ring ist es nicht offiziell und ich will meinen Ring an deinem Finger sehen.«

War das sein Ernst? Als müsste er sich Sorgen machen, dass ein anderer Mann mich ihm wegnimmt? Nein, das würde nicht geschehen.

»Ich will ehrlich sein«, sagte ich. »Allein der Gedanke an eine so große Hochzeit wie die von Nicole lässt mich einen Ausschlag bekommen.«

»Dann machen wir etwas anderes«, sagte er lässig. »Vegas. Ein Standesamt. Eine wirklich kleine Zeremonie. Das ist mir alles nicht wichtig Macy.«

»Ich glaube, deiner Familie ist es aber wichtig«, wandte ich verzweifelt ein. »Ich bin sicher, deine Mutter erwartet eine Hochzeit wie die von Nicole.«

»Das bezweifle ich«, erwiderte er trocken. »Sie kennt mich. Ich lege nicht viel Wert auf die Erwartungen der Gesellschaft. Mom wäre glücklich, mich verheiratet zu sehen. Darauf gebe ich dir mein Wort. Ich glaube nicht, dass sie überhaupt erwartet hat, dass ich jemals heiraten werde.«

»Aber was ist, wenn sie nicht –«

»Süße«, unterbrach er mich, »bei dieser Hochzeit geht es nicht um meine Familie oder Freunde. Es geht um uns. Du bist die Braut und du kannst haben, was du willst.«

»Lass mich darüber nachdenken«, bat ich.

Ich wollte auf keinen Fall jemanden verärgern, aber wenn es nach mir ginge, würden wir ohne viel Aufhebens heiraten.

»Nimm dir Zeit und lass dich nicht von Moms Anspielungen betreffs Enkelkindern nerven«, riet er.

»Kinder!«, schrie ich schrill auf. »Willst du denn Kinder haben? Ich bin dreiunddreißig Jahre alt, Leo.«

»Und du hast noch viel Zeit, darüber nachzudenken«, fügte er sanft hinzu, während er mich hochhob und mich zwang, meine Beine fest um seine Taille zu schlingen.

»Was machst du da?«, fragte ich kreischend und glücklich, als er begann, mich in Richtung Schlafzimmer zu tragen.

»Ich glaube, es ist Zeit für etwas Ablenkung«, meinte er, als er mich sanft auf sein Bett fallen ließ.

Das Licht im Schlafzimmer war eingeschaltet, was mir erlaubte, seinen Körper zu beäugen, bei dessen Anblick mir das Wasser im Mund zusammenlief.

Mein Herz machte einen Satz, als Leo sich auf mich legte.

»Irgendwann werden wir über Kinder reden müssen«, sagte ich noch, bevor ich abgelenkt wurde.

Unsere Blicke trafen sich, als er ruhig sagte: »Wir können Kinder haben … oder auch nicht. Für mich ist beides in Ordnung, Macy. Ich habe dich, und das ist wirklich alles, was zählt. Ehrlich gesagt würde ich mich gern eine Weile nur auf uns konzentrieren.«

Ich wollte das Gleiche.

Ein Schritt nach dem anderen.

Ich schlang ihm die Arme um den Hals. »Und was genau möchtest du jetzt besprechen?«

Er grinste. »Ich glaube, ich würde dir lieber zeigen, wie sehr ich dich in den letzten Wochen vermisst habe. Hast du irgendetwas mitgebracht, das die nächsten Stunden draußen nicht überleben kann?«

Ich lächelte ihn an und seufzte.

Zu dieser Art von Ablenkung konnte ich auf keinen Fall Nein sagen.

Die Sachen, die ich draußen gelassen hatte, würden es für ein paar Stunden draußen aushalten.

»Wir können sie später hereinholen. Zeig es mir, Leo«, forderte ich.

Es war schon Morgen, als wir endlich dazu kamen, meine Sachen ins Haus zu schleppen, und bis dahin war ich so abgelenkt, dass ich mir um nichts mehr Gedanken machte.

EPILOG

Macy

Zwei Jahre später …

»ER IST ENTZÜCKEND«, sagte ich zu Nicole, als ich ihr widerwillig ihren neugeborenen Sohn zurückreichte.

Leo und ich hatten uns sofort auf den Weg nach London gemacht, als wir hörten, dass Ethan Charles Lancaster bereit war, das Licht der Welt zu erblicken.

Kylie und Dylan waren bereits in London gewesen und wir hatten alle ängstlich im Krankenhaus gewartet, bis wir wussten, dass Mutter und Sohn gesund und wohlauf waren. Wir wohnten während unseres Aufenthalts in London bei Kylie und Dylan, aber wir hatten ein Haus in der Nähe des Artenschutzzentrums gekauft, wo wir während unserer Zeit in England wohnen konnten.

Es war der perfekte Abschluss für zwei wunderbare Jahre, in denen wir ein Teil der Lancaster-Familie gewesen waren.

Mit Bellas Hilfe hatten Leo und ich in einer kleinen Zeremonie auf ihrem Anwesen geheiratet, nur wenige Wochen, nachdem Leo mich gebeten hatte, seine Frau zu werden.

Dylan und Kylie hatten etwas mehr als einen Monat später während einer größeren Zeremonie in London geheiratet.

Wir sahen Kylie und Dylan etwas häufiger als Damian und Nicole, weil Erstere aufgrund von Kylies Firma öfter in die Staaten kamen, aber wir trafen uns alle so oft wie möglich.

Es musste zwar ein wenig geplant werden, aber es war nicht wirklich schwierig, in ein Privatflugzeug zu steigen und über den großen Teich zu fliegen, um meine besten Freunde zu sehen.

Ich hatte bald herausgefunden, dass Leos enormer Reichtum fast alles möglich machte, und er zögerte nie, dieses Geld zu nutzen, um uns an Orte zu bringen, die wir gemeinsam erkunden konnten.

Die meiste Zeit hielt Leo sich aus der Feldarbeit heraus und konzentrierte sich auf die wichtige Arbeit, die er in seinen Artenschutzzentren zu leisten hatte. Wir hatten jedoch einige Expeditionen zusammen unternommen und jede Entdeckung hatte einen besonderen Platz in meinem Herzen gefunden.

Wir arbeiteten hart in beiden Artenschutzzentren, aber wir vergaßen nie, uns umeinander und unsere Beziehung zu kümmern.

»Noch zwei Monate und wir werden ein weiteres neugeborenes Lancaster-Baby begrüßen«, sagte Leo zu Dylan, als wir alle im Wohnzimmer saßen und Nicole sich entfernte, um ihren Sohn zu stillen.

Dylans Gesicht wurde blass, als er seine schwangere Frau neben sich betrachtete.

Kylie erwartete die Geburt ihres Mädchens in etwa acht Wochen.

»Ich bin mir nicht sicher, ob ich Kylie mit solchen Schmerzen sehen will«, gestand Dylan und klang dabei etwas nervös.

»Ich glaube nicht, dass du die Wahl hast«, informierte Leo ihn.

»Ich werde dieses kleine Mädchen nicht länger austragen, als ich muss«, bemerkte Kylie mit Nachdruck. »Ich habe schon genug von der Gymnastik, die sie in meinem Bauch zu machen versucht. Ich habe nicht die geringste Angst vor den Schmerzen einer Geburt. Wenn es vorbei ist, werde ich eine Tochter haben.«

Dylan zog seine Frau dicht an sich heran, als sie zusammen auf der Couch saßen. »Ich glaube, ein Kind ist genug«, brummte er. »Sie kann mit ihrem Cousin Ethan spielen.«

»Einverstanden«, sagte Damian, der auf einem Stuhl saß.

»Hat Nic bei dieser Entscheidung ein Mitspracherecht?«, fragte Kylie lachend.

»Natürlich«, erwiderte Damian. »Aber ich muss wohl überzeugende Argumente für ein Einzelkind finden.«

»Cousins und Cousinen sind genauso gut wie Geschwister«, bemerkte Dylan.

Kylie lächelte. »Ich neige dazu, dir zuzustimmen.«

»Ich würde immer für mehr stimmen«, sagte Bella fröhlich von ihrem Stuhl aus.

Damian hob eine Augenbraue. »Wirklich, Mom? Du bekommst doch bereits zwei innerhalb von wenigen Monaten.«

»Ich beklage mich ja nicht«, stellte sie klar. »Ich finde nur, es ist immer Platz für mehr.«

Leo und ich saßen nebeneinander auf dem Sofa. Jetzt lehnte ich mich zu ihm und flüsterte: »Vielleicht bekommt sie ja noch eins.«

Wir hatten es niemandem gesagt, aber ich hatte im Monat zuvor die Pille abgesetzt. Leo und ich hatten beschlossen, dass wir ein Kind wollten, und wir hofften, dass unser Wunsch in Erfüllung gehen würde.

Wenn es nicht klappen sollte, würde keiner von uns beiden am Boden zerstört sein, denn wir waren einfach nur glücklich, dass wir einander hatten, trotzdem waren wir beide voller Hoffnung.

Leo zog mich näher an sich heran und drückte mir einen sanften Kuss auf die Stirn, während er leise erwiderte: »Ich werde weiterhin mein Bestes geben, damit es klappt.«

»Da bin ich mir sicher«, sagte ich lachend.

Unsere Blicke trafen sich und mein Herz machte einen Sprung, weil ich genau wusste, dass Leo nur allzu bereit war, sich die größte Mühe zu geben.

Tatsächlich ließ er nie eine Gelegenheit aus.

Wenn dauernde Übung der ausschlaggebende Faktor gewesen wäre, hätte es mich nicht überrascht, wenn ich bereits schwanger gewesen wäre.

Ich schmiegte mich an Leo und stieß einen zufriedenen Seufzer aus.

Mein Leben war bereits ausgefüllt, nur weil ich zu dieser wunderbaren Familie gehörte, deren Mitglieder einander so eng verbunden waren.

Die anderen unterhielten sich weiter miteinander und Leo erkundigte sich bei mir: »Warum hast du geseufzt? Geht es dir gut, meine Süße?«

Das war typisch Leo.

Er sorgte sich immer um mich. Er vergewisserte sich immer, dass es mir gut ging.

»Mir geht es gut«, versicherte ich ihm.

Gelegentlich hatte ich immer noch surreale Momente wie diesen, in denen ich mich fragte, wie ich so viel Glück haben konnte, einen Mann wie Leo zu haben und von einer Familie wie dieser umgeben zu sein.

Der Unterschied war, dass ich nicht mehr darauf wartete, dass das Schicksal mich bestrafte.

Ich wartete nicht darauf, dass das Schlimmste passierte.

Ich genoss jeden einzelnen Moment, weil ich genau wusste, wie gut mein Leben jetzt war.

»Du lächelst. Woran denkst du?«, erkundigte Leo sich mit leiser Stimme direkt an meinem Ohr.

Ich drehte mich zu ihm herum und mein Lächeln wurde breiter, als meine Gedanken sich einem viel heißeren Thema zuwandten. »An dich, an unsere Familie und ans Kindermachen«, neckte ich ihn.

Er grinste. »Das Letzte ist definitiv das Interessanteste.«

Ich schlang ihm die Arme um den Hals und flüsterte: »Dann müssen wir später noch einmal etwas intensiver auf das Thema eingehen. Ich liebe dich, Leo.«

»Ich liebe dich, Macy«, beteuerte er mit leiser, heiserer Stimme, kurz bevor er mich küsste.

Der Kuss war kurz, aber die Intensität in seinen Augen sagte mir alles, was ich wissen musste.

Er liebte mich.

Er brauchte mich.

Und wir würden auf jeden Fall so bald wie möglich einen oder zwei oder drei Versuche unternehmen, ein Baby zu machen.

Mein Lächeln wurde noch breiter und ich hielt seinen Blick noch ein wenig länger fest, damit mein Mann wusste, dass ich genau wusste, was er dachte.

»Später«, tröstete er mich mit seinem tiefen, sexy Bariton.

Beinahe atemlos vor Vorfreude sagte ich: »Hoffentlich nicht viel später. Ich habe in London ein paar Gute-Laun e-Aufbesserungs-Unterhöschen eingekauft. Ich glaube, die, die ich gerade trage, wird dir gefallen.«

»Baby, das ist einfach grausam«, stöhnte er leise. »Dafür wirst du bezahlen.«

»Ich kann es kaum erwarten«, flüsterte ich zurück, denn ich wusste, dass er mich nur auf die angenehmste Art und Weise bezahlen lassen würde und dass ich jeden einzelnen Moment davon genießen würde, sobald er mich erst einmal sanft in ein Schlafzimmer zerren konnte.

Das tat er dann auch.
Und ich tat es ebenso.
Und es war absolut überwältigend.

~Ende~

BIOGRAFIE

J.S. Scott ist eine Bestsellerautorin pikanter Liebesromane. Sie ist eine begeisterte Leserin von Büchern und Literatur jeglicher Art. J.S. Scott schreibt, was sie selbst gern liest, und das sind zeitgenössische sowie paranormale erotische Liebesgeschichten. Sie handeln meistens von einem Alphamännchen und haben ein Happyend, denn so schreibt sie sie einfach am liebsten!

Besuchen Sie mich auf:
http://www.authorjsscott.com
https://www.facebook.com/J.S.ScottGermany/

Oder senden Sie eine E-Mail an:
JSScott_author@hotmail.com

Sie finden mich ebenfalls auf Twitter:
@AuthorJSScott

Oder folgen Sie mir auf Goodreads:
https://www.goodreads.com/author/show/2777016.J_S_Scott

Bitte tragen Sie sich auf meiner E-Mail-Liste ein, um über Neuigkeiten, neue Veröffentlichungen und exklusive Textauszüge informiert zu werden:
https://landing.mailerlite.com/webforms/landing/c2o8n5

BÜCHER VON J.S. SCOTT

Ein Milliardär voller Leidenschaft – Die Serie:

Entfesselte Leidenschaft (Buch 1)

Das Herz des Milliardärs: Ein Milliardär voller Leidenschaft ~ Sam (Buch 2)

Die Erlösung des Milliardärs: Ein Milliardär voller Leidenschaft ~ Max (Buch 3)

Der Milliardär und sein Spiel: Ein Milliardär voller Leidenschaft ~ Kade (Buch 4)

Ein Milliardär außer Kontrolle: Ein Milliardär voller Leidenschaft ~ Travis (Buch 5)

Ein Milliardär ohne Maske: Ein Milliardär voller Leidenschaft ~ Jason (Buch 6)

Milliardenschwer und ungezähmt: Ein Milliardär voller Leidenschaft ~ Tate (Buch 7)

Milliardenschwer und ungebunden: Ein Milliardär voller Leidenschaft ~ Chloe (Buch 8)

Milliardenschwer und unerschrocken: Ein Milliardär voller Leidenschaft ~ Zane (Buch 9)

Milliardenschwer und unerkannt: Ein Milliardär voller Leidenschaft ~ Blake (Buch 10)

Milliardenschwer und unverhüllt: Ein Milliardär voller Leidenschaft ~ Marcus (Buch 11)

Milliardenschwer und ungeliebt: Ein Milliardär voller Leidenschaft ~ Jett (Buch 12)

Milliardenschwer und unverheiratet: Ein Milliardär voller Leidenschaft ~ Zeke (Buch 12,5)

Milliardenschwer und ungestüm: Ein Milliardär voller Leidenschaft ~ Carter (Buch 13)

Milliardenschwer und unerreichbar: Ein Milliardär voller Leidenschaft ~ Mason (Buch 14)

Milliardenschwer und undercover: Ein Milliardär voller Leidenschaft ~ Hudson (Buch 15)

Milliardenschwer und unverhofft: Ein Milliardär voller Leidenschaft ~ Jax (Buch 16)

Milliardenschwer und unbeachtet: Ein Milliardär voller Leidenschaft ~ Cooper (Buch 17)

Die Sinclairs – Die Serie:

Kein gewöhnlicher Milliardär ~ Dante (Die Sinclairs, Buch 1)

Der verbotene Milliardär ~ Jared (Die Sinclairs, Buch 2)

Weihnachten mit dem Milliardär ~ Grady (Eine Sinclair-Novelle)

Der Milliardär mit dem gewissen Etwas ~ Evan (Buch 3)

Die Stimme des Milliardärs ~ Micah (Buch 4)

Der Milliardär geht aufs Ganze ~ Julian (Buch 5)

Die Geheimnisse des Milliardärs ~ Xander (Buch 6)

Nichts weiter als ein Millionär ~ Liam (Buch 7)

Unerwartet Milliardär – Die Serie:

Erfolgreich umworben (Buch 1)

Geschickt umgarnt (Buch 2)

Verzweifelt verliebt (Buch 3)

Gekonnt verzaubert (Buch 4)

Hilflos vernarrt (Buch 5)

Milliardenschwer und britisch – Die Serie:

Sag mir, du seist mein (Buch 1)

Sag mir, ich sei dein (Buch 2)

Sag mir, dies ist für immer (Buch 3)

Die Walker-Brüder – Die Serie:

Lass los!: Eine Geschichte der Walker-Brüder (Die Walker-Brüder, Buch 1)

Vertrau mir!: Eine Geschichte der Walker-Brüder (Die Walker-Brüder, Buch 2)

Rette mich!: Eine Geschichte der Walker-Brüder (Die Walker-Brüder, Buch 3)

Obwohl die Serie »Die Walker-Brüder« zwanglos mit der Reihe »Ein Milliardär voller Leidenschaft« verbunden ist, stellt sie eine eigenständige Serie dar, die auch gelesen werden kann, ohne die Bücher von »Ein Milliardär voller Leidenschaft« zu kennen. Es handelt sich ebenfalls um eine heiße Liebesromanreihe mit Alpha-Milliardären.

Wächter des Guten – Die Serie:

Gefährlicher Handel (Buch 1)

Der Billionär und seine Braut – Die Serie:

Prinz Bryan ~ Der Billionär und seine Braut

Eine Jungfrau für den Prinzen

Von J.S. Scott & Ruth Cardello:

Gut Gespielt – Liebeszauber auf dem Footballfeld

Von J.S. Scott als Lane Parker:

Geliebter Stalker

A Christmas Dream – Träume zum Weihnachtsfest

A Valentine's Dream – Träume zum Valentinstag

Verloren in den Wäldern: Ein Bergmensch findet die Liebe

Und auch die folgenden Bücher von J.S. Scott werden in Kürze auf Deutsch erhältlich sein:

Aus der Reihe »Ein Milliardär voller Leidenschaft«:

Billionaire Unclaimed ~ Chase (Buch 18)

www.ingramcontent.com/pod-product-compliance
Lightning Source LLC
LaVergne TN
LVHW041018150826
845672LV00001B/121

* 9 7 9 8 8 3 8 3 9 2 6 1 9 *